À PROPOS DE L'AUTRICE

Lorraine Heath a toujours rêvé de faire de l'écriture son métier. A peine diplômée de l'Université du Texas, elle publie des manuels d'entraînement, des articles de presse pour une agence de publicité, des codes informatiques, mais quelque chose lui manque. En 1990, en lisant une romance, elle a une révélation. Non seulement elle devient fan du genre, mais elle comprend également ce qui manque à ses écrits : des rebelles, des séducteurs et des mauvais garçons. Depuis, c'est à leurs aventures qu'elle se consacre. Son œuvre a été saluée par plusieurs récompenses, parmi lesquelles des RITA Awards, une HLT Medallion et un Romantic Times Career Achievement Award. Ses romans apparaissent régulièrement dans les listes de best-sellers du *USA Today* et du *New York Times*.

Leçons de séduction

Collection : VICTORIA

Titre original :
WHEN THE DUKE WAS WICKED

Ce roman a déjà été publié en 2016.

Ce livre est publié avec l'aimable autorisation de HarperCollins Publishers, LLC, New York, U.S.A.

HARPERCOLLINS FRANCE
83-85, boulevard Vincent-Auriol, 75646 PARIS CEDEX 13
Service Clients — www.harlequin.fr
ISBN 978-2-2804-7269-2 — ISSN 2493-013X

Composé et édité par HarperCollins France.
Imprimé en janvier 2024 par CPI Black Print (Barcelone)
en utilisant 100% d'électricité renouvelable.
Dépôt légal : février 2024.

FSC www.fsc.org MIXTE Papier issu de sources responsables FSC® C159065

Pour limiter l'empreinte environnementale de ses livres, HarperCollins France s'engage à n'utiliser que du papier fabriqué à partir de bois provenant de forêts gérées durablement et de manière responsable.

LORRAINE HEATH

Leçons de séduction

Traduit de l'anglais (États-Unis) par
CATHERINE BERTHET

Victoria

HARLEQUIN

En souvenir de notre chère duchesse, qui devint membre à part entière de notre famille après avoir survécu à Katrina. Elle ne fit jamais preuve d'agressivité envers qui que ce soit, ne blessa personne de toute sa vie, et nous apprit que les chiens savent sourire.

Prologue

MÉMOIRES DU DUC DE LOVINGDON

Le matin du 2 février 1872 mourut Henry Sidney Stanford, septième duc de Lovingdon, marquis d'Ashley et comte de Wyndmere.

Non que ma mort fût évidente pour un autre que moi-même.

Je continuais de respirer. Je me déplaçais. Parfois même, il m'arrivait de parler. Je souriais rarement. Je ne riais jamais.

Car ce jour-là, au cours de cette épouvantable matinée, lorsque ma femme et ma fille succombèrent au typhus à quelques heures d'intervalle, mon âme et mon cœur furent brisés. Je mourus en moi-même de les voir disparaître.

Mais ce fut pour renaître plus tard dans la peau d'un homme que ma propre mère n'aurait pas reconnu.

Toute ma vie, je m'étais attaché à avoir une conduite exemplaire. Je ne fréquentais pas les clubs de jeux. Je ne buvais jamais au point de tituber dans la rue. Tombé follement amoureux à dix-neuf ans, je me mariai à vingt et un. Mon comportement fut des plus convenables : je ne cherchai pas à approcher ma fiancée plus que les conventions ne l'exigeaient avant de l'avoir épousée. Et lors de notre nuit de noces, elle n'était pas seule dans le lit conjugal à être encore vierge.

J'étais un homme irréprochable. Je faisais tout ce que je pouvais pour être bon et honorable.

J'ai été élevé dans l'idée que nous sommes récompensés selon nos actes. Cependant, le destin avait décidé de me punir en me prenant ce que je chérissais le plus au monde. Et je ne trouvais pas d'explication à cette cruauté.

C'est alors que je décidai d'envoyer mes principes au diable et de jeter ma gourme, comme j'aurais dû le faire dans ma jeunesse. J'allais jouer, boire et fréquenter beaucoup de femmes.

Néanmoins, mon cœur était endeuillé et je savais que je n'aimerais plus jamais. Personne ne me convaincrait désormais d'éprouver un sentiment et d'aspirer à autre chose qu'au plaisir.

1

Londres
1874

Il n'y avait rien que le duc de Lovingdon appréciait autant que d'être lové entre les cuisses d'une femme.

Comme il aimait faire glisser ses mains sur son corps souple et tiède, pendant qu'elle lui caressait les épaules, le torse, le dos. L'entendre soupirer, haleter, et...

Toc, toc.

Il marqua une pause. La jeune femme sous lui se figea.

— Qu'est-ce que c'était ? chuchota-t-elle.

Il secoua la tête, plongea le regard dans ses yeux d'un brun velouté et repoussa une mèche d'un noir de jais égarée sur sa joue.

— Probablement les murs qui craquent. Ne fais pas attention.

Il posa les lèvres sur son cou à la peau soyeuse et chaude...

Toc, toc.

Sacrebleu !

Il lui fit un clin d'œil.

— Excuse-moi, j'en ai pour un instant.

Quittant le lit massif qui avait été spécialement conçu pour son imposante silhouette, il traversa la chambre dont le sol était recouvert d'un tapis d'Aubusson, refrénant à grand-peine sa mauvaise humeur. Son majordome, comme l'ensemble des domestiques, savait pourtant qu'il ne fallait pas le déranger quand il était au lit avec une femme.

Il posa les doigts sur la poignée de la porte, tira le verrou...

— Vous avez intérêt à ce qu'il y ait au moins le feu ! tonna-t-il en ouvrant largement le battant.

Deux grands yeux couleur saphir accueillirent cette déclaration, s'abaissèrent et remontèrent aussitôt, croisant son regard d'ambre.

— Seigneur, Grace ! Que diable faites-vous ici ?

Avant qu'elle n'ait pu répondre, il rabattit la porte, ramassa son pantalon sur le sol, l'enfila à la hâte et le boutonna.

— Encore une de tes maîtresses ? demanda langoureusement la femme couchée dans son lit.

Il prit sa chemise abandonnée dans un fauteuil.

— Seigneur, non. Ce n'est qu'une gamine.

Du moins, c'est ce qu'elle était la dernière fois qu'il l'avait vue. Que diable faisait-elle dehors, à cette heure de la nuit ? N'avait-elle pas un brin de cervelle ?

Une fois vêtu de sa chemise, il s'assit dans le fauteuil et chaussa ses bottes tout en se demandant pourquoi il se souciait autant de la sensibilité de Grace. Il était un peu tard pour s'inquiéter de sa pudeur. Elle avait soutenu sans broncher le spectacle de sa nudité. Quel aplomb. Elle avait toujours été un audacieux petit démon, mais ce soir elle avait dépassé les bornes.

Il se leva et retourna vers le lit, embrassant sa belle sur le front.

— Je n'en ai que pour une minute, je vais la faire déguerpir.

Il assortit ces paroles d'un clin d'œil rassurant, retourna ouvrir calmement et passa dans le corridor en refermant la porte derrière lui.

Grace se tenait toujours au même endroit, le visage enflammé depuis le cou jusqu'à la racine de ses boucles rousses. Si ses taches de rousseur ne s'étaient pas atténuées ces derniers mois, elles auraient été complètement recouvertes par cette rougeur involontaire.

— Je suis désolée de vous avoir réveillé.

Pensait-elle vraiment qu'il dormait bien sagement ? Il est vrai qu'elle demeurait très naïve, en dépit de ses dix-neuf ans. Bien que les garnements au milieu desquels elle avait grandi aient été de fieffés petits gredins qui défiaient l'étiquette de l'aristocratie, ils avaient tout fait pour préserver son innocence. Pour elle, leurs manières de débauchés n'étaient que de méchantes rumeurs.

— Il est plus de minuit, et vous êtes dans la maison d'un célibataire. Où avez-vous la tête ?

— J'ai un problème, Lovingdon. Je suis dans une terrible situation. J'ai besoin de votre aide.

Il fut un instant sur le point de la renvoyer. Mais quand elle posa sur lui ses grands yeux bleus candides, le courage lui manqua et il lui suggéra de passer dans la bibliothèque. C'était irritant, mais elle avait toujours eu cet effet sur lui. Depuis qu'elle était toute jeune, elle le regardait avec admiration, comme un preux chevalier capable de terrasser les dragons.

C'était peut-être le cas dans sa jeunesse... quand le dragon en question n'était autre que son chaton, qu'il allait secourir au sommet de l'arbre dans lequel il avait grimpé.

Mais depuis, la vie lui avait appris qu'il n'était pas de taille à vaincre les dragons.

Quand ils furent entrés dans la pièce où régnait une odeur de papier moisi, il se dirigea vers la table où étaient disposées les carafes d'alcool. Sans dire un mot, il servit un verre de scotch et un autre de cognac. Tout en espérant que lorsqu'il aurait achevé sa tâche, elle se serait éclipsée. Mais quand il se retourna, elle était toujours là et l'observait comme si elle cherchait quelque chose. Il regretta de ne pas avoir pris le temps de s'habiller. La jeune fille était vêtue de façon bien plus formelle que lui, d'une robe de bal blanche garnie de galons de velours rose.

Il connaissait Grace depuis toujours, et elle n'avait généralement jamais besoin d'aide. Du moins, elle n'était pas du genre à en demander. Il lui était arrivé de passer un après-midi entier coincée dans un arbre, car elle était trop entêtée pour appeler au secours. Elle voulait descendre toute seule. Finalement, à la nuit tombée, il était allé la secourir. Elle avait alors onze ans, il en avait vingt, et n'avait plus l'âge de grimper aux arbres. Puis il avait dû remonter dans ce satané orme pour aller chercher son maudit chat. Il gardait encore au poignet gauche les cicatrices de cette rencontre avec le félin.

Pour qu'elle vienne le trouver maintenant, il fallait donc qu'elle ait vraiment de gros ennuis.

Il lui tendit un verre. Difficile de ne pas voir son expression de gratitude quand elle referma ses doigts gantés de blanc sur le pied en cristal. S'il n'était pas du tout convenable pour une jeune dame de se rendre seule chez un célibataire, il fallait reconnaître que leur relation sortait totalement de l'ordinaire. Leurs familles étaient proches et Grace avait grandi dans son ombre. De son côté, il avait passé une grande partie de sa jeunesse à veiller sur elle. Si elle était réellement en proie aux ennuis, ses parents, le duc et la duchesse de Greystone le tueraient s'ils apprenaient qu'il lui avait refusé son aide. Ils ne songeraient jamais à lui reprocher de l'avoir fait entrer dans sa maison à une heure si tardive.

Il lui désigna un siège près de la cheminée, où subsistaient encore quelques braises rougeoyantes.

Dans un bruissement de soie, et enveloppée d'un nuage parfumé où se mêlaient les senteurs subtiles des roses et de la lavande, elle se dirigea vers une bergère d'un rouge profond, et s'assit au bord du siège. Grace avait toujours été une créature complexe, difficile à cerner, et qui ne se satisfaisait pas de choses ordinaires. Un seul parfum ne lui suffisait pas. Et pas un seul gentleman non plus, d'après les conversations qu'il écoutait d'une oreille distraite dans les clubs de jeux qu'il fréquentait.

Il prit place dans un fauteuil face à elle et sirota son whisky en l'observant pendant un moment. Il savait bien qu'elle avait dix-neuf ans, mais diable, quand avait-elle autant grandi ? Il gardait le souvenir d'une fillette aux jambes maigres et aux bras criblés de taches de rousseur, qui préférait grimper aux arbres plutôt que d'aller au bal, et faire galoper son cheval dans les collines plutôt que de prendre des leçons de danse.

Elle avait neuf ans de moins que lui. Bien entendu, il savait qu'elle grandissait. Mais cela demeurait quelque chose de vague, à la limite de sa vie. Un peu comme on sait que les saisons changent, sans pour autant être conscient de chaque feuille qui tombe ou de chaque fleur qui s'épanouit. Grace s'était certainement épanouie. Elle était mince, avec juste un soupçon de courbes. Sa robe, qui dénudait son cou et le haut de sa poitrine, ne révélait pas le renflement de ses seins. Il était un peu étonné par tant de pudeur, néanmoins cette réserve la rendait plus mystérieuse.

Elle semblait aussi ne pas connaître la peur. Il avait entendu dire qu'elle n'hésitait pas à se rendre, même à la nuit tombée, dans les foyers pour enfants trouvés que ses parents avaient fondés. Naturellement, elle avait en général un chaperon dans son sillage, mais elle avait la réputation d'être très habile pour échapper à cette surveillance.

Cette petite visite nocturne en était une preuve éclatante.

Il tapota son verre, s'efforçant d'orienter de nouveau ses pensées sur le problème actuel de Grace et la raison de sa présence chez lui.

— Dites-moi donc ce qui vous inquiète tant ?

— Vous n'étiez pas au bal des Ainsley, déclara-t-elle.

Ce n'était pas tout à fait un reproche, mais il lui sembla que sa voix contenait quelque chose ressemblant fort à de la déception. Il essaya en vain de se rappeler quand elle avait fait son entrée dans le monde et s'il en avait été informé. Les activités mondaines ne présentaient plus aucun attrait pour lui et il s'employait avec succès à les éviter.

— Un gentleman vous a-t-il manqué de respect ? Faut-il que j'aille chercher mes pistolets ?

Un sourire amusé se dessina sur ses lèvres pleines.

— Non, mais de savoir que vous prendriez ma défense si c'était le cas me réchauffe le cœur.

Oui, il l'avait défendue, quand elle était enfant. Désormais, il n'éprouvait plus l'envie de prendre la défense de qui que ce soit. La seule chose qui lui faisait encore envie, c'était ce qui l'attendait en haut, dans son lit.

— Vous n'êtes pas du genre à minauder, fit-il remarquer, agacé. Expliquez-moi ce qui vous amène, et faites-le vite.

Elle leva la main. Un petit carnet se balançait à son poignet. Son carnet de bal.

— Je n'ai pas manqué une seule danse ce soir. A en juger par ce qui s'est passé lors des bals précédents, demain matin des douzaines de bouquets de fleurs seront livrés chez moi.

— Vous êtes donc très populaire.

— Non, répliqua-t-elle d'un ton bref. Comme vous le savez, j'ai une dot considérable, qui comprend des terres et des liquidités. C'est ma dot qui est populaire.

— Ne soyez pas ridicule. Vous avez de nombreuses qualités. Vous êtes jolie, charmante, gracieuse. Je parierais tout ce que je possède que vous serez fiancée avant la fin de la Saison.

Elle se leva avec la grâce qu'il venait d'évoquer et alla se tenir devant la cheminée. Elle était grande. Bien qu'il mesurât plus d'un mètre quatre-vingts, elle pouvait certainement poser la tête à la hauteur de son menton, sans même se hausser sur la pointe des pieds. Son long cou de cygne attirait le regard. De discrètes petites perles ornaient sa gorge et ses oreilles. Elle n'avait nul besoin de porter des bijoux voyants. Sa chevelure était sa plus belle parure. Elle formait un haut chignon sur sa tête, et quelques petites mèches oubliées à dessein effleuraient sa nuque délicate. Celles qui entouraient son visage en revanche avaient dû échapper aux épingles qui les retenaient pendant le bal. Probablement lorsqu'elle valsait.

— Mais serai-je aimée, Lovingdon ? Vous connaissez l'amour, vous l'avez déjà éprouvé. Comment puis-je le reconnaître ?

Il avala d'un trait son whisky qui était fait pour être savouré à petites gorgées. Pas question de s'engager dans cette direction. Ni avec elle ni avec quiconque.

— Vous le saurez, quand vous rencontrerez celui sans qui vous ne pourrez pas vivre.

Elle pivota lentement sur elle-même et croisa son regard.

— Je ne doute pas une seconde de savoir le reconnaître. Mais comment saurai-je s'il m'aime vraiment ? Ma très chère amie, lady Bertram, était follement éprise de son mari. Mais il a pris une maîtresse, à présent. Elle a le cœur brisé. Il avait le béguin pour sa dot, et non pour elle. Et lady Sybil Fitzsimmons ? Son mari la réprimande sans cesse. Comment peut-il l'aimer, s'il l'accable de reproches à longueur de journées ? Et en public, par-dessus le marché. Avec tant d'hommes dans mon entourage qui rivalisent pour obtenir mon affection, comment puis-je savoir lesquels sont vraiment sincères ? Je ne peux me marier qu'une seule fois, or les coureurs de dots sont légions. Je veux être sûre de ne pas me tromper.

— Fiez-vous à votre cœur.

— Mais vous ne comprenez pas ? Il est évident qu'en amour une femme ne peut suivre les penchants de son cœur. Celui-ci peut si facilement être influencé par de la poésie, des chocolats, des fleurs. Une dame a besoin d'une personne objective, qui connaisse suffisamment l'amour pour l'aider à démasquer et à repousser les hypocrites, à séparer le bon grain de l'ivraie, pour ainsi dire. Quelqu'un comme vous.

— Je ne suis plus un expert en amour, et je n'ai aucun désir de m'en approcher de nouveau ou de le contempler, même de loin.

— Est-ce pour cette raison que vous vous êtes lancé dans cette vie de débauche ?

Il la dévisagea, par-dessus son verre.

— Que savez-vous de mes agissements ?

— J'ai entendu des rumeurs.

Elle fit glisser son doigt sur le manteau de cheminée en marbre, comme pour y détecter un grain de poussière.

— Et je sais que vous n'étiez pas seul ce soir, quand je suis venue frapper à votre porte. Est-ce votre maîtresse ?

— Avoir une maîtresse implique que l'on s'engage dans une relation. Cela ne m'intéresse pas.

Elle lui lança un regard acéré.

— Une courtisane, alors ?

— Ce ton sec dénoterait-il une certaine désapprobation ?

— Je ne vous juge pas.

— Vraiment ?

Elle secoua la tête, avec un petit air triste qui l'agaça.

— Non. Vous avez parfaitement le droit de vous révolter contre le destin qui vous a pris…

— Je ne veux pas parler de cela, Grace. Ni du destin, ni de Juliette, ni de l'amour. Je n'ai pas besoin que vous, ou quelqu'un d'autre, vienne justifier ma conduite. Je vis selon mon bon vouloir. Cela me satisfait, et je ne me cherche pas d'excuses. Si vous voulez quelqu'un qui soit expert en amour, je vous suggère de vous adresser à vos parents. Il me semble qu'ils ont triomphé de quelques orages.

Elle poussa une exclamation indignée.

— Vous croyez vraiment que je vais discuter avec mon père ou ma mère de l'intérêt que m'inspirent certains gentlemen ? Ils sont capables de s'en prendre violemment à l'un d'entre eux sous le seul prétexte qu'il ne m'inspire pas confiance ou que je ne suis pas sûre de ses sentiments. De plus, ils me diront simplement d'épouser qui je veux, si cela me rend heureuse.

— C'est un bon conseil.

— Vous ne m'écoutez donc pas ? Ce n'est pas parce qu'un homme me rend heureuse avant que nous ayons échangé des vœux de mariage que je serai heureuse ensuite avec lui. Si vous ne voulez pas m'apporter votre connaissance dans le domaine de l'amour, vous pourriez au moins me tenir au fait de vos expériences récentes. Comment distinguer une fripouille d'une autre fripouille ? J'ai besoin de vous, Lovingdon.

J'ai besoin de vous. Juliette aussi avait eu besoin de lui, et il ne lui avait été d'aucune aide.

— Je vous en prie, Lovingdon.

Finalement, sa prière semblait plus importante qu'il n'y paraissait. Après tout, quel mal y avait-il ? Il tendit la main. Grace la regarda, comme si elle se demandait ce que c'était.

Il claqua des doigts.

— Je vais jeter un coup d'œil à votre liste et vous aider à éliminer les canailles. Ensuite vous pourrez rentrer chez vous.

— Comment pourrez-vous connaître les sentiments qu'un homme éprouve pour moi uniquement en lisant son nom ?

— Je saurai repérer ceux avec lesquels vous ne devez pas risquer votre cœur. Ceux qui ont des vices et de mauvaises habitudes.

— Si c'était tout ce que je voulais, j'irais voir Drake. Il connaît les turpitudes des hommes mieux que personne.

Drake Darling, un ancien enfant des rues et voleur à la tire qui avait grandi dans la famille de Grace, était devenu le gérant du Dodger's Drawing Room, un cercle de jeux qui recevait de respectables gentlemen. Les mœurs plus ou moins avouables de ces messieurs lui étaient certainement familières, mais il savait aussi très bien garder les secrets.

— Il me faut plus que cela, poursuivit-elle. J'ai besoin que vous les observiez et que vous me donniez votre opinion sur eux.

Elle s'agenouilla devant lui, et malgré la faible lumière diffusée par les braises il lut le désespoir dans ses yeux azur.

— Venez au bal des Claybourne. C'est une réception importante, il y aura du monde. Vous pourrez vous tenir en retrait. Ensuite, vous me ferez un rapport sur ce que vous avez remarqué. Vous me direz quels sont ceux qui, d'après vous, éprouvent réellement des sentiments pour moi.

La seule pensée de se retrouver dans un tel lieu de réjouissances lui donnait des sueurs froides. Cela lui rappellerait des moments de bonheur, et aussi la rapidité et la cruauté avec lesquelles ce bonheur lui avait été ravi.

— Ecoutez votre cœur, Petite Rose. Il ne vous trompera pas. Vous saurez vous-même si un homme vous aime ou non.

Un profond sentiment d'échec se peignit sur ses traits.

— Je ne peux pas me fier à mon cœur, Lovingdon. Il m'a déjà trahie.

Il eut l'impression de recevoir un coup de poing en pleine poitrine. L'idée qu'elle avait souffert lui était intolérable. Un homme avait-il profité de son innocence ? Sinon, pourquoi répugnait-elle à suivre son instinct ?

Elle se releva et retourna devant la cheminée, lui tournant le dos.

— Quand j'étais plus jeune, je suis tombée passionnément amoureuse d'un homme. Du moins aussi passionnément que possible à un âge aussi tendre. Je croyais qu'il éprouvait les mêmes sentiments pour moi. Mais en fin de compte, il en a épousé une autre.

— Qui ? Non, ne dites rien, ajouta-t-il vivement en levant la main. Cela ne me concerne pas.

Elle lui lança un coup d'œil par-dessus son épaule, avec un sourire triste.

— Ne vous inquiétez pas, je ne vous révélerai pas son nom. Vous me prendriez pour une idiote, si vous saviez de qui il s'agit.

— Ce n'est pas parce qu'il a décidé d'épouser une autre femme qu'il ne vous aimait pas. Les hommes se marient pour toutes sortes de raisons.

— J'en suis bien consciente. C'est la raison pour laquelle je suis là. Vous ne voyez pas que vous abondez dans mon sens ? Comment être sûre qu'ils veulent m'épouser pour la seule raison qui compte, c'est-à-dire parce qu'ils m'aiment ? Comment savoir si leur cœur n'est pas déjà pris ailleurs ? Si jamais j'offrais de nouveau mon cœur à un homme et que je découvre ensuite qu'il n'y tient pas plus que cela, je risquerais d'en mourir de chagrin.

— Peut-être vaut-il mieux ne pas aimer.

Elle retourna s'asseoir.

— Le croyez-vous vraiment ? Ne vaut-il pas mieux avoir quelqu'un pour une brève période de sa vie, plutôt que de ne jamais l'avoir du tout ?

Pendant une fraction de seconde, il entendit un rire... le rire de Juliette. Il vit son sourire, sentit ses mains sur lui, goûta à ses lèvres, plongea dans la chaleur de son corps. Il y avait si longtemps qu'il ne s'était pas autorisé à penser à elle. La douleur faillit le terrasser.

— Je veux ce que vous avez eu, continua Grace d'une voix douce. C'était la perfection, n'est-ce pas ?

— Je n'aimerai jamais une autre femme comme je l'ai aimée. C'est certain.

Elle l'observa pendant un long moment, avant de demander :

— Quel effet cela fait-il d'éprouver un si grand amour ?

Cela dominait tout et s'emparait de votre vie. Comment aurait-il pu traduire par des mots un sentiment aussi puissant ?

— Vous riez, vous souriez. Vous avez des secrets que personne d'autre ne connaît. Vous n'avez pas besoin de mots pour communiquer. Vous savez toujours ce que pense l'autre. Et vous vivez dans une sorte d'euphorie. Mais tout cela a un prix, Grace. La perte de cet amour peut vous détruire et vous laisser telle une coquille vide.

— Vous ne me dissuaderez pas de vouloir le connaître, même si cela ne doit durer qu'un instant. Aimer quelqu'un, savoir qu'il m'aime en retour, serait la plus merveilleuse expérience que je puisse imaginer. Ce qui explique mon embarras. Aimer n'est pas suffisant, il faut que le sentiment soit partagé. Sinon, à quoi bon ? M'assisterez-vous dans ma quête du véritable amour ? Je ne vois pas pour vous de meilleur moyen de rendre hommage à Juliette que d'aider quelqu'un à trouver ce que vous avez eu tous les deux, ensemble.

Ce qu'ils avaient eu, et qu'ils avaient perdu. Il ne souhaitait une telle épreuve à personne, même pas à son pire ennemi.

— Je ne peux vous aider, Grace. Cela ne nous rendrait pas service. A présent, partez avant que votre père ne découvre où vous êtes et ne m'oblige à vous épouser. Ce serait le moyen le plus rapide de s'assurer que vous n'aurez jamais ce que vous désirez tant obtenir.

— Mon père a confiance en vous. Il sait que vous ne profiteriez pas de la situation.

— Quoi qu'il en soit, si quelqu'un vous voyait sortir d'ici, votre réputation serait ruinée.

— Je n'épouserai pas un homme qui ne pourrait m'aimer si ma réputation n'était pas irréprochable.

Elle prononça ces mots avec une extrême conviction. Mais Lovingdon savait que la conviction ne suffisait pas à rendre une affirmation exacte.

— Si cela arrivait, je crains que vous n'ayez guère le choix.

— Nous avons toujours le choix, déclara-t-elle en se levant lentement. Le bal des Claybourne.

Il ne la regarda pas sortir et reporta les yeux sur le foyer où les braises ne rougeoyaient plus. Elle lui demandait l'impossible. Exactement comme Juliette.

Ne nous laisse pas mourir.

Jamais.

Mais finalement, il les avait laissées partir.

2

Tandis que la voiture brinquebalait le long des rues pavées, les pensées de lady Grace Mabry s'égaraient dans des régions dangereuses. Elle revoyait Lovingdon ouvrant la porte de sa chambre et se tenant fièrement là, devant elle, dans toute la splendeur de sa nudité. Elle avait aperçu une femme dans son lit et elle savait pertinemment qu'elle ne l'avait pas réveillé.

La vue de son anatomie la laissait en proie à des questions qu'une vraie dame n'aurait pas dû se poser. Mais elles étaient là tout de même, et elle ne savait pas vers qui se tourner pour obtenir des réponses.

Le duc de Lovingdon ne ressemblait à aucune des statues qu'elle avait déjà contemplées. Il lui avait été donné de voir, entre autres, le *David* de Michel-Ange. Lovingdon éclipsait tous ces héros de l'Antiquité. Elle aurait pu rester là à le contempler pendant des heures, mais elle s'était obligée à lever les yeux vers lui. Il n'aurait pas fallu qu'il comprenne qu'elle avait envie de le toucher.

Partout. Ses larges épaules, son ventre plat, sa... virilité. Non, sur ce point, il ne ressemblait pas du tout à David. Elle en avait eu le souffle coupé. Le souvenir lui enflamma les joues et elle pressa son visage contre la vitre glacée.

Elle avait eu de la chance de ne pas trouver sa maison fermée pour la nuit. Cela signifiait sans doute que la femme ne passerait pas toute la nuit dans son lit. Elle n'aurait su dire pourquoi cette pensée lui inspirait un tel soulagement. Après tout, cela n'avait pas vraiment d'importance, puisqu'elle y était en ce moment même.

Grace avait sept ans quand elle était tombée amoureuse de Lovingdon. Avec du recul, elle voyait bien que ce n'était qu'un béguin de petite fille. Mais à l'époque cela lui avait paru être beaucoup plus que cela.

C'était au début du printemps, et sa mère avait invité leurs amis avec leur famille à Mabry Manor, le domaine des ancêtres de son père. Certains des jeunes garçons s'étaient mis à la taquiner à cause de ses cheveux roux, en disant qu'elle ressemblait à une carotte. Elle était recroquevillée, en pleurs, dans un coin de l'écurie, quand Lovingdon l'avait trouvée et était venu s'agenouiller à côté d'elle. Il avait seize ans, c'était presque un homme. Il avait gentiment essuyé ses larmes du bout de son pouce. Jamais un garçon ne l'avait touchée avec autant de tendresse. Son cœur d'enfant s'était mis à battre plus fort. Il aurait pu lui demander n'importe quoi, elle le lui aurait accordé immédiatement et sans hésitation. Il aurait pu se moquer de ses taches de rousseur et de ses cheveux cuivrés, elle aurait pris cela pour de la poésie.

Mais il s'était contenté de ravir son cœur, avec des paroles douces.

— Pour l'instant tu n'es encore qu'une fleur non éclose, que personne ne voit. Mais bientôt tu deviendras aussi belle qu'une rose rouge et ton éclat éclipsera toutes les autres femmes. Allons, Petite Rose, ne pleure plus. Un jour tu auras ta revanche, et elle te paraîtra incroyablement douce.

Pendant des années, il avait continué de l'appeler Petite Rose. Jusqu'à son mariage. A partir de ce moment, il n'avait plus eu le temps de penser à elle, et ne lui avait plus accordé aucune attention. Au fond de son cœur, elle savait qu'il devait en être ainsi, que ses sentiments pour lui étaient puérils. Mais ce rejet n'en était pas moins douloureux.

Ce soir, c'était la première fois depuis des années qu'il utilisait ce terme affectueux. Et son cœur avait sottement tressauté dans sa poitrine, ce qui l'avait irritée au plus haut point. Elle ne voulait plus éprouver ce genre d'agitation pour lui. Il l'avait déjà déçue. Elle devait l'aimer comme un ami, ou comme un frère. Son cœur de femme ne s'autoriserait jamais de sentiment plus passionné.

Cependant, il possédait l'expérience et la connaissance dont elle avait besoin pour trouver le bonheur. Il connaissait l'amour, mais aussi les aspects plus sombres des hommes. Qui mieux que lui pourrait l'aider ? Mais il n'éprouvait pas assez d'affection pour elle pour mettre sa vie de débauche entre parenthèses quelque temps. Ce qui était très révélateur. Finalement, sa personnalité n'était en rien digne d'admiration.

Comme elle avait été idiote de l'avoir tant porté aux nues autrefois ! Il ne fallait pas qu'elle se trompe de nouveau, car cette fois il s'agissait de sa vie entière. Elle voulait un homme bon, honnête, qui serait son chevalier servant même si elle n'avait pas besoin d'être défendue.

Le lendemain matin, assise à la table du petit déjeuner, Grace constata avec amusement que, suivant ses prédictions, une multitude de bouquets avaient été apportés avant même qu'elle n'ait entamé son œuf à la coque. Cela aurait sans doute dû l'étourdir et la ravir tout à la fois, mais elle avait trop la tête sur les épaules pour ce genre de sottises. C'était probablement le résultat de son éducation, songea-t-elle. Ou plus exactement de l'éducation de sa mère.

Ce n'était un secret pour personne : Frannie Mabry, duchesse de Greystone, avait grandi dans les rues, sous la protection d'un voleur d'enfants qui détroussait les passants et qui lui avait appris à survivre en lui enseignant la ruse, la tromperie et le vol. Grace avait écouté ses histoires avec fascination. En grandissant, elle avait conçu un immense respect pour sa mère. Elle avait aussi acquis une confiance infinie en l'amour, qui l'avait accompagné tous les jours de son enfance. Contre toute attente, et en dépit de ses piètres débuts dans la vie, sa mère avait conquis le cœur d'un duc.

Grace voulait plus que tout connaître l'amour qui les unissait. Ils avaient l'un pour l'autre de l'adoration et du respect, et se soutenaient mutuellement. Pendant des années, sa mère s'était occupée de la comptabilité du Dodger's Drawing Room. Elle était en partie propriétaire de ce club de gentlemen, et son époux était très fier de ses compétences et de son indépendance. Ils s'efforçaient ensemble de soulager les conditions misérables des orphelins à Londres. Ils partageaient des objectifs, des victoires et aussi des échecs. Mais rien ne les décourageait ni ne les faisait dévier de leur route. Grace était persuadée que, s'ils avaient si bien réussi leur vie et atteint le bonheur, c'était parce que leur relation se fondait sur l'amour.

Elle aurait pu demander à ses parents de l'aider à savoir si un gentleman éprouvait des sentiments sincères pour elle, mais le problème était que, pour eux, aucun homme ne serait assez digne d'elle.

— Encore une matinée pleine de fleurs à ce que je vois, remarqua son père en entrant dans la salle à manger.

Il se dirigea tout droit vers la desserte où était exposé un assortiment des talents de leur cuisinier.

Grace n'avait appris que récemment qu'il souffrait de problèmes de vue, bien que cet état de choses durât depuis des années. Il avait espéré pouvoir le cacher un peu plus longtemps à ses enfants. Mais il s'appuyait de plus en plus fréquemment sur leur mère, ses pas se faisaient plus mesurés et il fronçait souvent les sourcils. Néanmoins, cette habitude ne pouvait en rien éclairer un monde qui s'obscurcissait pour lui de jour en jour.

Grace voulait se marier avant qu'il ne soit devenu complètement aveugle. C'était un peu stupide, elle en était consciente, mais elle voulait qu'il puisse constater de ses yeux qu'elle était merveilleusement heureuse.

— Pensez-vous que je devrais faire savoir à ces messieurs

que je préférerais que tout cet argent soit dépensé pour améliorer le sort des enfants qui grandissent à l'orphelinat ? demanda-t-elle. Ces fonds pourraient servir à l'un des foyers dont nous nous occupons.

Ses parents avaient fait construire trois maisons pour enfants, et une pour les filles mères. Grace avait toujours été consciente que beaucoup de gens avaient moins de chance qu'elle, et elle avait été élevée dans l'idée qu'il était de son devoir d'aider les autres quand elle le pouvait. Elle souhaitait que son futur mari soutienne aussi les œuvres de charité et qu'il ne gaspille pas sa dot en futilités. Dans le fond, elle n'était pas très exigeante, n'est-ce pas ?

Son père vint s'asseoir à sa place habituelle, au bout de la table. Elle prenait toujours place à sa droite.

— Les marchands qui vendent des fleurs ont aussi des factures à payer.

— Je suppose que oui. Mais les fleurs ont une durée de vie éphémère, elles se fanent vite.

— Nous devons donc en profiter tant qu'il en est encore temps.

L'estomac de Grace se noua à la pensée que bientôt il ne pourrait plus jouir que de leur parfum. Il ne verrait plus leurs couleurs vives ni la forme délicate de leurs pétales.

— La plupart des jeunes filles seraient enchantées qu'un homme leur témoigne de son intérêt en les comblant de bouquets, remarqua son père.

— Mais je ne suis pas comme la plupart des jeunes filles.

— Et je suis certain que les gentlemen commencent à le comprendre, répliqua son père en souriant. Comment s'est passé le bal ? Quelqu'un en particulier a-t-il attiré ton attention ?

Ses parents n'assistaient plus aux réceptions, car son père ne supportait plus la foule. Il était trop fier pour risquer de se heurter à quelqu'un à cause de ses problèmes de vue.

— Quelques gentlemen m'ont paru avoir des conversations

intéressantes. Lord Somerdale est fasciné par les capacités de pollinisation des abeilles. C'est un procédé long et ennuyeux.

— Comme sa conversation, j'imagine ?

Grace éclata de rire.

— Extraordinairement ennuyeuse ! Quant à lord Amber, ses articulations craquent quand il fait froid. Et comme il vit dans le nord, cela signifie que je l'entendrais craquer toute ma vie. Et ce n'est vraiment pas une perspective très séduisante.

— Non, concéda son père en fronçant les sourcils. Tu veux parler du cinquième lord Amber ?

— Non, malheureusement. Le quatrième.

— Je le croyais mort depuis quelques années.

— Pas tout à fait. Mais il n'a pas besoin d'un héritier. Je suppose qu'il se sent seul, c'est tout.

L'homme à la chevelure blanche devait tenir un cornet à son oreille pour entendre ce qu'on lui disait. Il ne dansait jamais, et se contentait d'errer d'un pas chancelant dans les salles de réception.

— Eh bien, tu peux le rayer de ta liste. Mon but en te donnant une dot importante était que tu aies le choix et que tu ne sois pas obligée de te marier avec le premier venu.

— Je crains que cela n'attire beaucoup trop de prétendants. J'ai un peu de mal à distinguer ceux qui sont sincères et ceux qui ne le sont pas.

— Fie-toi à ton cœur.

Grace étala du beurre sur son toast.

— Oui, c'est ce que m'a conseillé Lovingdon.

Non que son avis l'ait aidée en quelque façon.

Son père se figea, sa tasse à la main.

— Quand l'as-tu vu ?

— Oh ! nos chemins se sont croisés récemment, répondit-elle avec un petit haussement d'épaules.

— Hier soir, peut-être ?

Ce fut au tour de Grace de se figer, le souffle court.

— Ta femme de chambre est rentrée à onze heures et demie,

poursuivit son père sans lui laisser le temps de protester. Tu n'étais pas là.

Elle aurait dû se douter qu'il remarquerait son absence. En fait, elle avait même été surprise de ne pas le trouver en train de l'attendre dans le hall quand elle était rentrée. D'un autre côté, son père avait l'habitude qu'elle passe ses soirées dans les orphelinats.

— En effet, je suis allée le voir pour lui demander son avis sur certains gentlemen qui me font la cour.

— Grace, une jeune dame ne se rend pas chez un gentleman célibataire à n'importe quelle heure de la nuit.

— Il était à peine minuit. Et comme il ne m'a été d'aucun secours, j'ai rapidement pris congé.

— Tu ne comprends pas ce que je veux dire.

— Vous savez bien que Lovingdon ne profiterait jamais de la situation. Il me considère comme sa sœur.

Elle ne put empêcher une nuance de dégoût de percer dans ces propos.

— Et tu aimerais qu'il te considère autrement.

Apparemment, son père avec sa vision déclinante voyait beaucoup mieux que d'autres dont les yeux étaient intacts.

— Autrefois, quand j'étais petite, j'avoue que j'avais un faible pour lui. Mais maintenant, il me contrarie. On ne le voit plus du tout dans la bonne société, et d'après les rumeurs il est devenu un bon à rien fort dispendieux. C'est décevant, sa conduite est un piètre exemple. Néanmoins je dois avouer que j'espérais que, lorsqu'il me verrait en robe de bal, il cesserait de penser à moi comme à une enfant.

Son père lui prit la main.

— Je ne pense pas que qui que ce soit pourrait te prendre pour une petite fille. Tu es devenue une femme magnifique. Tu mérites un homme qui t'aime, et qui apprécie tes qualités. Malheureusement, je ne pense pas qu'il puisse encore aimer ou apprécier qui que ce soit.

— Je crains que vous n'ayez raison, père. Il est en train de briser le cœur de sa mère.

— Olivia est plus forte qu'elle n'en a l'air. Mais je ne veux pas qu'il brise le tien. Allons, dit-il en reportant son attention sur le petit déjeuner. Tu vas cesser ces excursions nocturnes. Je ne veux pas être obligé de t'enfermer à double tour dans ta chambre.

— Comme si vous étiez capable de le faire ! rétorqua-t-elle avec un sourire espiègle.

— Je ferai tout ce qui sera nécessaire pour te voir heureuse et à l'abri du danger.

— Eh bien, pour aujourd'hui je serai juste heureuse d'avoir ma nouvelle robe, déclara-t-elle en se levant pour l'embrasser. Je vous aime, papa.

— Un jour, ma chérie, au moment où tu t'y attendras le moins, l'amour se présentera et il ne sera pas du tout comme tu l'imaginais.

— Cela s'est passé ainsi pour vous ?

— Oh ! c'était beaucoup plus compliqué.

Elle se rassit et lui pressa la main.

— Mais à quel moment dois-je révéler la vérité sur… ma situation ?

Elle vit le chagrin et la peine jeter une ombre dans ses yeux bleus.

— Ne t'inquiète pas pour cela. Je m'en chargerai quand un prétendant sérieux demandera ta main.

— J'apprécie votre désir de me protéger, mais je pense réellement que c'est à moi d'annoncer cette nouvelle. Parfois je me dis que je devrais me promener avec une pancarte. « Attention ! Lady Grace Mabry a peut-être une dot considérable, mais elle n'est pas parfaite ! »

— Je n'étais pas parfait non plus. Cela n'a pas empêché ta mère de m'aimer.

— Mais je pense qu'il faudra qu'un homme soit très spécial pour accepter ma condition.

— Pas aussi spécial que tu ne le penses.

Lovingdon traversa les rues de Londres dans la voiture aux rideaux fermés. Il avait bu tant d'alcool et fumé tant de cigares qu'une douleur persistante lui vrillait les tempes. Le problème, quand on jouait aux cartes dans une pièce sans fenêtres, c'est qu'on ne savait pas quand la nuit se dissipait pour céder aux lueurs de l'aube.

La veille, après le départ de Grace, il avait renvoyé la femme qui l'attendait dans son lit en lui offrant une bourse bien garnie. Puis il avait cherché à s'évader dans le jeu et l'alcool. Les hommes avec qui il jouait régulièrement étaient particulièrement redoutables. Pour gagner contre eux, il fallait faire preuve d'une extrême concentration. Il avait espéré que cela le distrairait suffisamment. Mais Grace continuait de s'insinuer dans ses pensées. Elle méritait d'être aimée. Il ne connaissait personne qui le méritât plus qu'elle. Mais il ne parvenait pas vraiment à comprendre son problème. Elle était vive, intelligente, spirituelle. Elle pouvait certainement deviner si les sentiments d'un homme étaient sincères ou pas. Quelque chose sonnait faux, mais il n'aurait su dire ce que c'était.

D'autre part, aucun homme ne s'aviserait de jouer de ses sentiments. Il était de notoriété publique que les amis de ses parents et les membres de leur famille la défendraient sans hésiter. Ils mourraient pour elle.

Mais elle aurait pu aller demander de l'aide à n'importe qui d'autre. D'ailleurs, n'importe qui aurait mieux fait l'affaire que lui puisqu'il ne fréquentait plus la bonne société et évitait comme la peste les pièges de ces soirées mondaines.

La voiture s'immobilisa. Un valet vint prestement ouvrir la portière. Le soleil lui brûla les yeux, et il cligna des paupières pour se protéger. Il n'avait qu'une envie, c'était de prendre un bain et d'aller se coucher.

Il gravit les marches. Un autre valet ouvrit la lourde porte de chêne. Il traversa le hall et fut assailli par un parfum lourd et entêtant. Rien d'étonnant, puisqu'un amoncellement de fleurs emplissait le vestibule. Il y en avait de toutes les couleurs, de toutes les formes et de toutes les tailles. Leur senteur douceâtre lui donna la nausée.

— Bienvenue, Votre Grâce, dit Barrow, son majordome, en apparaissant dans le hall.

— Que signifie tout ceci ?

— Elles sont arrivées il y a une heure, avec cette lettre.

Barrow lui tendit la missive.

Malgré son mal de tête, Lovingdon la déplia et la lut en plissant les yeux.

La livraison de ce matin. Comment une dame peut-elle se décider ? »

Il poussa une exclamation agacée. Grace ne renonçait apparemment pas à obtenir son aide. Cela lui ressemblait bien, à cette petite peste entêtée.

— Que dois-je en faire, monsieur ? s'enquit Barrow.

— Renvoyez-les à Greystone, avec ce message : Non.

Il s'engagea dans l'escalier, marqua une pause et se ravisa.

— Réflexion faite, envoyez-les plutôt à un hôpital, ou bien dans un lieu où les gens ont besoin d'être réconfortés.

Il avait déjà gagné la bataille. Inutile de s'engager dans un autre combat. Il ne voulait pas que Grace souffre. Elle comprendrait rapidement, en voyant qu'il ignorait son message.

Il fit encore trois pas avant de pivoter brusquement sur lui-même et de redescendre. Barrow était demeuré sur place, comme s'il avait deviné que Lovingdon avait quelque chose à ajouter.

— Je vais envoyer une lettre à Mabry House.

3

Personne ne se plaignait d'avoir en abondance ce que d'autres auraient désespérément voulu obtenir.

Aussi, Grace ne se plaignit pas d'avoir mal aux pieds car elle recevait trop d'invitations à danser. Entre deux danses, elle alla s'asseoir dans le confortable canapé de velours du vestiaire des dames et souleva ses pieds gonflés afin que sa femme de chambre puisse lui ôter ses mules usées et les remplacer par une paire neuve. C'était la seconde fois ce soir qu'elle quittait la salle de bal en promettant à un gentleman déçu qu'elle serait enchantée de le recevoir le lendemain après-midi, dans le salon de sa mère. Elle ne lui révélait pas, naturellement, qu'il ne serait pas le seul visiteur. Elle essayait de garder quelques danses de libres pour avoir un moment de répit. Mais les tous les prétendants insistaient terriblement, en prétendant que leur soirée ne serait pas réussie s'ils ne la tenaient pas dans leur bras pour la faire valser au moins une fois.

Aussi succombait-elle à leur charme.

Et de fait, ils étaient charmants. Tous. Ce qui augmentait son dilemme. Comment faire la distinction entre le charme et l'hypocrisie ?

Elle avait passé une bonne partie de la soirée à chercher Lovingdon, mais visiblement il ne s'était pas déplacé. Le message qu'il lui avait envoyé quelques jours plus tôt, « Il connaîtra votre fleur préférée », lui avait fait espérer qu'il se montrerait au bal des Claybourne pour l'aider à distinguer les coureurs de dot des autres. Elle ne pouvait partir du principe que, si les coffres d'un homme étaient vides, il en voulait forcément à sa fortune. Elle avait déjà éliminé d'elle-même ceux qui ne lui inspiraient pas confiance. Ils avaient généralement de petits yeux avides, et lui parlaient de tout ce qu'ils pourraient accomplir une fois qu'ils auraient sa fortune en main.

Une technique de séduction assez peu efficace.

Mais la plupart de ses soupirants n'étaient pas aussi directs et faisaient rarement allusion à sa situation financière. Courtiser une femme était tout un art qu'ils maîtrisaient à la perfection. Comme elle était la débutante de la Saison qui possédait la dot la plus importante, elle attirait l'attention de tous ces messieurs. Ce qui ne la rendait guère sympathique auprès des autres jeunes filles, qui savaient qu'elles devraient se contenter de ceux dont elle ne voudrait pas.

Elle se leva en soupirant.

— Merci, Félicité.

Généralement, les aristocrates prenaient rarement la peine de remercier les domestiques. Néanmoins, Grace avait toujours vu sa mère le faire. Elevée dans la rue, la duchesse de Greystone ne trouvait pas tout naturel d'être servie et s'adressait aux gens comme s'ils avaient de l'importance à ses yeux. Ce qui était le cas. Elle avait donc transmis ces principes à Grace.

Félicité l'aida à se recoiffer et à épingler les mèches dans son chignon. Ses cheveux bouclés étaient si épais qu'elle avait du mal à les discipliner. Après un dernier coup d'œil dans le miroir, Grace se tourna et manqua de se heurter à lady Cornelia. Cette dernière possédait de belles courbes pulpeuses qui faisaient défaut à Grace.

— Je vous en prie, libérez lord Ambrose du sort que vous lui avez jeté, chuchota-t-elle.

— Pardon ?

Lady Cornelia regarda autour d'elle comme si elle s'attendait à trouver des démons cachés dans les coins, mais les deux seules autres dames présentes dans le salon bavardaient tranquillement pendant que leur femme de chambre les recoiffait.

— Lord Ambrose. Si vous lui faisiez savoir qu'il n'a aucune chance d'obtenir votre faveur, il chercherait probablement ailleurs l'argent dont il a besoin pour continuer à élever ses chevaux.

— Il vous plaît ? s'enquit Grace.

— Il n'est pas désagréable à regarder. J'admets qu'il figure parmi mes favoris. Et j'adore les chevaux. Les siens en particulier, car ils appartiennent aux plus belles lignées. Il possède aussi un très joli domaine. J'aimerais beaucoup devenir son épouse et comtesse d'Ambrose.

Bien que l'amour soit totalement absent des motivations de la jeune femme, Grace examina son carnet de bal. Ce n'était pas à elle de porter un jugement sur ce que les autres femmes désiraient pour être heureuses.

— Quel cavalier avez-vous pour la quinzième danse ?

— Personne. Je n'ai que trois danses retenues en tout et pour tout. Ma dot est loin d'être aussi importante que la vôtre, et mon père n'est pas aussi puissant que le duc de Greystone. Mes cheveux sont d'un vilain noir, et j'ai le teint aussi pâle que les nappes de ma mère. Mon frère dit que je ressemble à un vampire.

— Les frères sont abominables, n'est-ce pas ? reconnut Grace en souriant.

— Vous avez de la chance que les vôtres ne soient pas à Londres pour cette Saison.

— En effet.

Grace prit le bras de lady Cornelia, souhaitant de tout son cœur renforcer les liens entre elles.

— Juste avant la quinzième danse, venez me retrouver près des portes de la terrasse. Je pense que j'aurai trop mal aux pieds pour danser le quadrille. Peut-être serez-vous assez aimable pour danser avec lord Ambrose à ma place ?

Le visage de lady Cornelia s'illumina et Grace se dit qu'elle n'avait absolument rien d'un vampire. En fait, elle ressemblait à un ange.

— Les autres filles sont jalouses de l'intérêt que vous suscitez, vous savez.

— Je sais. Mais nous avons tous envie de quelque chose que quelqu'un d'autre possède et que nous n'avons pas.

— De quoi avez-vous envie ?

Grace lui pressa gentiment le bras.

— Je veux que vous ayez lord Ambrose.

Avant que lady Cornelia ait pu poser davantage de questions, Grace s'éclipsa. Elle n'était pas prête à avouer à quelqu'un, en dehors de Lovingdon, qu'elle espérait trouver l'amour. Elle ne voulait pas être considérée comme une pauvre créature pathétique qui doutait de sa propre valeur, mais parfois elle craignait que l'amour ne lui soit éternellement refusé.

Elle descendit d'un pas souple au premier étage. Lord Vexley se tenait sur le palier, accoudé à la rambarde. C'était certainement l'un des plus beaux hommes qu'elle ait jamais vu. Ses cheveux sombres étaient coiffés à la perfection. Contrairement aux siennes, ses mèches ne se rebellaient pas. Ses yeux d'un bleu lumineux pétillaient, son sourire était franc et chaleureux.

— Je craignais d'être obligé de gravir cet escalier pour vous obliger à sortir de ce salon où les dames s'enferment pour faire et dire je ne sais quoi en secret, lança-t-il d'un ton taquin.

— Vous m'attendiez ?

— En effet. Vous m'avez promis la prochaine danse et, contrairement à certains gentlemen, je ne suis pas prêt à renoncer à une valse avec la plus jolie femme de la soirée.

Il lui offrit son bras.

— Vous me flattez, monsieur, dit-elle en le prenant gracieusement.

— Je pense que nous ferions un couple parfait.

Il l'escorta dans la salle de bal, au moment même où la musique laissait la place au silence. Leur entrée fut remarquée.

Il était d'une beauté extraordinaire. Elle aurait aimé éprouver pour lui autre chose qu'un certain plaisir à se trouver en sa compagnie. Malheureusement, aucun des gentlemen qui la courtisaient ne faisait battre son cœur. Celui-ci maintenait son rythme normal, constant et régulier, qu'elle pense à eux, danse avec eux, ou parle avec eux. Elle n'avait rien à leur reprocher, mais aucun d'eux ne la séduisait.

— Avez-vous reçu mes tulipes, après le bal des Ainsley? demanda-t-il.

— Oui, je vous remercie.

Ce n'étaient pas ses fleurs préférées, elles n'arrivaient qu'en seconde position.

— J'ai également reçu les chocolats.

Elle n'avait pas fait suivre ceux-ci à Lovingdon. Elle voulait seulement le convaincre qu'elle avait besoin de son aide, mais elle n'irait pas jusqu'à renoncer à du chocolat pour cela. Néanmoins, elle se demanda si cela aurait fait une différence. Quand il était plus jeune, les chocolats étaient sa friandise préférée, mais il n'était plus le même qu'autrefois.

S'il n'avait pas changé, il aurait fait passer les intérêts de Grace avant les siens, et aurait accepté de lui venir en aide. D'un autre côté, il avait réagi en recevant les fleurs. Pas autant qu'elle ne l'aurait souhaité, mais c'était mieux que rien.

De toute évidence, si elle voulait vraiment s'assurer sa collaboration, elle allait devoir prendre des mesures plus radicales.

Il était bien plus de minuit, cependant Grace avançait d'un pas assuré dans le corridor faiblement éclairé, accompagnée par le bruit soyeux de sa jupe glissant sur l'épais tapis de laine. Son arrivée allait sûrement provoquer des froncements de sourcils parmi ceux qu'elle allait retrouver mais, à vrai dire, elle ne s'était jamais souciée d'obtenir leur approbation. De leur côté, ils n'essayaient pas non plus de se faire bien voir.

Ils faisaient ce qu'ils voulaient, quand ils en avaient envie, et avec qui ils voulaient. Ils ne souhaitaient peut-être pas avoir affaire à elle, mais elle ne leur laisserait pas le choix. Du moins, pas ce soir.

Après tout, ce n'était que des hommes. Et comme elle l'avait récemment appris, un sourire accompagné d'un battement de cils pouvaient transformer les hommes les plus intelligents en balourds sans cervelle, prêts à s'élancer dans n'importe quelle direction, uniquement parce qu'une femme le leur demandait.

Le problème, c'est qu'elle ne voulait pas d'un compagnon si docile. Et qu'elle ne voulait pas non plus d'un être autoritaire qui chercherait à la contrôler. Ce qu'elle voulait, c'était un partenaire dans la vie. Un homme qui la considérerait comme son égale, même si cela n'était pas reconnu par la loi.

Elle finit par atteindre la porte située dans l'angle le plus sombre du corridor. Elle frappa trois fois contre le battant d'acajou, marqua une pause, et frappa encore deux fois, mais plus rapidement. Une minuscule ouverture pratiquée dans la porte à hauteur des yeux s'entrouvrit. Un homme jeta un coup d'œil. L'ombre était si épaisse qu'elle ne distinguait pas ses traits. Cela ne l'aurait guère étonnée qu'il portât un masque.

Ces rencontres secrètes s'entouraient toujours de beaucoup de mystères.

— Seuls ceux qui connaissent le mot de passe ont le droit de pénétrer ici, grommela-t-il.

Il s'exprimait d'un ton grave et bourru, comme s'il se figurait jouer le rôle de l'ogre, dans un conte pour enfants.

Ah, la mise en scène ! Cela faisait partie du jeu.

Mais comme elle avait eu le droit de venir jouer ici pour son anniversaire, elle savait très bien comment entrer.

— Feagan, énonça-t-elle.

C'était le nom de l'homme qui dirigeait autrefois le repaire d'enfants trouvés parmi lesquels avait grandi sa mère. Le mot de passe avait été choisi afin de lui rendre hommage.

Le colosse qui gardait l'entrée poussa un grognement. La serrure tourna, il ouvrit largement le lourd battant, et Grace passa devant lui d'un pas souple. L'homme était une sorte de géant qu'elle n'avait encore jamais vu. Elle supposa que sa taille devait en intimider plus d'un, et que ses poings imposants devaient décourager ceux qui s'obstinaient.

— Je vais vous accompagner..., commença-t-il.

— Inutile.

Elle avança, repoussant de lourdes tentures de velours qui semblaient noires dans l'obscurité, mais qui étaient en réalité d'un beau rouge sombre. Des tables garnies de carafes et des fauteuils étaient disposés dans cette partie du club où se réfugiaient parfois les perdants. Mais pour l'instant personne n'occupait le salon. Ce qui signifiait selon toute vraisemblance que les jeux n'avaient pas commencé depuis assez longtemps pour que quelqu'un ait été délesté d'une trop grande partie de sa fortune.

Soulevant d'autres tentures, elle passa dans la pièce suivante...

— Non ! Seigneur, Grace, que fais-tu ici ?

Drake Darling quitta sa place devant une grande table ronde recouverte de tissu vert. Il se passait nerveusement la main dans les cheveux, signe que la soirée ne se déroulait pas comme il l'aurait souhaité.

Il était le directeur du club, mais elle pensait qu'un jour viendrait où il en serait le propriétaire.

L'épaisse fumée qui planait dans la salle lui piqua les yeux. Des dessertes chargées de flacons et de carafes étaient alignées le long des murs, et des valets vêtus de luxueuses livrées rouges se tenaient prêts à servir les clients. L'un d'eux, de haute taille, se dirigea vers elle. Drake l'arrêta d'un geste.

— Je suis venue jouer, déclara-t-elle d'un ton bref.

Le vicomte de Langdon, fils du comte de Claybourne, grommela en la regardant.

— Je ne suis pas d'humeur à perdre ce soir.

— Dans ce cas, laissez-moi votre fauteuil et sortez, dit-elle.

Sachant très bien que Langdon n'en ferait rien, elle fit signe à un valet qu'elle avait déjà vu dans le club, lors d'une précédente visite. Sans la moindre hésitation, il lui amena un fauteuil. Apparemment, il savait où était son intérêt.

Trois gentlemen poussèrent leur siège en maugréant, afin de lui faire de la place. Le quatrième ne bougea pas un cil. Il fixa sur elle son regard ambré, comme s'il pouvait pénétrer ses pensées les plus secrètes. Cet examen la mit mal à l'aise et elle sentit sa gorge se nouer douloureusement. Les cheveux blond foncé de l'homme formaient des boucles sur sa nuque, et rebiquaient au-dessus de ses larges épaules. L'ombre d'une barbe sur ses joues lui donnait une allure dangereuse. Elle eut l'impression désagréable qu'il savait exactement pourquoi elle était ici, et quel jeu elle avait l'intention de jouer.

— Lovingdon.

— On ne prend place à cette table-ci que sur invitation, fit-il remarquer.

Sa voix rauque l'enveloppa et la fit frissonner. Comment se faisait-il qu'aucun autre gentleman ne lui fasse cet effet ?

— Etant donné que ma mère détient des parts importantes dans cet établissement, il me semble que l'invitation va de soi.

Grace prit place dans le fauteuil, et leurs yeux se croisèrent. Une fois assis, il ne la dominait plus de sa haute taille et ils étaient presque à égalité. Elle était soulagée de le trouver ici, bien que les autres hommes présents dans la salle ne soient pas très différents de lui. Ils obéissaient à des règles bien spécifiques. Tous s'étaient débarrassés de leur veste, de leur gilet et de leur cravate. Les manches de chemise étaient retroussées. Elle était presque étonnée qu'ils n'exigent pas de pouvoir jouer torse nu. Ils étaient tous des tricheurs invétérés, et avaient été influencés lors de leur éducation par au moins une personne qui avait réussi à survivre dans la rue. Ils avaient tous grandi fascinés par la fraude, les combines, les tours de passe-passe, les infractions à la loi. Dans l'aristocratie, ils faisaient l'exception. Mais quand ils étaient entre eux ils étaient égaux, quel que soit leur titre, leur rang ou leur héritage.

Enfin presque. Elle avait toujours eu le sentiment que

Lovingdon était un peu au-dessus. Elle ne put s'empêcher de remarquer les muscles solides de ses avant-bras qui laissaient deviner la musculature exceptionnelle de son corps. Il aurait sans doute pu la soulever sans effort.

Non qu'elle souhaitât qu'il le fasse. Tout ce qu'elle voulait, c'était qu'il la guide vers l'amour.

— Comment saviez-vous que nous étions ici ? s'enquit le duc d'Avendale.

Elle reporta son attention sur l'homme aux cheveux noirs et aux yeux sombres assis à côté d'elle. Comme Lovingdon, il avait hérité de son titre à un très jeune âge. Veuve, sa mère s'était remariée avec William Graves, l'un des meilleurs médecins de Londres, ami de la famille de Grace.

— Aucun de vous ne se trouvait au bal des Claybourne. Curieuse coïncidence. Quelle conclusion pouvais-je en tirer ?

Il y eut une seconde de silence, avant qu'elle ne poursuive :

— Vous vous rendez compte que par votre absence vous brisez le cœur de nombreuses mères et de leurs filles, n'est-ce pas ?

— Les lords qui cherchent une épouse ne manquent pas. Je suis sûr que personne ne nous réclame.

— Mais les autres n'appartiennent pas à des familles aussi riches et prestigieuses que vous tous.

Son regard glissa de nouveau sur Lovingdon. Celui-ci concentra son attention sur le centre de la table, tout en faisant habilement glisser entre ses doigts une pièce d'argent qui étincela dans la lumière des bougies. Se rappelait-il l'époque où il assistait aux bals en ville, et où il était tombé amoureux ? se demanda-t-elle.

La joie d'éprouver ce sentiment, la magie de ce moment.

Elle voulait désespérément connaître ce bonheur. La Saison dernière, la magie avait été tristement absente. Et cette Saison n'était jusqu'ici qu'une répétition de la précédente.

— Vous n'êtes pas venue pour jouer les marieuses, j'espère ? remarqua Langdon.

Il avait les cheveux noirs et les yeux gris de son père. Tous les comtes de Claybourne, sans exception, avaient posé sur le monde, les uns après les autres, des yeux couleur d'étain.

Elle émit un rire léger.

— Non, je ne suis là que pour vous prendre votre argent. J'ai besoin de fonds pour l'un de nos orphelinats.

Lovingdon fit rouler la pièce plus rapidement dans sa main et grommela :

— Je vous ferais volontiers une donation, si vous acceptiez de nous laisser jouer en paix.

Elle lui sourit, sûre d'elle.

— Je préfère gagner au jeu.

Et avec un peu de chance, elle remporterait des gains très importants.

— C'est tellement drôle de vous battre et, justement, ce soir j'ai grande envie de me distraire. J'ai trouvé le bal particulièrement ennuyeux.

— Ma mère sera très déçue d'entendre cela, répondit Langdon.

— Ce n'était pas sa faute, je vous assure, dit-elle en le dévisageant. Mais je suis un peu surprise qu'elle vous ait permis de ne pas y assister.

— J'ai feint d'être malade.

— En bien, ce n'est pas moi qui lui révélerai la vérité. A moins, bien entendu, que vous ne me mettiez à la porte du club.

Langdon inclina légèrement la tête.

— Vous pourrez jouer aussi longtemps qu'il me restera de l'argent.

Son père étant également propriétaire en partie du club, elle le soupçonnait d'avoir une belle somme en poche. Elle prit son réticule, en sortit la bourse de velours qui contenait son argent, et posa celui-ci devant Drake. Ce dernier avait grandi au sein de sa famille, il était plus un frère qu'un ami pour elle, et malgré cela il la regardait à présent comme s'il n'avait pas tout à fait confiance en elle.

Grace se savait douée pour paraître innocente quand elle ne l'était pas. C'était pour cette raison que ses frères aînés se faisaient souvent réprimander à sa place pour de petites sottises dont elle était l'initiatrice. Et ils subissaient punitions et châtiments, alors qu'elle continuait gaiement à jouer, comme si de rien n'était. Elle avait pris l'esprit vif et les doigts habiles de sa mère, tandis que ses frères avaient hérité de la ruse et de la finesse de leur père. Aussi trouvaient-ils toujours un moyen de se venger quand ils avaient des ennuis à cause d'elle. Mais comme elle était la plus jeune, ils l'aimaient sincèrement et elle les adorait.

Ils voyageaient en ce moment sur le continent et ne pourraient donc contrarier ses plans. Avec Drake, toutefois, c'était une autre histoire.

Celui-ci finit tout de même par pousser vers elle une pile de jetons colorés. Grace se pencha et referma la main sur le petit tas.

— Tu n'es pas sérieux ? Tu vas l'autoriser à rester ? s'exclama Lovingdon.

— Elle joue aussi bien que toi, répliqua Drake. Et son argent est aussi bon à prendre.

— Si je voulais la compagnie d'une femme, j'irais en chercher une ailleurs.

— Faites comme si j'étais un garçon, Lovingdon, rétorqua Grace. Cela ne semblait pas vous poser de difficultés quand j'étais petite.

Il laissa son regard glisser lentement sur elle, et elle maudit les petits frissons de plaisir qui se répandirent alors sur sa peau. Elle aurait aimé ne pas être troublée par son regard. Mais elle était loin d'éprouver de l'indifférence et souhaitait au contraire lui révéler une plus grande partie de son corps, se dénuder, voir apparaître une expression d'adoration dans son regard. Alors qu'elle craignait fort d'y découvrir de l'aversion. Sa première épouse avait été la perfection même. Ils avaient formé le plus beau couple d'Angleterre.

Il saisit son verre de whisky ambré et l'agrippa si fort que ses doigts blanchirent.

— D'accord, concéda-t-il à contrecœur. Mais ne croyez pas que nous allons cesser de fumer, de boire ou de jurer parce que vous êtes là.

Elle leva le menton, l'air hautain.

— Me suis-je déjà plainte ?

Puis, faisant le tour de la table du regard, elle lança :

— Eh bien, messieurs ? Pour quoi jouons-nous ce soir ?

Sur ces mots, elle fit rouler le haut de son gant de chevreau sur son avant-bras et le descendit jusqu'à son poignet, au creux duquel son pouls battait la chamade.

Elle avait quelque chose en tête. Lovingdon n'aurait su dire quoi, mais il aurait parié son dernier sou qu'elle avait un plan.

Très lentement, délibérément, sans le quitter un instant des yeux, elle tira sur chaque doigt de son gant, dévoilant son poignet, puis la paume de sa main et enfin ses doigts. Ils étaient minces et pâles. Il y avait certainement des années que le soleil n'avait pas effleuré sa peau.

Les lèvres d'un gentleman l'avaient-elles touchée ce soir ?

Elle posa sa main nue sur l'autre gant. Il maudit en lui-même ces actes en apparence innocents et la fascination qu'il éprouvait à voir le tissu rouler sur son bras, révélant sa peau. Seigneur. Ce n'était pourtant qu'un bras. Sa robe de bal bleu pâle ornée de ganses et de broderies azurées dénudait largement ses épaules et son cou. Mais le haut de ses seins demeurait pudiquement voilé. Pourtant ce qu'elle cachait le séduisait mille fois plus que ce qu'exposaient au regard les courtisanes qu'il avait fréquentées récemment.

Le monde sembla basculer.

La semaine précédente, quand elle était venue le voir, il l'avait regardée comme une jeune fille, et non comme une femme. Mais à présent, c'étaient bien les yeux langoureux d'une femme qui étaient fixés sur lui. Et une bouche sensuelle qui semblait réclamer ses baisers.

Au prix d'un violent effort, il rétablit son univers sur son axe habituel afin qu'il reprenne son cours normal. Il se reprocha intérieurement le trouble qui l'avait envahi à la vue d'un soupçon de peau blanche.

Grace était une grande amie, rien de plus. Il n'aurait jamais dû la trouver désirable. Quelques années auparavant, il ne l'aurait même pas remarquée. Néanmoins, il savait bien qu'il n'était plus ce qu'il avait été.

Apparemment, Grace non plus. Elle aurait pu prendre le temps de revêtir une tenue moins attirante aux yeux des messieurs avant de se rendre au club. Ils resteraient là toute la nuit, et elle devait le savoir. Elle connaissait aussi bien qu'eux leurs habitudes et leurs mauvais penchants.

Mais malgré cela, elle avait décidé de faire une entrée remarquée.

Dans quel but ?

Grace détestait perdre, il ne l'ignorait pas. Mais était-elle vraiment là afin d'amasser des fonds pour un orphelinat ? Il en doutait fort. Car dans ce cas, tout ce qu'elle aurait eu à faire, c'était de leur demander une participation. Ils se seraient tous empressés de vider leurs poches et de lui donner jusqu'à leur dernier sou.

Non, elle avait un autre projet. Et il aurait parié que cela avait quelque chose à voir avec sa visite nocturne chez lui, la semaine précédente.

Conscient que son regard s'attardait sur elle depuis trop longtemps, Lovingdon baissa les yeux pour considérer les deux cartes, l'une retournée l'autre non, qui lui avaient été distribuées dès qu'elle avait rangé ses gants dans son réticule. Dans ce groupe de joueurs, on ne tolérait aucune cachette possible. Ils jouaient au stud-poker. Les frères de Grace avaient découvert ce jeu lors d'un voyage à La Nouvelle-Orléans. A leur retour, quand ils leur avaient exposé toute sa complexité, il était devenu leur préféré et avait été ajouté au répertoire des jeux déjà pratiqués au Dodger's Drawing Room.

Toutefois, en bas les parties n'étaient pas aussi acharnées et les mises étaient moins importantes. Devait-il conseiller à Greystone d'être moins généreux envers sa fille, puisqu'elle était en possession d'une somme suffisante pour s'inviter à l'étage, dans leur cercle très privé ?

D'autres cartes furent distribuées, et d'autres paris engagés, avant que finalement Grace ne remporte la première manche. Son sourire triomphant était si lumineux qu'il aurait pu éclairer la salle, en l'absence des lampes à gaz. Les autres joueurs marmonnèrent, mécontents, à la grande joie de Grace.

— Vous ne savez pas vous arrêter de parier à temps, Langdon, dit-elle d'un ton taquin qui fit frissonner Lovingdon.

Quand avait-il ri d'aussi bon cœur, pour la dernière fois ? Ou même souri ?

— Vous devriez jouer contre mon père, rétorqua Langdon. A ce qu'on dit, il ne perd jamais aux cartes.

— Grace non plus, déclara Drake, en commençant à distribuer pour la partie suivante. Même quand elle était petite et qu'elle jouait à des jeux simples où il fallait réunir deux cartes, elle s'arrangeait toujours pour me battre.

— Et moi qui ai cru pendant des années que tu me laissais gagner !

Drake lui adressa un clin d'œil complice.

Ses débuts dans la vie avaient été difficiles. Il avait été un enfant des rues, avant d'être recueilli par la famille de Grace. Il ne parlait jamais de sa vie « d'avant », mais parfois Lovingdon voyait bien que ces souvenirs lui pesaient. Il se consacrait entièrement à son travail au club, s'assurant que le cercle de jeux faisait un bon bénéfice. C'était sa façon de payer en retour ceux qui lui avaient tant donné.

— S'est-il passé des choses intéressantes au bal des Claybourne ? s'enquit Avendale.

Grace haussa ses minces épaules blanches.

— Si vous voulez savoir ce qui se passe au bal, il faut s'y rendre.

— Je n'y attache pas vraiment d'importance. C'était juste pour faire la conversation.

— Ou plutôt pour m'empêcher de me concentrer sur le jeu. Toutefois, j'ai bien entendu dire qu'une certaine jeune femme avait été aperçue dans le jardin en compagnie d'un gentleman plus âgé.

— Qui donc ?

Elle darda sur lui un regard acéré.

— Je ne suis pas du genre à colporter les ragots.

— Alors, pourquoi y avoir fait allusion ?

Elle sourit. Son sourire enchanteur devait faire ployer les hommes à genoux devant elle, songea Lovingdon.

— Pour vous distraire. Maintenant, vous allez vous demander si par hasard cette jeune dame n'aurait pas fait pour vous une excellente duchesse.

— Le mariage ne m'intéresse pas. En fait, je suppose qu'il n'intéresse personne à cette table, en dehors de vous.

— Vous avez tous besoin d'héritiers.

— Nous ne sommes pas pressés, remarqua Lovingdon, laconique. Mon père était très âgé quand je suis né.

— Ce qui fait que votre mère a été veuve très jeune.

— Le fait de se marier jeune ne vous garantit pas de ne pas rester seul.

A peine les mots eurent-ils passé ses lèvres, qu'il regretta de les avoir prononcés. Après deux ans, le sentiment de perte était toujours aussi vif. Sa mère l'encourageait à poursuivre sa vie normalement. Elle-même l'avait fait assez vite, après la mort de son père. Mais ses parents n'avaient pas fait un mariage d'amour. Non, sa mère n'avait jamais éprouvé d'amour jusqu'à sa rencontre avec Jack Dodger, lorsque le propriétaire du Dodger's Drawing Room avait été désigné tuteur de Lovingdon.

Le visage de Grace s'enflamma.

— Bien sûr que non, dit-elle. Je suis désolée. J'ai... j'ai parlé sans réfléchir.

— N'y pensez plus.

La tension se fit palpable dans le petit groupe de joueurs. Personne ne lui parlait jamais de Juliette. Parfois, il avait l'impression qu'elle n'avait existé que dans son imagination. Depuis quelque temps, il avait de plus en plus de mal à se rappeler son odeur, la couleur exacte de ses cheveux, le bleu de ses yeux. Etaient-ils de la couleur du ciel à l'aube, ou bien au coucher du soleil ?

Grace baissa les yeux sur son jeu, et il la contempla tandis que le rouge s'estompait. Son visage devait être brûlant. Probablement comme tout le reste de sa personne. Il ferait mieux de quitter la table de jeu et d'aller se chercher une compagne pour la nuit. Mais ce soir, les femmes qu'il avait fréquentées récemment ne l'intéressaient pas. Certes, elles apaisaient les exigences de la chair, mais il ne se sentait pas vivant avec elles. Il agissait mécaniquement, l'esprit ailleurs.

A vrai dire, depuis deux ans, il avait de toute façon l'esprit ailleurs. Il mettait un pied devant l'autre, sans réfléchir, sans but.

Au prix d'un certain effort, il parvint à se concentrer sur sa paire de valets et tenir à distance ses sinistres pensées.

Sans surprise, ni lui ni Grace ne remportèrent cette manche. Le jeu n'était guère passionnant, mais pourtant il était soulagé de pouvoir se concentrer sur quelque chose qui n'avait pas vraiment d'importance. Il avait suffisamment d'argent dans ses coffres pour que ses pertes au jeu ne soient pas pour lui un sujet d'inquiétude. Il avait fait sienne l'opinion de son père, qui pensait que l'endettement était l'œuvre du diable. Un joueur payait ce qu'il devait sur-le-champ. Lovingdon ne devait jamais quoi que ce soit à ses partenaires de jeu, car les dettes faisaient sombrer un homme au moment où il s'y attendait le moins.

La soirée se poursuivit. La conversation se réduisit puis finit par s'éteindre, tandis que tous se concentraient sur les cartes qu'ils avaient en main. Lovingdon vit la moitié de ses jetons lui échapper pour aller augmenter la provision de Grace.

Cela aurait dû le rendre furieux. Mais il était fasciné par l'éclat de ses joues et l'étincelle qui illuminait ses yeux bleus chaque fois qu'elle gagnait. C'était étrange qu'elle accorde un tel intérêt à une chose aussi triviale que le jeu, alors qu'il n'en accordait aucun aux choses les plus importantes de la vie...

Cette fois, Grace avait en main deux reines et un valet, alors que Lovingdon avait un roi, un dix et un neuf. Drake et Langdon s'étaient retirés du jeu un peu plus tôt. Les dernières cartes furent placées, face cachée, devant les joueurs restants.

Grace tapota l'une des cartes de son index.

— Je mise cinquante.

Elle poussa une pile de jetons au centre de la table comme si cette somme ne représentait rien. Mais de fait, la plupart d'entre eux ne jouaient pas pour l'argent. Ce qui les poussait, c'était le frisson, l'idée de battre les autres. Les jetons ne servaient qu'à mesurer leur succès.

— Je crois que j'en resterai là pour ce soir, déclara Avendale en reposant toutes ses cartes, face cachée, sur la table.

Lovingdon jeta un coup d'œil fugace à sa dernière carte, et reporta son attention sur Grace. Celle-ci affichait une insolente assurance. Il fit monter les enchères, et elle suivit sans hésiter.

— Je veux augmenter la réserve, annonça-t-elle.

— Je vous en prie, faites.

— Mais j'aimerais mettre en jeu quelque chose d'un peu différent.

Il ne fut pas le seul à dresser l'oreille à ces mots. Il perçut la curiosité et l'intérêt de ceux qui l'entouraient, et espéra en secret qu'il n'avait pas laissé voir sa propre fascination pour la jeune femme.

— Expliquez-vous.

Grace s'humecta les lèvres et il vit bouger les muscles délicats de sa gorge lorsqu'elle déglutit.

— Nous allons tous miser une faveur. Si vos cartes battent les miennes, vous pourrez me demander ce que vous voudrez, je vous l'accorderai. Si c'est moi qui gagne, vous accéderez à ma requête.

— Ne soyez pas ridicule, protesta Drake. Ce n'est pas ainsi que l'on joue à ce jeu. Utilisez vos jetons, ou bien quittez la table.

— Attendez, s'exclama Lovingdon en observant attentivement la jeune femme.

Ses yeux étaient brillants, son teint animé.

— Je parie qu'elle a attendu ce moment toute la soirée. Je suis d'avis de lui accorder ce qu'elle demande.

— Je n'y comprends rien, remarqua Drake. Savez-vous ce qui se passe ?

Lovingdon fit rouler sa pièce porte-bonheur entre ses doigts.

— J'en ai une assez bonne idée.

Il dut reconnaître qu'elle ne broncha pas et soutint son regard la tête haute. Donc, il avait deviné juste. Elle avait l'intention de lui demander son aide et de l'obtenir grâce au jeu.

— Tu n'envisages pas sérieusement de la prendre au mot ? s'exclama Drake. Tu n'as aucune idée de ce qu'elle te demandera.

— Je doute fort qu'elle exige quelque chose d'épouvantable. Le danger est pour elle, car elle ignore ce que je pourrais exiger, moi.

— Tu ne peux demander quoi que ce soit d'inconvenant, ou qui risque de nuire à sa réputation, fit remarquer Drake d'un ton sévère.

— Y a-t-il des règles précises, pour ce pari ? demanda Lovingdon en se tournant vers Grace.

Celle-ci leva crânement le menton.

— Aucune.

— Je ne le tolérerai pas, déclara Drake.

— Cette dame accepte de subir les conséquences quelle que soit l'issue du jeu, donc tu n'as pas le choix, répliqua Lovingdon. Tu n'as rien à dire.

— Je dirige cette maison. C'est mon cercle de jeux, riposta Drake.

— En fait, non. Ce club appartient à mon beau-père, au père de Langdon et à la mère de Grace. Je respecte la façon dont tu le gères, néanmoins, je dois reconnaître à cette jeune dame le droit de parier ce qu'elle veut. Tant qu'elle est consciente que, si je gagne la partie, ma requête risque de ne pas lui plaire du tout.

Drake se pencha vers Grace.

— Grace, cela n'est pas raisonnable. Tu n'as absolument aucune idée de ce qu'il peut te demander.

Sans détacher un instant les yeux de Lovingdon, elle sourit. Le mouvement de ses lèvres faillit le faire renoncer. Elle le mettait au défi d'exiger quelque chose d'audacieux. Oh ! il aurait pu s'amuser beaucoup à lui apprendre les manières qu'avaient les hommes à la réputation sulfureuse de...

Ses pensées s'interrompirent brusquement, comme s'il venait de se heurter à un mur de briques.

La femme qui se tenait face à lui était lady Grace Mabry. Amoureuse des chatons perdus et chapardeuse de biscuits, dont la plus grande passion était de grimper aux arbres. Comment diable pouvait-il l'imaginer nue dans des draps de soie ? Il mériterait d'être fouetté pour avoir de telles pensées. D'ailleurs, Drake se serait fait un plaisir de lui administrer ce châtiment s'il avait su quelle direction son imagination venait de prendre.

— Le fait que tu le croies capable de faire quelque chose d'inconvenant a piqué ma curiosité, continua Grace. Néanmoins, j'insiste pour parier une faveur. A condition que vous compreniez bien, Lovingdon, que ce que je demanderai ne vous plaira pas, mais que vous serez obligé de le faire, jusqu'à ce que je juge avoir obtenu satisfaction.

Il fut sur le point de répondre d'un ton doucereux qu'il prendrait grand plaisir à la satisfaire et sentit un frisson d'excitation le parcourir, le premier depuis fort longtemps.

C'était étrange, quand il pensait à tous les excès qu'il avait commis. La boisson, le jeu, les femmes. Ces plaisirs n'étaient rien, comparés à ce qu'il ressentait en ce moment à la pensée qu'il pouvait la battre... ou non. Dans ce dernier cas, sa requête risquait fort de l'agacer, car il avait une idée précise de ce qu'elle exigerait de lui. Lui qui avait vécu si longtemps dans une sorte d'épais brouillard se sentait soudain sur le qui-vive, les nerfs à fleur de peau.

Il hocha la tête d'un air décidé.

— Je tiens le pari.

Devant son expression triomphante, il devina quelles cartes elle avait en main, avant même qu'elle n'ait retourné la première. La reine de cœur sembla le défier du regard.

— Trois reines.

— Je sais compter, ma chère.

Il retourna ses propres cartes, et toute couleur déserta subitement le visage de la jeune femme. Trois rois. Son sort était scellé.

Elle s'humecta les lèvres et fronça les sourcils.

— Je vois, dit-elle en posant sur lui son regard bleu saphir.

— J'ai essayé de vous décourager, mais en vain.

Elle hocha la tête. Ses mâchoires étaient crispées, ses dents serrées.

— Qu'allez-vous exiger de moi ?

Il n'avait pas à se sentir coupable parce que les cartes l'avaient favorisé. Sûrement pas. Les autres hommes attendaient, en retenant leur souffle, qu'il énonce sa sentence.

Il avait la réputation de savoir profiter des situations. Cependant il était irrité à la pensée qu'ils le croyaient capable de profiter d'elle. Une fille qu'il considérait comme sa sœur, bien qu'ils n'aient aucun lien de parenté.

— Vous savez très bien ce que je veux.

— Et qu'est-ce, exactement ? demanda Drake.

— Quelque chose de très innocent, je peux vous l'assurer, répondit-elle en se levant.

Elle était aussi gracieuse et fière qu'une reine que ses laquais viennent de décevoir, mais qui refuse de céder aux larmes. Tous les gentlemen se levèrent également, à l'exception de Lovingdon.

— Drake, dit-elle, tu veux bien me trouver une voiture ? J'ai renvoyé mon cocher à la maison en arrivant.

— Je rentre également, annonça Lovingdon en repoussant sa chaise. Je vais vous raccompagner.

4

La voiture avançait dans les rues en cahotant. Un silence aussi lourd et épais que le brouillard qui s'installait enveloppait les deux passagers. Lovingdon était assis en face de Grace. Bien qu'elle regardât par la fenêtre, elle sentait son regard fixé sur elle.

— Vous avez triché, dit-elle à voix basse.

— Vous aussi.

Elle ne prit pas la peine de nier. Tricher était une chose. Mais elle refusait de mentir.

— Mais dans ce cas, je ne devrais pas avoir de gage à payer.

— Auriez-vous été assez généreuse pour m'épargner, si les rôles avaient été inversés ?

Elle poussa un soupir dans lequel se mêlaient l'impatience et la colère. Elle s'attendait à ce qu'il joue comme un gentleman, et non comme un gredin. Mais elle n'aurait pas dû être étonnée par son comportement. Les rumeurs qui couraient à son sujet étaient donc vraies. Il avait renoncé à toute morale.

Du reste, il avait raison. Même si elle avait gagné en trichant, elle aurait exigé qu'il paye.

— Non, c'est un fait, répondit-elle. Nos chances étaient égales.

Tournant très légèrement la tête dans sa direction, elle se frotta frileusement les bras.

— Je vous remercie de ne pas leur avoir révélé ce que je voulais.

Il ôta sa veste et se pencha pour la lui draper sur les épaules.

— C'est chaud, murmura-t-elle en humant avidement l'odeur de cigare, de whisky, et d'autre chose, plus indéfinissable, qui n'appartenait qu'à lui. Cette veste est imprégnée de votre parfum.

— Vous ne parviendrez pas à me détourner de mon but. Je veux que vous sortiez de votre tête cette idée absurde. Je ne peux pas vous aider, de quelque manière que ce soit, dans votre quête du grand amour. Il faut que vous sachiez quelles sont les qualités que vous recherchez chez un homme. Trouver l'amour est une tâche personnelle qui s'accomplit seule, Grace.

— Je sais.

Elle hocha la tête en soupirant, et regarda de nouveau par la fenêtre.

— Lord Bentley, peut-être.

— Qui donc ?

— Je pense que ses attentions sont sincères. Il dit que je suis belle et qu'il rêve de moi toutes les nuits.

— Mais, moi aussi.

Le cœur battant, Grace se retourna pour contempler la silhouette de Lovingdon. Elle aurait aimé pouvoir distinguer ses yeux, mais l'ombre qui régnait dans le carrosse l'en empêchait. Il bougea. Doucement. Sa main se posa sur sa joue et la caressa. Son toucher était si léger qu'elle la sentit à peine, cependant sa peau s'enflamma.

Elle inspira, inhalant son parfum masculin. Leurs visages se touchaient presque.

— Vous êtes si belle.

Sa voix douce et grave la fit délicieusement frissonner.

— J'ai longtemps hésité à vous avouer mes sentiments. Nous sommes amis depuis de longues années, et je craignais que vous ne vous moquiez...

— Non. Jamais.

— Dans mes rêves, je nous vois allongés dans l'herbe fraîche d'une colline. Nos corps sont si proches, réchauffés par les rayons de soleil qui nous enveloppent.

— Lovingdon…

— Les paroles de Bentley étaient-elles aussi douces que les miennes ?

— Pas tout à fait, mais presque.

— Et vous avez cru à ces balivernes ?

Grace se figea, le souffle coupé.

— Vous croyez qu'il mentait ?

Lovingdon recula, s'adossant au siège de cuir.

— Tous les hommes mentent, Grace, afin d'obtenir ce qu'ils veulent.

Ses douces paroles ne signifiaient donc rien. Quelle idiote ! Elle s'était laissé enivrer…

Furieuse, elle lui décocha de toutes ses forces un coup de poing dans l'épaule.

— Espèce de canaille !

Il éclata d'un rire sonore, tout en se carrant dans son siège, en face d'elle.

— Vous le méritiez bien. En l'espace d'une semaine, vous m'avez gâché deux soirées.

— Pourquoi ? Parce que je vous ai lancé un défi ce soir ? Personne ne joue aux cartes aussi bien que moi.

— Personne ne triche aussi bien que vous.

— A part vous.

Cette idée l'irritait au plus haut point. Car comme Drake, il l'avait toujours laissée gagner. Mais elle croyait avoir été plus forte que lui. Le mufle.

— Alors, dites-moi. Pour en revenir à Bentley, comment puis-je démêler le vrai du faux ?

— Si ses paroles sont trop mièvres, cela dénote un manque de sincérité.

— Toujours ?

— Toujours.

— Donc, si un homme prétend que je suis belle, je dois le rayer de la liste de mes soupirants ?

— Ce serait effectivement plus sage, mais je suppose qu'il doit y avoir des exceptions.

— Dites-vous aux femmes que vous les trouvez belles ?

— Tout le temps.

— Et vous ne le pensez jamais ?

Elle entendit son soupir, au fond du sombre habitacle.

— Les mots sont faits pour qu'une femme se sente mise en valeur. Ils sont destinés à la séduire. A lui faire croire qu'elle seule m'intéresse... et au moment où je les prononce, c'est la vérité. Mais elle ne me retiendra pas longtemps auprès d'elle.

— Et ensuite, vous lui briserez le cœur.

— Je suis honnête, Grace. Les femmes qui passent dans ma vie n'entretiennent pas de faux espoirs.

— Je pense que vous vous trompez, au sujet de Bentley.

— Renseignez-vous sur lui. Vous vous apercevrez qu'il a déjà utilisé ces mots avec une autre. J'en suis sûr.

— Oh ! oui. Faites-moi passer pour une idiote.

Soudain glacée, elle se frotta de nouveau les bras sous la veste de velours.

— De quoi dois-je encore me méfier ?

— La fausse flatterie est généralement poétique, ridicule, un peu trop enrobée de compliments. Du moins, c'est le cas avec moi.

— Vous n'avez jamais flatté Juliette ?

— Nous ne parlerons pas de la façon dont j'ai fait la cour à Juliette. Jamais.

— Je suis dés...

— Ne vous excusez pas. Simplement, n'oubliez pas ce que je viens de vous dire.

— Comme vous voudrez. Revenons-en à notre affaire, dans ce cas. A la leçon que vous avez cherché à me donner. Je me sens tellement stupide. Je suis là, entourée d'hommes qui me déclarent leur flamme, et incapable de lire dans leur cœur. Bien que vous m'ayez conseillé de me fier au mien.

— Bentley n'est pas un homme pour vous.

— Puisque vous refusez de m'aider, je ne suis pas sûre de pouvoir tenir compte de votre opinion sur la question.

— Ce n'est pas une opinion, c'est un fait.

La voiture tourna dans l'allée circulaire et les chevaux ralentirent. Quelques secondes plus tard, le cocher fit arrêter le carrosse. Un valet vint ouvrir la portière. Lovingdon sortit, puis l'aida à descendre et lui offrit son bras pour gravir les marches du perron.

— Pourquoi êtes-vous si sûr de vous, au sujet de Bentley ? demanda-t-elle.

— Je connais lord Bentley.

Elle se tourna vers lui et, sans réfléchir, repoussa les lourdes boucles blondes qui retombaient sur son front.

— Un homme ne peut-il se corriger ?

— Vous méritez mieux qu'un homme qui a besoin de s'amender pour sa conduite passée.

Avec un rire léger, elle laissa sa main glisser doucement sur l'épaule de Lovingdon, sentant la fermeté et la force de ses muscles.

— Maintenant, je vais me méfier de tous ceux qui me feront des compliments.

— Moi, je ne vous mentirai jamais, Grace.

Sa main tomba un peu plus bas, sur sa poitrine, à l'endroit où son cœur battait si régulièrement. Il ne sembla pas s'en apercevoir.

— Pourtant, vous l'avez fait. A l'instant, dans la voiture.

— Ce n'était qu'une leçon pour vous aider à comprendre. J'espère que vous l'avez retenue et que vous en tiendrez compte.

— Vous êtes un abominable professeur. Le coup que vous m'avez donné sur les doigts était cinglant.

— Mon intention n'était pas de vous blesser, mais au contraire de vous protéger.

Elle recula vivement, en laissant échapper un petit soupir.

— Donc à l'avenir, je ne devrais plus croire aux paroles trop sucrées. A moins, évidemment, ajouta-t-elle en levant les yeux vers le toit, qu'il ne soit un vrai poète.

— Non, Grace, même pas dans ce cas.

— Nous verrons bien ce que me dicte mon cœur. Encore une question...

— Il y a toujours des questions supplémentaires avec vous, marmonna-t-il.

Ignorant l'irritation qui perçait dans sa voix, elle enchaîna :

— Pensez-vous pouvoir vous libérer pour assister à la fête de Midsummer que donneront mes parents ?

— C'est peu probable.

Grace hocha la tête et se mordilla les lèvres tout en réfléchissant. Il y avait toujours tant de non-dits entre eux.

— Je me rappelle vous avoir vu danser avec Juliette au bal de la Midsummer, l'été précédant votre mariage.

Il se figea, et elle eut l'impression qu'il avait cessé de respirer.

— Est-ce très douloureux, quand les gens vous parlent d'elle ?

— Parfois. Mais c'est très dur aussi quand personne n'en parle.

— Je suis toute disposée à vous écouter, Lovingdon.

Il baissa les yeux et fixa le bout de ses chaussures.

— Nous étions si jeunes, tous les deux. Nous nous sommes connus au premier bal auquel j'ai assisté. Je ne me suis jamais rendu à un bal où elle n'était pas.

Grace sentit des larmes lui piquer les yeux. Sa gorge se serra tant qu'elle en devint douloureuse.

— Vous craignez de ressentir son absence.

Il leva les yeux.

— Je ne sais pas ce que je ressentirai.

— Je n'ai jamais expérimenté ce genre d'épreuve, répondit-elle en hochant la tête. Aussi, je ne peux connaître la profondeur de votre chagrin. Mais j'ai souffert également d'une perte, et il m'a semblé qu'il était plus facile de continuer à vivre normalement si je me concentrais sur les choses qui embellissent ma vie.

Lovingdon se tourna pour la regarder plus attentivement.

— Qui avez-vous perdu, Grace ?

Mais la jeune femme secoua la tête.

— Je préfère ne pas en parler.

— Faites-vous allusion à cet homme dont vous étiez éprise ? Celui qui a épousé une autre femme ?

Elle laissa fuser un rire cristallin et décida de mentir, car c'était plus facile que de révéler la vérité.

Elle regrettait de s'être engagée dans cette voie et préférait s'en éloigner le plus vite possible.

— Oui. C'est stupide, en fait, de comparer les deux situations. Bonne nuit, Lovingdon. Dormez bien.

Consciente de son regard qui la suivait, elle pénétra dans la demeure familiale, soulagée qu'il n'ait pas cherché à poursuivre la conversation. Cependant, une petite partie d'elle-même aurait aimé qu'il la retienne, qu'il l'entoure de ses bras et qu'il insiste pour connaître toute la vérité.

Drake Darling inscrivit une dernière note dans le registre. Il était tard, il aurait dû être déjà couché, mais il avait généralement du mal à trouver le sommeil. Il avait toujours le sentiment d'avoir quelque chose à prouver, quelque chose à arranger, ou d'avoir laissé une tâche en suspens.

Il referma le registre et se cala dans son fauteuil en fermant les yeux, pour mieux laisser remonter ses souvenirs. Son véritable nom était Peter Sykes, il était le fils d'un voleur et d'un meurtrier. Il n'était pas censé savoir ce qu'avait fait son père, mais c'était son secret. Personne ne savait qu'il s'était faufilé jusqu'à l'échafaud et avait vu son père se balancer au bout d'une corde, car il avait tué sa mère. Frannie Darling avait cru pouvoir lui cacher la vérité. Mais Peter était un enfant des rues. Et il avait beau avoir changé, il ne pouvait renier ses origines.

Quand Mlle Darling avait épousé le duc de Greystone, son nom de famille n'avait plus d'utilité pour elle. Aussi Peter avait-il décidé de le lui emprunter, afin de faire oublier son père.

Pendant son enfance et son adolescence, il lui était arrivé de faire croire que Greystone était vraiment son père. Et lorsque le duc lui avait montré la constellation du dragon, Peter avait insisté pour se faire appeler Drake, en honneur au dragon dessiné par les étoiles.

Mais bien qu'il ait été chaleureusement accueilli et protégé par la famille Mabry, il avait toujours gardé à l'esprit qu'il n'était pas l'un d'entre eux. A dix-sept ans il était venu travailler au Dodger's, déterminé à gagner sa vie et à prouver...

— Dis-moi tout ce que tu sais sur Bentley.

Drake ouvrit les yeux. Lovingdon venait de faire irruption dans son bureau. L'homme semblait vouloir briser quelque chose... ou quelqu'un. Ils étaient du même âge et étaient devenus des amis proches, bien que la vie leur ait fait emprunter des voies différentes.

— Le vicomte de Bentley ?

Lovingdon hocha brièvement la tête.

— Quelle est sa situation financière ?

— Je ne la connais pas en détail. Il a un compte ici, le règle à la fin du mois, puis recommence. C'est un homme très prévisible en fait, et ennuyeux au possible.

— Oui, un homme ennuyeux et prévisible, répéta Lovingdon en allant se camper devant la fenêtre. Je ne vois pas ce qu'elle lui trouve.

— Qui ça, elle ?

— Grace.

— Ce qu'elle trouve à qui ?

— A Bentley. Tu ne fais donc pas attention à ce que je raconte ?

— Grace t'a dit qu'elle s'intéressait à lui ?

— Oui, dans la voiture. Elle a même précisé qu'il lui débitait des compliments. Des balivernes, bien sûr.

— Des balivernes ? Et cela lui plaît ?

Lovingdon lui lança un regard noir et hautain, comme s'il l'estimait assez niais pour rester sous la pluie un jour d'orage.

— Elle a cru que c'était de la poésie. Mais c'était un ramassis de sottises… il veut lui faire croire qu'il rêve d'elle, et d'autres fariboles dans ce genre.

Pourquoi Lovingdon s'inquiétait-il pour cela ? Et pourquoi Grace lui faisait-elle ses confidences ?

— Quelle était la véritable raison de sa présence ici, ce soir ?

— Tu lui poseras la question toi-même. Et pendant que tu y es, conseille-lui de se méfier de Bentley.

Lovingdon sortit du bureau aussi vite qu'il était entré. Il se passait des choses très étranges, ce soir.

Une petite conversation avec Grace s'imposait sans doute.

— Que tu fais, Grace ?

Le salon de la duchesse donnait sur le jardin, aujourd'hui inondé par la pluie. Grace leva les yeux de son livre, *Les Quatre Filles du Dr March*, et découvrit Drake adossé au chambranle, les bras croisés.

— Tu vois bien que j'ai un roman entre les mains et que je lis ?

C'était le début de l'après-midi. Grace avait dormi tard, et elle n'était pas encore remise de son aventure clandestine de la nuit. D'ordinaire, Drake dormait toute la journée et ne se levait qu'en début de soirée pour se rendre au club. Le fait qu'il ait dérogé à ses habitudes ne laissait présager rien de bon.

— Bentley, hein ? lança-t-il, d'un ton sarcastique.

— Pourquoi me parles-tu de lui ?

Drake décroisa les bras et alla prendre place dans un fauteuil, face à Grace.

— Le jour où tu considéreras Bentley comme un prétendant possible, je serai probablement sur le point d'épouser le Lièvre de mars.

Un grand sourire éclaira le visage de Grace.

— Tu envisages de te marier ? Voilà qui va faire plaisir à Mère.

— Bon sang, Grace…

— Sur qui as-tu fixé ton choix ?

— Sois sérieuse, tu veux bien ?

La jeune femme se cala confortablement dans son fauteuil.

— Qui t'a parlé de Bentley ?

Il l'observa longuement, les sourcils froncés, mais elle ne se troubla pas.

— Lovingdon est repassé au club hier soir, pour me demander si Bentley avait des dettes.

Grace s'efforça de ne pas montrer sa satisfaction. En dépit de son indifférence affichée, Lovingdon se souciait donc de savoir qui elle avait l'intention d'épouser !

— Que manigances-tu ? demanda Drake.

Comme la mère de Grace, Drake avait passé son enfance dans la rue. Les années avaient passé, il avait survécu, mais il se rappelait toujours les astuces et les expressions des gamins des rues. Derrière une manigance se cachait souvent une escroquerie.

— Ne sois pas idiot, répliqua-t-elle.

Penché en avant, les coudes sur les genoux, il scruta ses traits comme s'il voulait voir les tréfonds de son âme.

— Tu as quelque chose en tête et je suis sûr que ça a un rapport avec Lovingdon. Je ne serais pas étonné que tu aies fait exprès de perdre cette dernière manche.

— Eh bien, tu te trompes. J'avais bien l'intention de gagner.

— Et le gage ?

Drake était aussi proche d'elle que ses frères. Peut-être même plus. C'était lui qui lui tenait la main quand ils se rendaient à la fête du village, qui la hissait sur ses épaules quand elle était trop fatiguée pour marcher, qui volait des pâtisseries dans la cuisine pour lui en donner la moitié. Jamais il ne trahirait sa confiance, elle le savait et n'avait même pas besoin de lui faire promettre le silence.

— Les hommes tournent autour de moi comme des abeilles autour d'un pot de miel. Je voulais qu'il m'aide à deviner quels sont ceux qui m'aiment vraiment.

— Tu es trop maligne pour croire aux ruses de ces hommes, et moi je suis trop perspicace pour croire que cette requête ne cache pas autre chose. Tu voudrais que Lovingdon fasse partie de cet essaim ?

— Absolument pas. Ce n'est pas du tout le genre d'homme qui me convient.

Posant son livre, elle se leva et alla à la fenêtre. Des gouttes de pluie s'écoulaient sur la vitre, comme si la nature pleurait.

— Il ne se remariera pas, Grace. Quelque chose en lui s'est brisé à la mort de Juliette et de Margaret. Tu ne peux pas le réparer, ma chérie, il ne sera plus jamais comme avant.

— Tu ne m'as donc pas écoutée ? Il ne m'intéresse pas comme prétendant, mais cela ne signifie pas que je ne dois pas essayer. Que nous ne devons pas nous efforcer de lui rendre sa joie de vivre, Drake. Je me moque qu'il ne m'aime pas. Ce qui me désole, c'est qu'il gâche sa vie.

— Cela fait deux ans que je l'observe, Grace. Je l'ai soutenu, alors qu'il était submergé par le chagrin. Si un jour il redevient normal en apparence, il restera broyé à l'intérieur. Ce drame lui a laissé des cicatrices indélébiles.

— Nous avons tous des cicatrices.

Les siennes étaient plus palpables que celles de Lovingdon.

Drake vint se camper à côté d'elle, et c'est seulement à cet instant qu'elle remarqua son propre reflet, flou, dans le miroir.

— Les cicatrices intérieures sont bien pires que celles qui se voient, dit-il.

— Mais elles sont moins laides. Elles sont invisibles.

— Ce qui les rend encore plus dangereuses. Depuis combien de temps l'aimes-tu ? demanda-t-il en soupirant.

— Je ne l'aime pas, affirma-t-elle. J'étais amoureuse quand j'étais plus jeune, mais ce n'était qu'un béguin de jeune fille. Je ne suis pas assez sotte pour ne pas m'en rendre compte. De plus, je refuse d'être un second choix pour un homme. Or je crains que, pour lui, aucune femme n'arrive à la cheville de Juliette. En revanche, son expérience peut m'être utile. Et si en m'assistant il peut reprendre une place au sein de la société, ce n'en sera que mieux pour tout le monde. Il ne rivalisera pas avec les autres pour attirer mon attention, puisqu'il n'a aucunement besoin de ma dot.

— Moi non plus.

Avant qu'elle n'ait pu déchiffrer son expression, il lui tourna le dos et gagna la porte.

— Sois très prudente, Grace. Si tu le mets dans une position où il risque de te blesser, je serai obligé de le tuer.

Elle aurait dû courir après lui, le retenir. Mais elle se laissa juste tomber dans le fauteuil. Pour elle, Drake avait toujours été un grand frère. Ils n'étaient pas liés par le sang, mais par le cœur.

Ce qu'elle avait ressenti, enfant, pour Lovingdon, était totalement différent. Un seul de ses regards lui coupait le souffle. S'il l'effleurait par inadvertance, son corps s'embrasait, et il suffisait qu'il prononce un mot pour que son cœur se mette à battre plus vite.

Mais Lovingdon n'avait plus un tel pouvoir sur elle. Il n'était que le moyen d'atteindre un but. Mais un moyen bien plus important qu'elle n'osait se l'avouer.

Elle lui était reconnaissante du conseil qu'il lui avait donné au sujet de Bentley. Mais pouvait-elle se fier à lui ? Il lui avait promis de ne jamais mentir…

Mais si cette promesse n'était qu'un mensonge ?

— Un langage trop fleuri, expliqua Grace en se penchant au-dessus de la table de jardin en fer forgé pour servir le thé.

— Trop fleuri ? répéta Pénélope, sa cousine, fille du comte et de la comtesse de Claybourne.

Grace lui avait toujours envié ses cheveux de jais qui mettaient en valeur le bleu de ses yeux.

— Oui, tu sais. Trop d'adverbes, d'adjectifs et de belles paroles.

— Mais j'aime les belles paroles, dit lady Ophélia, la sœur de lord Somerdale.

Ses cheveux d'un blond clair rappelaient les blés ondulant sous le vent. Ses yeux étaient d'un vert saisissant.

— Oui, c'est tout le problème. C'est bien pour cela qu'ils en jouent. Mais s'ils le font, c'est qu'ils ne nous aiment pas vraiment.

— Où as-tu appris cela ? demanda Mlle Minerva Dodger.

Comme elle était la demi-sœur de Lovingdon, Grace ne pouvait pas vraiment lui répondre. Elle rapporterait ses dires à son frère, et les espoirs de Grace d'obtenir son aide seraient anéantis.

Minerva n'avait pas le teint aussi clair que Lovingdon. Leurs pères étaient complètement différents. Les cheveux de Minerva avaient la couleur brillante de l'acajou et ses yeux étaient d'un noir profond.

— C'est un gentleman qui me l'a dit.

— Quel gentleman ?

— Son nom n'a pas d'importance. Ce qui compte, c'est qu'il a beaucoup d'expérience dans ce domaine.

— Très bien. Je le noterai dans mon carnet, mais d'après moi ce sont des balivernes.

— Tu n'es pas obligée de le noter.

— Je croyais que nous allions publier un livre pour aider les jeunes femmes à deviner si un gentleman en veut uniquement à sa dot, ou non ? *Le Guide pour démasquer les coureurs de dots.*

— Oui bien sûr, mais je ne crois pas que nous ayons suffisamment d'éléments pour écrire ce guide.

— Je crois que nous devons absolument le faire, déclara lady Ophélia. Même s'il ne contient que deux pages. Regardez lady Sybil. Son mari fulminait tellement hier soir au bal, qu'il l'a presque fait pleurer. Et tout cela parce que sa nouvelle robe était de la même couleur que celle de sa sœur. Qu'est-ce que cela pouvait bien lui faire ? Si vous voulez mon avis, il devrait faire passer sa femme avant sa sœur. Il aurait dû dire à celle-ci d'aller changer de robe !

— Moi qui l'ai toujours trouvé si charmant, fit remarquer Minerva.

— Nous le trouvions toutes charmant ! s'exclama Grace avec conviction. La Saison dernière, je le considérais même comme un prétendant possible, avant de me rendre compte que Syb était terriblement amoureuse de lui. Je craignais de perdre son amitié en encourageant ce gentleman. Et maintenant, je regrette de la voir mariée avec lui.

— Ce n'est pas ta faute, assura lady Pénélope. Moi aussi, je me serais effacée en faveur d'une amie. C'est pourquoi nous devons nous entraider et démasquer les pires de ces messieurs, afin d'éviter le sort de Sybil et d'éprouver un tel chagrin.

— J'ai entendu une nouvelle assez troublante, annonça lady Ophélia. Mais comme cela concerne ma chère amie, lady Chloé, vous ne devez pas en dire un mot à âme qui vive.

— Nous ne le ferons jamais, affirma Pénélope. Cette table ronde est digne de celle du roi Arthur. Nous donnons notre parole d'honneur de ne jamais révéler les secrets prononcés ici.

Minerva éclata de rire.

— Tu es toujours tellement mélodramatique ! Tu devrais faire du théâtre.

— Ne crois pas que je n'y ai jamais pensé. Je crois que Père ne m'en empêcherait pas, car il se moque de ce que pensent les gens. Mais avec Mère, c'est une autre histoire. Elle prétend que notre comportement rejaillit non seulement sur notre père, mais aussi sur notre oncle.

Elle posa sur Grace un regard appuyé. Celle-ci déclara :

— Je ne pense pas que Père y trouverait à redire.

— J'y réfléchirai, si je ne trouve pas un amoureux cette Saison. Mais Ophélia, parle-nous donc de Chloé.

— Eh bien...

La jeune fille balaya le jardin du regard, avant de poursuivre :

— Elle s'amuse bien avec lord Monroe. Cela dure depuis la Saison dernière, mais il n'a toujours pas demandé sa main. S'il ne le fait pas, sa réputation sera détruite.

— Mais il va sûrement faire sa demande, assura Grace. S'ils sont… tu sais… intimes, et tout, ce n'est qu'une question de temps.

— J'ai envisagé d'aller le voir…

— Ce n'est pas une bonne idée. Il ne faut pas s'en mêler.

— Oui, j'imagine que tu as raison, répondit Ophélia en contemplant la pelouse. Il ne devrait pas être si difficile de trouver un bon mari.

— Qui vas-tu choisir ? demanda Minerva en se tournant vers Grace.

— Je n'en ai pas la moindre idée. Le premier qui m'offrira mes fleurs préférées, sans doute.

— Tes fleurs préférées ? Quel rapport cela a-t-il avec le reste ?

— C'est ce que m'a dit mon mystérieux gentleman. Un homme qui m'aime vraiment saura quelles sont mes fleurs préférées.

— Je vais noter cela aussi, annonça Minerva. Ce fameux gentleman est-il marié et heureux en ménage ? J'aimerais savoir comment il est devenu un tel expert en amour.

— Il est veuf.

La jeune femme leva vivement la tête.

— Oh. Il est vieux alors ?

Grace s'efforça de plaquer sur son visage une expression indéchiffrable.

— Terriblement vieux.

Il l'aurait été pour un enfant de deux ans, mais elle ne précisa pas ce détail.

— J'aimerais bien le rencontrer, dit Minerva.

— Je verrai si nous pouvons arranger un rendez-vous, mais je dois avouer qu'il n'aime pas sortir.

— Vieux et décrépit, donc. A-t-il encore toute sa tête ? Se rappelle-t-il comment il a obtenu la main de sa femme ?

Feignant l'indifférence, Grace répondit d'un air grave :

— Il a l'esprit vif et se souvient de tout.

5

Midi était une heure bien trop matinale pour un homme d'aussi piètre réputation que Lovingdon. Mais quand son valet vint l'avertir que sa mère l'attendait au salon, il ne lui sembla pas très sage de s'attarder plus longtemps au lit.

Souvent, elle n'hésitait pas à faire irruption dans sa chambre à coucher. Mais bien qu'il n'y ait pas de femme dans son lit ce matin, il préférait qu'elle ne le voie pas dans cet état. Il ne s'était pas rasé depuis des jours, ses yeux étaient rouges, ses paupières gonflées, et pour couronner le tout il sentait l'alcool et le tabac.

Il se lava et se rasa à la hâte, enfila des vêtements corrects, et descendit, prêt à lui faire croire que cette visite impromptue lui faisait plaisir.

Assise dans une bergère en velours vert, elle servait le thé.

La première chose qui le frappa en la voyant, c'est qu'elle avait beaucoup vieilli depuis la dernière fois qu'ils s'étaient vus.

Lovingdon doutait fort qu'on puisse trouver un autre homme qui aime autant sa mère qu'il aimait la sienne. Et tant pis si cela faisait de lui le petit garçon chéri de sa maman !

— Mère !

Il traversa le salon et se pencha pour l'embrasser.

— Vous avez l'air en forme.

— Menteur. J'ai une mine affreuse. Je ne dors pas beaucoup en ce moment.

— Lequel de vos enfants est responsable de vos insomnies ?

Il prit place dans un fauteuil à côté d'elle et étira ses longues jambes. Après son mariage avec Jack Dodger, elle avait donné naissance à encore deux fils et une fille. La lignée prestigieuse de ses ancêtres leur avait permis de faire leur entrée dans la bonne société, et la fortune considérable de Jack Dodger faisait d'eux des partis acceptables. Lovingdon était certain qu'ils épouseraient tous quelqu'un issu de l'aristocratie.

Sa mère ne répondit pas et se contenta de boire son thé à petites gorgées, ce qui constituait une réponse éloquente à sa question.

— Il ne faut pas vous inquiéter pour moi, je vais très bien, affirma-t-il.

— Cela fait deux ans, maintenant. Et tu ne réapparais toujours pas dans la bonne société. Tu ne peux pas porter le deuil éternellement.

Il prit sa montre dans sa poche. A l'origine, elle était destinée à Jack, le fils illégitime de son père. Mais celui-ci l'avait offerte à Lovingdon le jour de ses vingt et un ans. A l'intérieur, sous le couvercle, son père gardait le portrait miniature d'une jeune femme. Une servante qui, disait-il, avait été le grand amour de sa vie. Une jeune fille qui avait donné naissance à Jack. Lovingdon avait remplacé le portrait de la servante par celui de Juliette.

— Père n'a aimé qu'une seule fois dans sa vie. Je suis peut-être comme lui.

— Il n'a jamais essayé de retrouver l'amour. La culpabilité le retenait.

S'il y avait une chose que Lovingdon comprenait, c'était bien le sentiment de culpabilité.

Ne nous laisse pas mourir.

Les mots résonnèrent dans sa tête. Elles n'auraient jamais dû tomber malades. Si seulement il était resté à distance des quartiers miséreux, comme le lui avait demandé Juliette. S'il n'avait pas éprouvé le besoin de jouer les bons Samaritains. S'il s'était contenté de fournir des fonds pour détruire les taudis et reconstruire des logements décents. S'il n'avait pas voulu à tout prix superviser les travaux. S'il avait eu le bon sens d'éloigner sa famille lorsqu'il était tombé malade. Et si seulement il était mort à leur place.

Sa mère posa sa tasse.

— Je ne dis pas que tu dois aimer de nouveau. Mais je pense que si tu sortais de temps en temps dans la bonne société, cela te ferait le plus grand bien.

— Ne vous inquiétez pas pour cela, je sors suffisamment, répliqua-t-il sèchement.

— Oui, j'en suis sûre. Dans le lit des femmes.

Sa mâchoire se décrocha et il demeura un instant bouche bée, figé de stupeur. Il se ressaisit enfin, au prix d'un effort évident.

Sa mère arqua les sourcils.

— Je suis l'épouse du propriétaire d'un club de jeux, qui partage tous ses secrets avec moi. Il y a longtemps que j'ai perdu mon innocence dans certains domaines.

Lovingdon vida son esprit de toute image, afin de ne pas imaginer sa mère se livrant à des activités coquines.

Néanmoins, il n'aurait pas dû être étonné. C'était Jack qui lui avait fait découvrir l'alcool et le tabac. Jack aussi, qui lui avait appris à jurer et à jouer aux cartes.

Elle se pencha et lui pressa gentiment la main.

— Henry, je veux que tu sois heureux.

— Pas encore, Mère, déclara-t-il en secouant la tête. C'est trop tôt. La seule idée d'être heureux me paraît obscène.

— Fais un premier pas. La comtesse de Westcliffe donne sa garden-party annuelle cet après-midi. Tu devrais y aller.

— Je ne connais rien de plus ennuyeux que de manier un maillet.

Sa mère fronça un peu les sourcils.

— Tu as oublié à quel point tu aimais jouer au croquet. Si tu n'y vas pas pour toi, fais-le pour moi. Je dormirai tellement mieux si je sais que tu acceptes au moins de voir du monde.

— Je vois...

— Oui, je suis sûre que tu vois des femmes à la réputation douteuse, mais ce n'est pas ce que je voulais dire. Fais quelque chose de convenable, pour changer.

— J'y penserai... pour vous.

— Je suppose que je ne peux pas t'en demander davantage ?

— Vous pourriez le faire.

— Mais je m'abstiendrai, répliqua-t-elle en souriant.

Elle se leva, et Lovingdon l'imita.

— Il faut que j'aille m'occuper de la fête d'anniversaire de Minerva, qui aura lieu la semaine prochaine. Tu viendras, j'espère ? Ce n'est qu'une petite fête de famille. Elle sera très déçue si tu n'es pas là, cette année encore.

Il ne se rappelait même plus combien de ces fêtes d'anniversaire il avait manquées. Une, ou deux ?

Il éprouva un soupçon de culpabilité. Non qu'il eût honte de son comportement. Mais ses jeunes frères et sœurs l'avaient toujours tellement admiré qu'il tentait de ne pas imposer ses mauvaises habitudes devant eux.

Il se rendait compte à présent qu'il avait eu tort de les éviter. Il avait l'impression d'avoir traversé un épais brouillard qui commençait à se dissiper lentement sous le soleil.

Toutefois, il n'aurait su dire ce qui avait causé l'apparition du soleil.

— J'essaierai d'être là.

Sa mère lui tapota tendrement la joue.

— Viens, je t'en prie. Après tout, je ne te demande pas grand-chose.

En effet, songea-t-il en la raccompagnant dans le hall d'entrée.

— Au fait, aurais-tu vu lady Grace, depuis le début de la Saison ? demanda-t-elle. J'ai entendu dire qu'elle songeait à lord Bentley.

— A lord Bentley ? Mais pour quelle raison ?

— Eh bien, pour un éventuel futur époux, voyons.

Les garden-parties de la comtesse de Westcliffe étaient réputées. Grace se dit que la comtesse n'aurait pu espérer un plus bel après-midi. Le ciel était clair, le soleil radieux réchauffait l'air et exaltait le parfum de l'herbe fraîchement coupée.

Marlborough House était entièrement ouverte pour accueillir les invités. Certains s'étaient réfugiés à l'ombre des dais installés pour l'occasion, d'autres jouaient au badminton ou au croquet. Un grand nombre d'entre eux buvaient du champagne en grignotant de délicieuses pâtisseries.

Grace était assise sur un banc, à l'ombre d'un grand orme, entourée par une douzaine de gentlemen qui espéraient attirer son attention. Elle constata avec soulagement que lord Ambrose ne se trouvait pas parmi eux.

Elle se montrait aussi charmante que possible, mais aucun des messieurs qui faisaient cercle autour d'elle n'éveillait en elle le moindre soupçon de passion. Etrangement, ils se ressemblaient tous, tout en essayant de se faire remarquer. Elle aurait aimé trouver quelqu'un qui n'ait pas autant besoin d'elle. Mais d'autre part, elle comprenait bien que sa dot considérable attirait ceux qui avaient le plus besoin de renflouer leurs finances. Elle ne leur reprochait pas les conditions difficiles dans lesquelles ils évoluaient. Si quelqu'un avait été élevé dans l'idée que tout le monde n'était pas aussi riche que sa famille, c'était bien elle ! Mais elle aurait aimé rencontrer un homme qui fasse l'effort de faire fortune par lui-même, sans compter sur la dot d'une jeune fille.

Cependant, elle sourit à lord Winslow, rit des affreuses plaisanteries de lord Canby, qu'elle ne trouvait pas drôles du tout, et écouta d'un air captivé lord Carlton lui décrire le chant cristallin d'un ruisseau dans lequel il avait disposé des pierres afin de laisser l'eau s'écouler selon un chemin bien précis. Elle s'abstint de lui faire remarquer que, s'il avait aidé ses fermiers à ôter les pierres de ses champs, ceux-ci auraient sans doute produit plus de grains, et les récoltes lui auraient rapporté plus d'argent. Ce qui lui aurait évité de se précipiter pour aller chercher d'autres coupes de champagne dans l'espoir de l'impressionner.

C'était une calamité d'avoir hérité du don de sa mère pour les chiffres, ainsi que de son penchant pour ce qui représentait la voie de la sagesse.

Lord Renken bégayait terriblement, aussi ne prononçait-il pas un mot. Grace n'était pas rebutée par son léger handicap. Elle ne cherchait pas la perfection. Ce qu'elle voulait, c'était l'amour. Sa mère ne reprochait jamais à son père la cécité dont il souffrait un peu plus chaque jour. Elle ne l'aurait pas aimé davantage si sa vue avait été parfaite. Mais il était difficile de connaître un homme, s'il ne parlait jamais.

Lord Vexley était tout aussi muet. De temps à autre, il échangeait un coup d'œil avec elle. Des regards furtifs, complices, faisant comprendre que selon lui aucun de ces gentlemen n'était digne de son attention. Grace ne pouvait nier que Vexley était beau, intelligent, et qu'il avait une conversation agréable lorsqu'ils dansaient. Il semblait s'intéresser plus à elle qu'à sa fortune.

Mais comment en être sûre ?

Elle maudit Lovingdon de ne pas avoir pris son problème au sérieux. Mais peut-être n'était-ce pas non plus très grave ?

Personne ne mourrait de faim, ne serait obligé de dormir dans la rue, ou ne succomberait à cause du prétendant qu'elle choisirait. Et si elle ne parvenait pas se décider, ses parents ne la renieraient pas non plus.

Elle pouvait sans doute vivre très heureuse sans mari. Ce qui la gênait, c'était de ne pas connaître l'amour. Jusqu'à présent, personne n'avait jamais été follement, profondément, passionnément amoureux d'elle. Or, elle pensait qu'une femme devait connaître la passion au moins une fois dans sa vie.

Etait-elle trop exigeante de vouloir que cette passion dure toute la vie ?

Lord Canby s'apprêtait à raconter une nouvelle histoire drôle, quand Grace se leva et secoua ses jupes pour les défroisser. Il s'interrompit au milieu d'une phrase et elle faillit éclater de rire en voyant son expression décontenancée.

Mais elle se contint, rajusta son chapeau afin de protéger ses yeux du soleil, et annonça :

— Messieurs, veuillez avoir l'amabilité de m'excuser un instant...

— Je vous accompagne ! s'exclama lord Vexley en bondissant sur ses pieds.

Elle lui sourit avec gentillesse.

— Là où je vais, les dames préfèrent se rendre seules. Je ne serai pas longue, répondit-elle.

— Comme vous voudrez, concéda-t-il en inclinant la tête.

Il y avait une nuance dans sa voix qu'elle ne put identifier. Etait-ce de la déception ? De l'impatience ? Il était sûrement beaucoup moins frustrant d'être la personne poursuivie que le poursuivant. Avec tous ces gentlemen qui s'efforçaient de l'impressionner, elle ne courait pas le risque d'essuyer une rebuffade. Peut-être pourrait-elle atténuer son sentiment de culpabilité en les orientant vers des jeunes filles susceptibles d'accueillir leurs attentions avec plus d'enthousiasme qu'elle ? Cela semblait avoir fonctionné pour lady Cornelia et lord Ambrose.

Tout en se dirigeant vers la maison, elle eut conscience d'un picotement dans la nuque, probablement causé par le regard de lord Vexley qui demeurait fixé sur elle. Elle était consciente de sa présence, de ses attentions... cela devait bien vouloir dire quelque chose, non ?

Du coin de l'œil, elle vit lord Fitzsimmons parlant à son épouse, lady Sybil. Le couple se tenait tout au bout de la terrasse, dans l'ombre d'un bosquet d'arbres et de buissons qui les dissimulaient en partie. Elle ne pouvait entendre ce qu'ils disaient, mais elle comprit à la pâleur de Sybil que son mari l'accablait une nouvelle fois de reproches. Sans doute pour un détail, une peccadille qui n'avait aucune conséquence sur l'ordre de l'univers. Cet homme était un goujat. Un prince qui s'était transformé en crapaud, et non le contraire. Elle savait que cette affaire ne la concernait pas, qu'elle aurait dû continuer d'avancer comme si de rien n'était, mais Sybil ne méritait pas qu'on la laisse tomber.

Sans réfléchir davantage, elle se dirigea droit vers le jeune couple. Le nez de lord Fitzsimmons n'était qu'à un centimètre de celui de sa femme. Ses yeux étaient rétrécis par la colère, et la jeune femme se tenait raide et crispée.

— Monsieur ? lança Grace. Lord Fitzsimmons ?

Il tourna la tête et darda sur elle un regard si furieux qu'elle manqua de reculer. Il aurait été plus sage de passer son chemin. Malheureusement il n'y avait pas chez elle une once de lâcheté, et elle avait tendance à s'obstiner quand elle se trouvait confrontée à une brute. Ce qui s'expliquait sans doute parce qu'elle avait grandi au milieu de ses frères aînés et avait plus souvent joué avec des garçons qu'avec des filles. Elle savait tenir sa place dans une bataille d'oreillers et n'était jamais la dernière quand il s'agissait de faire des sottises.

— Je suis sûre que vous ne vouliez pas mettre votre épouse dans l'embarras devant les autres invités, déclara-t-elle d'un ton bref, en s'interposant entre Sybil et lui.

— Grace, balbutia la jeune femme.

— Lady Grace, cela ne vous regarde pas, rétorqua Fitzsimmons.

— Je crains que si. Lady Sybil est l'une de mes très chères amies.

Les traits durs, il se pencha vers elle en agitant un doigt sous son nez.

— Soyez sur vos...

Il poussa un cri aigu. Soudain, Grace vit qu'une large main s'était emparée de ce doigt et l'avait presque complètement tordu en arrière. Elle eut l'impression que les yeux de lord Fitzsimmons allaient lui sortir de la tête. Coulant un regard de côté, elle vit Lovingdon, qui avait le plus grand mal à contenir sa rage.

— Si jamais vous pointez encore ce doigt vers elle, je le casserai en deux, gronda-t-il, les dents serrées.

— Votre Grâce, elle se mêlait...

— Vous avez de la chance qu'elle l'ait fait avant moi. Car je me serais servi de mes poings. Vous vous donnez en spectacle en traitant votre femme avec un tel manque de respect. C'est une chose que je n'admets pas.

— Vous n'avez pas à me dire ce que... Aïe !

Grace se rendit compte que Lovingdon n'avait toujours pas lâché prise. Il n'eut qu'un simple geste à faire pour que Fitzsimmons plie les genoux, manquant de s'affaler sur le sol, terrassé par la douleur.

— Vous allez traiter votre femme différemment. Sinon, c'est à moi que vous devrez rendre compte. Me suis-je bien fait comprendre ?

— Tous les mariages connaissent des hauts et des bas.

— Cela ne vous ressemble pas, Fitz.

L'homme leva le menton.

— Vous ne me connaissez pas, Lovingdon. Je ne suis plus le même. Nous changeons tous. Vous n'êtes plus non plus celui que j'ai connu à l'école.

— Mais ce n'est pas moi qui suis en tort aujourd'hui. Maintenant, demandez pardon à votre épouse de n'avoir pas su vous comporter en gentleman.

Fitzsimmons eut une brève hésitation, puis consentit à marmonner :

— Je suis désolé, ma chère. Cela n'arrivera plus.

Lovingdon le relâcha.

— Je vous suggère de faire une petite promenade pour vous calmer.

— Vous n'avez pas d'ordre à me donner.

Lovingdon se contenta de hausser les sourcils. Fitzsimmons hocha la tête.

— Mais je reconnais une certaine sagesse dans votre suggestion, admit-il.

Et sur ces mots, il s'éloigna.

Le regard de Sybil se porta sur Grace, puis sur Lovingdon.

— Merci. Merci à vous deux. Je ne comprends pas ce qui lui arrive. Comme vous le disiez, Votre Grâce, cela ne lui ressemble pas d'être aussi désagréable.

— Quand ces sautes d'humeur ont-elles commencé ?

Elle haussa délicatement les épaules.

— Je n'en suis pas sûre. Il y a environ trois ou quatre mois, il me semble. Mais peu importe. Tout ira bien, maintenant, j'en suis certaine.

Oh ! Sybil, songea Grace, désolée. *Tu es trop optimiste.*

— Si jamais il vous fait encore du mal, reprit Lovingdon, n'hésitez pas à m'appeler. Envoyez-moi un message.

Apparemment, il avait aussi des doutes et ne partageait pas l'optimisme de Sybil.

— A la maison, il est doux comme un agneau. Cela n'arrive que lorsque nous sortons en public. Je ne comprends pas, mais je pense que cela va s'arranger.

Les joues brûlantes, la jeune femme s'éloigna.

Grace la suivit des yeux, hésitant à l'accompagner, mais répugnant à abandonner Lovingdon.

— Merci d'être venu à mon secours, dit-elle en se retournant vers lui.

— Je suppose que vous seriez facilement venue à bout de sa mauvaise humeur.

Cela ne l'empêchait pas d'apprécier ce qu'il avait fait pour épargner à lady Sybil une situation très embarrassante. D'autres invités avaient remarqué ce qui se passait, mais personne n'avait osé intervenir.

— Je ne savais pas que vous étiez là, continua Grace.

— Cela me paraît évident.

— Vous êtes contrarié.

— J'étais à deux doigts de lui faire rencontrer mes poings.

— Et moi les miens, ajouta-t-elle en souriant.

Elle vit l'esquisse d'un sourire se dessiner sur ses lèvres, mais il le réprima aussitôt.

— Vous n'êtes plus une enfant. Vous ne pouvez plus prendre part à des bagarres.

Grace leva les yeux au ciel, comme si elle trouvait sa remarque absurde.

— Je ne vois pas ce qu'il y a de mal à se défendre. Vous m'avez vous-même appris à tenir tête à mes frères. C'est une leçon que je n'ai jamais oubliée, bien que je sois sortie de l'enfance.

Lovingdon secoua la tête et elle vit sa colère se dissiper, probablement à l'évocation de ces souvenirs heureux.

Grâce à lui, elle savait se servir de ses poings et se protéger. Elle savait frapper vite et fort, se battre pour gagner. D'ailleurs, peut-être devrait-elle donner une leçon ou deux à Sybil.

— Croyez-vous que Fitzsimmons tiendra compte de vos menaces et qu'il la traitera mieux ? Je crains qu'elle ne soit un peu trop optimiste.

Il regarda dans la direction que Fitzsimmons avait prise.

— Je lui glisserai encore un mot ou deux. Ne vous inquiétez pas trop pour cela.

— J'aurai du mal à suivre votre conseil. J'aime tellement Sybil !

Elle l'observa un instant, et ajouta :

— Je ne m'attendais pas à vous voir à cette garden-party.

Lovingdon haussa les épaules.

— Je n'avais rien de spécial à faire cet après-midi, aussi me suis-je décidé à passer. J'ai vu que vous étiez entourée de soupirants.

Le ton était légèrement réprobateur.

— Je n'ai pas le choix, ils viennent tous vers moi. Il faudrait que je leur demande de faire la queue pour venir me parler chacun à leur tour, mais cela me paraît encore pire.

Son regard glissa sur elle, et il parut plonger dans de profondes pensées. Son front se plissa, et elle dut faire un effort pour ne pas le caresser du bout des doigts afin d'effacer ces rides soucieuses, ou repousser les mèches blondes qui cachaient ses yeux.

Quelle idiote.

— Aucun de ceux qui se pressaient à vos pieds ne vous donnera ce que vous cherchez.

Il leva les yeux et elle lut une expression sincère dans ses prunelles couleur d'ambre.

— Comment le savez-vous ?

— Un homme qui vous aime ne se contentera pas de rester à distance.

Il prit sa main dans la sienne, et elle eut conscience de sa force. Elle avait des doigts longs et fins, mais les siens étaient larges, puissants. Il l'attira doucement vers lui. L'ombre fraîche les enveloppa, et son parfum masculin et poivré effaça les senteurs douces des roses du jardin.

— Il voudra être près de vous, dit-il d'une voix rauque. Afin de discerner le cercle noir qui entoure vos prunelles de saphir et que personne d'autre que l'être aimé ne peut voir. Il voudra respirer votre parfum de rose et de lavande, sentir la chaleur de votre peau. Il ne se contentera pas de vous partager avec les autres.

Pour la première fois, elle remarqua le cercle sombre qui entourait ses prunelles dorées. Elle fut ravie de cette découverte, car le reste de sa personne lui était familier. Elle connaissait par cœur ses traits fermes et bien dessinés.

Quand il penchait la tête de cette façon, il pouvait paraître hautain. Mais en ce moment, il semblait seulement captivé. Comme s'il venait tout juste de la voir sous un nouvel aspect. Comme s'il était fasciné de découvrir qu'elle était devenue une femme.

Elle avait conscience de leur respiration saccadée, des battements violents de son cœur, du regard brûlant de Lovingdon se posant sur sa bouche entrouverte...

Elle passa le bout de la langue sur ses lèvres, comme pour une invitation... Une invitation pour quoi ? Elle ne le savait pas très bien. Mais elle avait du mal à réfléchir, à analyser, à décrypter tout ce qui se passait. Le soleil était un peu trop chaud. A moins que ce ne soit la proximité de Lovingdon, la chaleur qui émanait de son corps, ses attentions ?

— Il me regardera fixement ? chuchota-t-elle en se penchant vers lui.

— Il vous touchera comme il ne pourrait le faire avec ses mains. Du moins, pas en public. Mais des images lui empliront l'esprit, et il ne pourra détacher les yeux de vous.

Il toussota, brisant le lien qui s'était formé entre eux, et leva les yeux vers le ciel.

— Il vous regardera, Petite Rose, comme si vous étiez tout pour lui.

Son regard revint se poser sur elle. Il était redevenu normal, et elle se demanda si elle avait imaginé la chaleur qui émanait de ses yeux fauves. Un peu embarrassée, espérant qu'il n'avait pas eu conscience de la fascination évidente qu'elle avait éprouvée, elle déglutit et reporta son attention sur les fleurs. Mais celles-ci lui parurent bien pâles, comparées à Lovingdon. Elle aurait préféré le contempler, lui.

— Il faut du temps pour qu'un amour aussi intense se développe, n'est-ce pas ? demanda-t-elle.

Il secoua lentement la tête.

— Je suis tombé amoureux de Juliette à l'instant où j'ai posé les yeux sur elle.

Il recula d'un pas, comme s'il ressentait le besoin d'échapper à ce souvenir.

— Elle ne voudrait pas que vous restiez seul.

Lovingdon eut ce sourire à la fois triste et arrogant, qui n'appartenait qu'à lui.

— Je suis loin d'être seul.

— Mais l'amour ? Elle n'aimerait pas que vous viviez sans amour.

— L'amour est rare. Certaines personnes ne le connaissent jamais. Mais quand on l'a connu...

Il secoua de nouveau la tête, avant de poursuivre :

— Je ne désire pas le connaître de nouveau. Je ne pourrai jamais aimer une femme comme je l'ai aimée.

— Je trouve cela tellement triste. C'est dommage. Il faut que vous ayez un héritier.

— Je peux en avoir un sans nécessairement aimer sa mère. C'est ce qu'a fait mon père.

Son expression se figea, révélant qu'il regrettait d'avoir prononcé ces mots.

— Je vous ai dit ce que vous deviez savoir pour trouver celui qui vous aime.

Sur ces mots, il tourna brusquement les talons.

— Attendez ! J'ai encore une question, lança-t-elle vivement.

Il se retourna, posant sur elle un regard impassible, exempt de curiosité. Il ne se souciait pas vraiment d'elle et de ses petites misères. Pourquoi était-il venu, en réalité ? Cela avait-il une quelconque importance ?

Elle fit un pas vers lui, en se mordillant les lèvres.

— Si un gentleman couche avec une dame sans avoir demandé sa main, est-il tout de même possible qu'il l'aime ?

— Non.

Le mot fut prononcé d'une voix si dure qu'il lui fit l'effet d'une gifle. Lovingdon dut voir le choc s'inscrire sur ses traits, car il enchaîna :

— Donnez-moi son nom et, s'il a profité de vous, je le tuerai.

Grace laissa fuser un rire léger.

— Personne ne couche avec moi. Je veux parler d'une amie. Elle pense qu'il l'aime…

— Il se peut qu'il la désire, mais il ne l'aime pas. Il serait plus prudent pour elle de mettre fin à cette relation, avant qu'elle ne se retrouve très embarrassée et que sa réputation ne soit définitivement ruinée.

— Vous savez cela parce que vous avez couché avec des dames que vous n'aimiez pas ?

— Jamais avec une dame qui avait une réputation à

préserver. Je vous l'ai déjà dit, Grace, les femmes que je fréquente connaissent les règles du jeu. Il me semble, d'après ce que vous me révélez, que votre amie ne les connaît pas... surtout si elle s'attend encore à être demandée en mariage.

— Les gentlemen ne suivent pas les mêmes règles que les dames, n'est-ce pas ?

— Je crains que non. Nous pouvons être des monstres, quand nous nous y mettons. Mettez-la en garde.

Il s'éloigna sous les feuillages, gagnant une porte étroite qui ouvrait sur la rue. Grace aurait donné cher pour le suivre.

Avait-il vu sa mère souffrir du manque d'amour de son père ? Etait-ce la raison pour laquelle il était là et lui offrait ses conseils ? Elle savait naturellement que son père, beaucoup plus âgé que sa mère, ne s'était marié que par devoir. C'était une coutume assez répandue dans l'aristocratie. Mais désormais l'amour commençait à peser plus souvent dans la balance, et le devoir passait au second plan.

Elle pivota sur elle-même et tressaillit en poussant un petit cri aigu en voyant l'homme à la haute stature qui lui barrait le passage.

— Lord Vexley, vous m'avez fait peur.

— Je vous demande pardon, lady Grace. Je ne pouvais laisser passer cette occasion de me trouver un moment en tête à tête avec vous.

Il fit un pas vers elle sans la lâcher du regard.

— J'ai l'impression que Lovingdon vous a bouleversée.

— Non, pas du tout. Il passait par là, et nous avons bavardé quelques minutes. Il est rare qu'il apparaisse dans les réceptions. J'espérais que le fait d'être en société lui ferait du bien.

— Je plains la femme qui essayera de conquérir son cœur. Il n'est pas facile de vivre avec un fantôme.

— Je ne crois pas...

— Ma mère était la deuxième épouse de mon père. Elle n'a jamais eu la place principale dans son cœur, ce qui l'a rendue très triste. Il vaut bien mieux être la première à posséder le cœur d'un homme.

Posant sa main à plat sur sa poitrine, il ajouta en souriant :

— Le mien est encore libre.

C'était une invitation. Elle aurait dû être enchantée, accepter avec joie cette offrande, et cependant elle ne put s'y résoudre.

Elle essaya donc de prendre cette offre à la légère, sans pour autant blesser Vexley. Car elle ne pouvait nier que, de tous les gentlemen recherchant son affection, il était celui avec lequel elle préférait se trouver.

— J'ai du mal à croire que votre cœur n'ait pas encore été touché, alors que vous êtes si incroyablement charmant.

— Mais je ne suis pas facilement charmé. Cependant, vous, madame...

Son regard se porta vers les jardins.

— Vous serez peut-être assez aimable pour faire quelques pas avec moi dans la roseraie.

— J'en serai enchantée, répondit-elle en lui prenant le bras.

Ses paroles n'étaient pas exagérément poétiques, et il souhaitait se promener avec elle parmi les roses. S'il parvenait à deviner quelles étaient celles qu'elle préférait...

— Rouges, je pense, déclara-t-il comme s'il avait pu lire dans ses pensées. Ce sont des roses rouges que je vous enverrai demain.

— Il vaut bien mieux les laisser où elles sont. Elles durent plus longtemps ainsi.

— Ah, une dame qui n'apprécie pas d'être courtisée avec des fleurs. Que préféreriez-vous ? Je me le demande.

Elle ouvrit la bouche pour répondre, mais il lui posa aussitôt un doigt ganté sur les lèvres.

— Non, ne me dites rien. Je devinerai.

Il lui sourit avec une grande douceur, et elle regretta que son cœur ne se mette pas à battre plus fort.

Lovingdon renvoya sa voiture et rentra à pied. Il avait besoin de marcher. Il voulait sentir ses muscles travailler, se tendre, entendre ses talons claquer sur le sol. Il voulait prendre de la distance. Surtout avec Grace, ses iris bleus cerclés de noir, et ce maudit grain de beauté qui soulignait ses lèvres. Pourquoi s'attardait-il sur sa peau alors que ses taches de rousseur avaient disparu ? Pourquoi ce grain de beauté semblait-il le narguer ? Pourquoi l'avait-il remarqué ?

Un peu comme si le soleil l'avait embrassée à cet endroit précis. Eh bien, il avait envie de faire de même !

Il était venu simplement pour observer. Pour s'assurer que Bentley ne monopolisait pas l'attention de Grace. Et intervenir s'il le fallait.

Il ne s'attendait certes pas à cette petite altercation avec Fitzsimmons. Quel vaurien. Si un homme réprimandait Grace de cette manière, que ce soit en public ou en privé…

Et comment diable le saurait-il, si cela se passait en privé ?

Parce que Grace le lui dirait, bien entendu. Il entendrait sa version de l'affaire.

Mais cette petite sorcière entêtée lui répliquerait sans doute que cela ne le concernait plus. S'il refusait de l'aider à trouver un homme qui l'aimait, il ne pourrait pas se plaindre qu'elle épousât quelqu'un qui ne lui convenait pas.

Peut-être aurait-il dû attendre quelques secondes avant de s'interposer entre Fitzsimmons et elle. Il aurait aimé voir la tête de ce pauvre type quand le poing de Grace aurait atterri sur son nez. Car oui, elle l'aurait frappé. Elle n'était pas aussi réservée que Juliette.

Lorsque Grace voulait quelque chose, elle faisait en sorte de l'obtenir. Même si elle devait demander l'assistance d'un débauché comme lui. Ce qu'il n'était pas encore décidé à lui accorder.

Qu'est-ce qui lui était-il passé par la tête, pour la regarder comme il l'avait fait ? Pour la forcer à le contempler également ?

Il ne regardait plus jamais les femmes dans les yeux. Il ne

remarquait plus les grains de beauté au coin des lèvres des demoiselles. Il ne faisait plus attention à leur respiration haletante, ou à leurs doigts se soulevant involontairement pour le toucher.

Avait-elle été consciente de ce qu'elle faisait ? S'il ne s'était pas écarté, elle l'aurait effleuré. Comme le soir précédent. Or, cela ne se pouvait pas. Ce n'était pas possible.

Sa peau, ses soupirs, ses regards brûlants. Tout cela appartiendrait bientôt à un autre. A un homme qui aurait la force de l'aimer comme elle le méritait.

— Il faut prévenir lady Chloé, lança Grace à lady Ophélia.

Après sa promenade au bras de Vexley, elle avait retrouvé sa meilleure amie, près des massifs de rhododendrons.

— Il ne l'aime pas vraiment. Il ne la demandera jamais en mariage.

— Comment peux-tu en être sûre ?

— C'est mon gentleman qui me l'a dit.

— Vexley ? Est-ce Vexley, ce fameux gentleman ? Je t'ai vue en sa compagnie, dans la roseraie.

— Non, c'est quelqu'un d'autre.

— Il est là ? demanda Minerva.

— Non, non. Mais il est formel. Si un homme couche avec une femme sans la demander en mariage, ce n'est que du désir. Et c'est logique. Après tout ce temps, pourquoi demanderait-il sa main ? Il cherche quelqu'un avec une dot plus importante.

— Le mufle, marmonna Ophélia.

— Il faut la mettre en garde.

— D'accord, d'accord. Je vais lui parler.

Ophélia écarquilla les yeux, et un sourire illumina ses traits.

— Ah, voilà justement lord Ambrose. Je pense que je vais aller batifoler un peu avec lui. Histoire de rendre lady Cornelia complètement dingue.

— Ne gâche pas tout, répliqua Grace d'un ton véhément. Je me suis donné beaucoup de mal pour les rapprocher.

— Ton gentleman t'a-t-il dit que Cornelia plaisait à Ambrose ?

— Nous n'avons pas parlé d'eux.

— Tu devrais peut-être aborder le sujet. Ce serait intéressant de connaître son opinion sur tous les couples qui se forment, au fur et à mesure que tu brises le cœur des gentlemen.

— Je ne brise pas les cœurs.

— Nous en brisons toutes, et nous avons toutes le cœur brisé à notre tour. C'est la vie.

6

Lovingdon sirotait son whisky en faisant rouler une pièce de monnaie entre ses doigts. Il se souciait peu des hommes avec lesquels il jouait aux cartes. Un seul retenait son attention.

Fitzsimmons.

L'homme ingurgitait de l'alcool en quantité, comme si cela pouvait résoudre tous ses problèmes, alors qu'en réalité il ne faisait qu'ajouter à ses ennuis. Un homme devait absolument rester vigilant quand il jouait aux cartes, s'il voulait avoir une chance de gagner. Or, Fitzsimmons ne semblait plus du tout avoir la tête sur les épaules.

Il avait poussé un grognement hostile quand Lovingdon avait pris place à la table de jeu. Non que ce comportement soit inhabituel. Les autres gentlemen, à l'exception d'Avendale, avaient tous exprimé leur contrariété en le voyant arriver, par des toussotements, une soudaine agitation, et des signes pour demander au valet de remplir les verres.

Lovingdon n'était pas réputé pour son esprit charitable aux cartes. Selon lui, un homme devait simplement s'abstenir de miser quand il ne voulait pas perdre, ou ne pouvait pas se le permettre.

Apparemment, Fitzsimmons pensait exactement l'inverse. Si sa chance ne tournait pas au cours de cette partie, il allait perdre tous les jetons qui lui restaient. Lovingdon savait déjà que Fitzsimmons ne gagnerait pas cette manche. C'était une évidence pour tout le monde. Pourtant, l'homme continuait à augmenter la mise, comme si son obstination à faire monter les enchères pouvait masquer le fait qu'il avait un très mauvais jeu.

La dernière donne fut distribuée. Lovingdon posa son verre, souleva un coin de sa carte...

Et s'abstint de manifester le moindre signe de contentement.

De son côté, Fitzsimmons parut additionner mentalement ses gains. Et dans un élan d'une incroyable stupidité, il poussa le reste de ses jetons vers la pile au milieu de la table.

Le gentleman assis à sa gauche se racla la gorge et ramena ses cartes vers lui. Son voisin l'imita.

Lovingdon n'envisagea pas une seconde d'être aussi charitable qu'eux. Il suivit la mise. A en juger par les yeux injectés de sang de Fitzsimmons, ce dernier était proche de la crise d'apoplexie.

A la gauche de Lovingdon, Avendale se retira à son tour.

Lovingdon soutint le regard de Fitzsimmons, qui retourna lentement ses cartes.

— Carte haute avec as, articula-t-il d'une voix sourde.

Lovingdon était conscient des regards braqués sur lui, des respirations saccadées, de l'impatience des autres joueurs. Il n'était pas trop tard pour ramener ses cartes vers lui sans les montrer, et de marmonner :

— Par exemple, je n'en reviens pas.

Mais au lieu de cela, il retourna son jeu, révélant une paire de valets.

Fitzsimmons blêmit, tel un homme sentant les doigts glacés de la mort se refermer sur son cou.

— Maudit, vous avez triché !

L'un des joueurs poussa une exclamation étouffée. Un autre recula sa chaise en raclant le sol, comme s'il s'attendait à ce que Lovingdon se jette sur l'insolent Fitzsimmons pour l'étrangler.

— Allons donc, nous sommes entre gentlemen ! s'écria Avendale. Nous n'accusons pas...

Lovingdon ne le laissa pas poursuivre.

— Je ne me sens pas offensé. Cela m'amuse. Dites-moi

mon cher comment pourrais-je tricher alors que mes mains n'ont jamais quitté la table ? Vous voyez bien que dans l'une je fais tourner cette pièce de monnaie, et dans l'autre je tiens mon verre.

— Je ne sais pas, bredouilla Fitzsimmons, d'une voix hachée. Je n'en sais fichtrement rien.

— Vous êtes honorablement connu dans cette maison, j'en suis certain. Vous obtiendrez de nouveaux jetons sans difficulté, bien que je ne vous conseille pas d'en redemander. La chance n'est pas de votre côté ce soir.

— Cela montre bien que vous ne savez rien de moi. Il y a belle lurette qu'elle n'est plus de mon côté.

Fitzsimmons repoussa sa chaise en faisant racler les pieds sur le sol, et leva le menton avec toute la dignité dont il était capable.

— Messieurs.

Il se redressa et se dirigea alors vers le salon, en ne trébuchant que deux fois.

— Il ne faut jamais mélanger l'alcool et les cartes, déclara Avendale. Comme la chance semble être avec toi ce soir et que je n'ai aucune envie de perdre davantage, je pars aux Jardins de Cremorne, ajouta-t-il en s'adressant à Lovingdon.

— Où tu perdras ton argent encore plus facilement qu'ici.

— Certes, mais en faveur de certaines dames qui ont une manière très inventive de te prouver leur gratitude. Tu m'accompagnes ?

— Peut-être un peu plus tard. J'ai d'abord une affaire à régler.

Lovingdon fit signe à un jeune valet, qui se précipita vers leur table.

— Voici mes gains, lui signala Lovingdon en poussant vers lui le tas de pièces qui lui appartenaient. Partagez-les en parts égales avec les autres garçons de la maison.

— Merci, monsieur le duc.

Le garçon fit glisser les jetons dans une coupe. Lovingdon souhaita une bonne soirée aux gentlemen qui restaient et se dirigea vers le salon. A peine eut-il pris place dans un fauteuil face à Fitzsimmons, qu'un valet vint déposer un verre de whisky sur la table. C'était une tradition vieille de trente ans au Dodger's, tous les employés du club connaissaient la boisson préférée de chaque gentleman. Lovingdon souleva son verre et huma l'excellent parfum de l'alcool.

— Vous venez vous réjouir de ma défaite ? demanda Fitzsimmons d'un ton morne.

— Si j'avais voulu me moquer de vous, je l'aurais fait à la table de jeu, devant témoins. Cela aurait été autrement plus amusant ! Vous n'aviez pas les moyens de perdre ce soir, ajouta-t-il en tapotant son verre du bout du doigt.

Fitzsimmons se mordilla les lèvres en évitant son regard.

— Je n'en ai plus les moyens depuis quelque temps déjà, avoua-t-il à mi-voix.

Lovingdon se pencha en avant, posant les coudes sur ses genoux.

— Je vous ai connu à Eton, reprit-il doucement. Vous n'avez jamais été une brute. Et Dieu sait que ceux-ci ne manquaient pas au collège. Mais pas vous. Alors, pourquoi vous en prenez-vous à votre épouse ? Lady Grace Mabry m'a confié que lady Sybil pensait que vous l'aimiez...

— C'est vrai, je l'aime.

Une étincelle surgit dans ses yeux, puis s'éteignit presque aussitôt.

— Je ne suis plus moi-même, depuis quelque temps.

— Je ne me suis guère intéressé aux mariages dans la bonne société ces dernières années, mais j'ai entendu dire que votre épouse avait une dot confortable.

— Elle est aussi très dépensière. Et je n'avais pas le cœur de la priver de ce plaisir. J'ai donc envisagé d'augmenter mes revenus par des investissements. J'ai fait de mauvais choix. Diable, je me demande pourquoi je vous raconte tout cela ! Mais de toute façon, ce sera bientôt sur la place publique. Il ne me reste plus rien. J'ai dilapidé sa dot. Je doute fort qu'elle continue de m'aimer quand elle comprendra dans quelle terrible situation nous nous trouvons. Quant à ma mauvaise humeur à son égard... eh bien, je pense que j'aurais aimé qu'elle me quitte avant d'apprendre la vérité.

— Elle n'est pas au courant ?

— Aimeriez-vous avoir le sentiment que votre épouse a été déçue par votre comportement ?

Lovingdon eut l'impression de recevoir un coup de poing en pleine poitrine. Il avait déçu Juliette, de la pire façon possible.

Fitzsimmons blêmit.

— Désolé. Je ne voulais pas...

Lovingdon leva une main pour l'empêcher d'en dire plus. Il ne voulait pas que le nom de Juliette soit prononcé en ce lieu.

— Vous reste-t-il quelques économies ?

Fitzsimmons secoua lentement la tête, en signe négatif.

— Très bien. Je vous fournirai donc un capital, ainsi que des conseils pour effectuer des investissements judicieux. Vous me rembourserez ce prêt avec des intérêts une fois que vous aurez réalisé un bénéfice raisonnable.

— Pourquoi feriez-vous cela ? Nous ne sommes même pas amis.

— Le bonheur de lady Sybil est important pour lady Grace, et le bonheur de cette dernière compte beaucoup à mes yeux. Néanmoins vous devez comprendre que je peux vous détruire aussi facilement que je peux vous aider. Notre but est de faire en sorte que vous ne ressentiez plus le besoin de passer votre colère sur votre épouse.

— Je ne le ferai plus. Je l'aime.

— Dans ce cas, traitez-la en conséquence, répondit Lovingdon en se levant. Venez chez moi demain après-midi à deux heures, nous réglerons les détails de cette affaire.

Fitzsimmons bondit sur ses pieds.

— Je viendrais à huit heures du matin, s'il le fallait.

Quel empressement ! Lovingdon espéra qu'il ne se trompait pas sur Fitz. Il l'avait toujours considéré comme un homme bon et honorable, mais il savait aussi que la vie vous lançait parfois des défis qui vous faisaient dévier de votre route.

— Je ne serais pas disponible à une heure aussi matinale. J'ai l'intention de passer la nuit dehors à m'amuser. Demain après-midi, ce sera très bien.

— Je ne sais comment vous remercier, Votre Grâce.

— En vous comportant correctement avec votre femme.

— Je le ferai. Vous pouvez compter sur moi.

— Et évitez les tables de jeu, mon vieux.

— Je suivrai ce conseil.

Lovingdon sortit d'un pas alerte. Il avait décidé de se rendre aux Jardins de Cremorne, où l'on trouvait toujours des femmes et de l'alcool en abondance.

Il avait une grande envie des deux.

Il savait exactement où trouver Avendale : assis dans leur banquette préférée, à boire de la bière. Celui-ci le repéra de loin, et lui tendit une chope, avec un large sourire. Lovingdon l'attrapa, et les deux hommes trinquèrent.

— Je savais que tu ne pourrais t'empêcher de venir.

Non, il n'aurait pas pu rester seul ce soir. Il avait besoin de... il ne savait pas de quoi, exactement. Tout ce qu'il pouvait dire, c'est qu'il n'avait pas trouvé ce qu'il cherchait au Dodger's. Il vida sa chope d'un trait et en demanda une autre au serveur.

Avendale s'adossa au comptoir, en appui sur les coudes, et croisa les jambes. Il semblait bien trop à l'aise ici, mais de fait il vivait dans la quête permanente du péché. Pendant leur jeunesse, il avait toujours poussé Lovingdon à suivre ses traces. Mais ce n'est qu'après la mort de Juliette que son cousin s'était finalement décidé à accepter l'invitation.

Au bout de la première nuit, il s'était demandé pourquoi il avait résisté si longtemps à l'appel de la débauche.

Avoir toujours un comportement correct, ce n'était pas une vie, pensa-t-il en ingurgitant sa deuxième chope.

— Où voulais-tu en venir, avec Fitzsimmons ? demanda Avendale.

Lovingdon observa la foule. Les Jardins de Cremorne avaient deux aspects différents. En début de soirée ils étaient fréquentés par une foule de gens respectables. Cela durait jusqu'au moment des feux d'artifice. A minuit, ceux-ci s'éteignaient et il ne restait plus dans l'air que des volutes de fumée grise. Alors, les bonnes gens partaient, cédant la place aux personnes peu recommandables.

Des godelureaux se pavanaient à présent en prenant des airs importants, et de jeunes personnes à la poitrine opulente s'efforçaient de les attirer dans leurs filets.

— Je l'ai surpris hier en train de traiter sa femme d'une façon assez lamentable, expliqua Lovingdon. Il ne semblait plus être lui-même.

— Lui-même ? Tu veux dire tel que dans tes souvenirs d'école ?

— Lui-même, tout simplement. Apparemment, il se trouve dans une impasse financière. Il a effectué de mauvais placements, et ce genre de choses.

— C'est pire que cela, j'imagine. Cette maudite industrialisation arrache les fermiers à la terre pour les envoyer en ville, travailler en usine. Cela annonce la mort de l'aristocratie. Ecoute bien ce que je te dis.

— Ne sois pas aussi défaitiste, répondit Lovingdon en riant. L'aristocratie survivra.

Avendale se redressa et leva sa chope.

— Survivre ne suffit pas. Nous voulons prospérer, avoir plus d'argent qu'il ne nous en faut pour vivre, afin de continuer de nous divertir sans aucun souci qui pèserait sur notre humeur.

— Je ne crois pas t'avoir jamais vu abattu par une accumulation de soucis.

Une expression grave assombrit un instant les traits d'Avendale, puis il vida son verre et le reposa sur le comptoir.

— Que dirais-tu de trouver deux aimables jeunes femmes

pour passer la nuit ? Nous pourrions les ramener chez moi et profiter de leurs faveurs jusqu'à l'aube ?

Lovingdon essaya de se rappeler s'il avait entendu des rumeurs concernant la situation financière d'Avendale, mais rien ne lui vint à l'esprit. Leur relation était plutôt superficielle.

— Tout va bien pour toi ?

Avendale se mit à rire.

— Tout ira encore mieux, quand j'aurai trouvé une belle bien disposée à mon égard.

Avant que Lovingdon ait pu répondre, son compagnon se mit en chasse. Il fit remplir sa chope au comptoir, et lui emboîta le pas.

— Je suppose que nous recherchons le gibier habituel ? demanda Avendale. Deux charmantes brunettes ?

Lovingdon ne répondit pas. La question était inutile, et son cousin le savait.

— Je comprends que tu ne t'intéresses pas aux blondes, poursuivit Avendale. Mais les rouquines ? Elles ont souvent un tempérament explosif.

— Je te les laisse.

Il ne voudrait jamais d'autre blonde que Juliette. Quant aux rousses, il ne savait pas très bien pourquoi il ne s'en approchait jamais. Cela avait très certainement quelque chose à voir avec Grace, qui détestait la couleur de ses cheveux et ses taches de rousseur.

Lovingdon était content qu'Avendale ne se soit jamais intéressé à Grace. Il n'avait absolument pas besoin de sa dot, mais il n'était pas non plus du genre fidèle. Du moins, Lovingdon ne pouvait l'imaginer fidèle à une épouse. A sa connaissance, l'homme n'avait même jamais pris la peine d'entretenir une maîtresse. La monotonie l'ennuyait à mourir.

Avendale était un très bon compagnon de beuverie, mais il ferait probablement un époux lamentable.

Il s'éloigna de Lovingdon lorsqu'une femme lui fit signe d'approcher. Alors que ce dernier avait l'intention de se trouver également une compagne pour la nuit, il se surprit à observer les gentlemen qui l'entouraient. L'un d'eux serait-il digne de devenir l'époux de Grace ?

Celle-ci se montrait parfois obstinée, et pourtant il y avait de la douceur chez elle, une sorte d'innocence. Il lui fallait un homme qui ne chercherait pas à la briser, qui ne la disputerait jamais. Un homme capable de comprendre qu'elle se comporte parfois d'une façon qui n'était pas tout à fait acceptable pour une dame de la haute société.

Par exemple en se rendant chez un célibataire au beau milieu de la nuit, en buvant de l'alcool, en jouant aux cartes, en trichant, en le rendant complètement fou avec ses...

Lovingdon trébucha et se figea en apercevant des cheveux roux sous le capuchon d'un manteau, avant que la femme ne détourne la tête. Elle était grande, mince... ce ne pouvait être Grace ?

— Bonsoir, mon beau. Que cherches-tu ce soir ?

Une inconnue aux cheveux dorés lui caressa l'épaule. Il ne s'était même pas rendu compte de sa présence. Il était si fasciné par la femme au capuchon que n'importe qui aurait pu lui faire les poches.

— Excusez-moi, articula-t-il en s'éloignant.

Où diable était passée la créature au capuchon ? Grace était tout à fait capable de venir aux Jardins de Cremorne, afin de se faire une idée de la mentalité des gentlemen qui la courtisaient.

Ah, voilà. Elle était là.

Lovingdon fila, se frayant un chemin entre les gentlemen, contournant une grosse dame, dépassant une autre, plus petite. Elle se dirigeait vers un bosquet d'arbres. Une fois qu'elle aurait disparu dans l'ombre, il ne la retrouverait plus.

Il hâta le pas. Se rapprocha de la jeune femme, tendit le bras, lui posa la main sur l'épaule, la faisant pivoter sur elle-même...

Ce n'était pas du tout Grace. Elle avait des yeux d'une autre couleur, son nez avait une forme différente. Son menton, au lieu d'être rond, était bien carré. Elle n'avait pas de pommettes saillantes. Ses cheveux... ses cheveux n'étaient pas de la même nuance. Ils étaient d'un roux plus vif, et on était moins tenté de passer la main dans ses boucles.

Lovingdon regarda ses yeux soulignés de khôl. Il n'y vit pas d'étincelle, pas de rire, pas de joie.

— Je vous demande pardon, dit-il en secouant la tête. Je vous ai prise pour quelqu'un d'autre.

Il fit un pas en arrière, puis un autre. Pourquoi diable se mettait-il à penser à Grace en ce moment ? Elle ne pouvait pas se trouver dans ce quartier de Londres à cette heure de la nuit ! Toute la soirée, il n'avait eu qu'elle en tête. D'abord avec Fitz, et maintenant dans les Jardins.

Pivotant sur ses talons, il se mit à la recherche d'Avendale. Peut-être devrait-il renoncer aux brunettes ce soir et chercher simplement quelqu'un pour lui faire sortir Grace de la tête.

Il repéra Avendale qui venait vers lui d'un pas chancelant, une blonde suspendue à son bras, une beauté brune accrochée à lui. Il murmura quelques mots à cette dernière. Elle se détacha de lui et se dirigea vers Lovingdon en balançant les hanches d'un air aguicheur. En arrivant devant lui, elle lui posa une main sur la poitrine, la fit remonter sur son épaule, et lui prit la nuque.

— Votre ami prétend que vous pouvez m'enlever mon corset d'une seule main.

— Je pourrais même le faire avec les deux mains liées dans le dos, répondit-il avec un grand sourire.

— Ah, vous vous moquez de moi !

— Je suis très habile avec mes dents, lâcha-t-il en se penchant vers elle.

Elle eut un rire de gorge, profond et sensuel.

— J'aimerais bien voir cela.

— Je vous ferai une démonstration avec plaisir.

Donc, pour ce soir, ce serait une brune.

— Il fallait que je te parle avant le bal de ce soir, déclara lady Sybil en glissant un bras autour de la taille de Grace.

Elles se promenaient dans les jardins de Mabry House.

Deux jours s'étaient écoulés depuis la garden-party des Westcliffe, et Grace n'avait pas revu son amie depuis.

Elle devait admettre que Sybil paraissait plus détendue. Mais bien entendu, son mari n'était pas avec elle, ce qui pouvait expliquer son air paisible.

— Lord Fitzsimmons s'est-il encore montré agressif ?

— Non, justement. Il est extrêmement attentionné.

— Eh bien, dans ce cas, je suis heureuse que Lovingdon ait pu échanger quelques mots avec lui chez les Westcliffe.

Grace ne l'avait pas revu depuis ce jour-là, et n'avait pas eu de nouvelles. Elle avait décidé de renoncer à lui demander son aide. De toute évidence, il ne voulait plus se mêler à la bonne société.

— Je pense qu'il ne s'est pas contenté de parler avec lui pendant la garden-party.

Sybil s'écarta, fit quelques pas dans la roseraie, et caressa les pétales fragiles et odorants.

Il se passait quelque chose d'étrange, songea Grace, en rejoignant son amie.

— Syb, quel que soit le problème, tu peux m'en parler.

— Oui, je sais. C'est juste terriblement difficile. Je sais que tu n'en souffleras mot à personne, mais... Fitz a dilapidé l'argent de ma dot, avoua-t-elle en regardant son amie.

— Comment peut-on perdre... Attends, tu veux dire qu'il a tout dépensé ?

— Apparemment, c'est moi qui ai dépensé cet argent. Du moins, une grande partie. Ensuite, il a effectué de mauvais placements...

Elle lança un bref regard à la ronde, avant de se pencher vers Grace.

— Nous sommes devenus pauvres. Du moins, pour quelque temps. Grâce au ciel, j'ai déjà toutes mes robes pour la Saison, car Lovingdon nous a imposé des règles très strictes pour nos dépenses.

Grace la dévisagea, abasourdie.

— C'est Lovingdon qui vous impose des règles ? Que vient-il faire dans cette histoire ?

— Pour être honnête, je n'ai pas tout compris. Mais apparemment, il s'est en quelque sorte associé avec Fitz, et celui-ci est persuadé qu'il va récupérer l'argent qu'il a perdu, et même un peu plus. C'était la raison pour laquelle il se montrait si irritable. Il subissait beaucoup de pression, cherchait le moyen de payer nos dettes, et je ne l'aidais en rien.

— Cela n'excuse tout de même pas la façon dont il te traitait. A ta place je n'aurais jamais supporté cela, et tu n'aurais pas dû le tolérer.

Sybil secoua la tête.

— Je me doutais que quelque chose n'allait pas. Mais il ne voulait pas m'en parler. Question de fierté, je suppose.

Elle prit le bras de Grace et le pressa doucement.

— Mais je voulais que tu saches que tout va s'arranger. Tu verras ce soir, pendant le bal. Il est redevenu l'homme dont je suis tombée amoureuse.

Grace la serra dans ses bras. Elle se sentait incapable de partager son optimisme, mais elle espérait que son amie ne se trompait pas.

— Je suis heureuse pour toi, Syb.

Lorsqu'elles se séparèrent, Sybil lui sourit.

— A présent, il nous faut trouver un gentleman qui t'aimera, et tu pourras être aussi heureuse que moi. Ce serait merveilleux si tu recevais une demande en mariage pour le bal de Midsummer.

Aussi loin qu'elle remontât dans ses souvenirs, Grace avait toujours vu ses parents organiser un bal dans leur demeure ancestrale, afin de célébrer le solstice d'été. A cette occasion, leurs invités passaient généralement quelques jours au domaine, loin de la ville. Grace s'était maintes fois glissée hors de son lit et faufilée dans un coin sombre de la terrasse, pour regarder les festivités. A l'époque, il lui semblait que le moment où elle aurait enfin atteint l'âge d'assister au bal ne viendrait jamais. Elle avait toujours rêvé de danser avec Lovingdon, mais l'occasion ne s'était jamais présentée.

Le destin paraissait n'avoir aucune considération pour ses rêves de petite fille. Quand Lovingdon eut l'âge de participer aux événements mondains, elle était encore trop jeune pour assister aux bals et aux réceptions. Et quand enfin elle fut prête à faire ses débuts dans le monde, Lovingdon était déjà veuf et avait tourné le dos à la vie en société.

A en juger par leurs récentes conversations, elle doutait fort qu'il vienne dans leur domaine familial pour les fêtes de Midsummer.

— Tu me parais être très difficile, remarqua Sybil.

Grace secoua la tête.

— C'est une décision qui déterminera tout le reste de ma vie. Je ne veux pas la prendre trop vite.

— Il ne faut pas non plus faire preuve de trop de prudence. Tu ne voudrais pas perdre tes chances de tomber sur l'homme parfait ?

— Je t'assure que ne cherche pas la perfection. En fait, j'aimerais quelqu'un qui sache apprécier un certain aspect de l'imperfection.

La façon dont Lovingdon était affalé sur le lit avait quelque chose de légèrement scandaleux. Ses cheveux, aplatis d'un côté, étaient ébouriffés de l'autre. Ses joues étaient assombries par une barbe drue, et même dans le sommeil ses traits étaient durs. La main posée sur l'oreiller se crispa tandis que l'autre, près de sa cuisse, ne bougea pas.

Les draps étaient entortillés autour de sa taille. Il avait un torse magnifique. Grace l'avait déjà vu, mais elle était alors si absorbée par d'autres parties de sa personne qu'elle ne lui avait pas accordé l'attention méritée. Une toison claire le recouvrait et descendait en pointe sur son ventre plat, disparaissant sous les couvertures.

Elle était consciente qu'elle aurait dû partir, mais elle ne pouvait s'y résoudre. Il n'allait pas tarder à se réveiller et il serait furieux de la trouver dans sa chambre. Sa colère serait justifiée. Un homme avait le droit de dormir sans être dérangé. Mais elle ne s'était pas faufilée en cachette dans la chambre. Elle avait frappé plusieurs fois à la porte, puis était entrée sans prendre la peine d'assourdir le bruit de ses pas. Malgré tout cela, il n'avait pas bronché.

Grace poussa un profond soupir. Comme elle voulait absolument parler avec lui, il ne lui restait plus qu'à aller attendre dans le salon. Tournant les talons, elle gagna la porte.

— Grace ?

La voix était rauque, étouffée. Elle n'avait pas envie de penser que c'était la voix avec laquelle il saluait ses maîtresses, le matin. Jetant un coup d'œil par-dessus son épaule, elle aperçut ses paupières fermées, ses sourcils froncés, ses doigts pressés contre ses tempes.

— J'ai cru que vous pourriez…

Il leva la main pour lui imposer le silence.

— Chut… Inutile de crier.

S'il avait été l'un de ses frères, elle aurait répondu en criant qu'elle n'avait pas crié. Mais comme il lui avait rendu service, elle fit l'effort de baisser la voix et chuchota :

— Je vous ai préparé quelque chose.

Elle retourna vers le lit.

— C'est un breuvage que Drake prépare de temps en temps. Le goût est horrible, mais vous vous sentirez mieux une fois que vous l'aurez avalé.

Il fit un geste de la main, balayant l'air comme si cela suffisait à la faire disparaître.

— Partez.

— Je ne peux vous abandonner dans cet état.

— Je suis dans cet état tous les jours. Laissez-moi en paix.

Mais c'était toute la question. Il n'était pas en paix, et elle le savait parfaitement. Elle prit le verre sur la table de chevet où elle l'avait posé un peu plus tôt.

— Faites-moi plaisir, Lovingdon. Ensuite, je m'en irai.

Il se souleva sur un coude en grognant et prit la boisson qu'elle lui présentait.

— Avalez cela d'un seul trait.

— Je sais comment il faut faire, maugréa-t-il.

Fascinée, elle regarda les muscles de sa gorge tandis qu'il buvait. Pourquoi fallait-il que son aspect physique soit aussi remarquable ? Il était la perfection, alors qu'elle recherchait un homme qui soit quelque peu imparfait. Il serait tellement plus facile de se faire accepter par un homme dont les traits n'avaient pas été sculptés par les dieux de l'Olympe ! Etait-il conscient de la chance qu'il avait d'avoir été aussi gâté par la nature ?

Elle reprit le verre vide et le posa à côté du lit.

— Restez allongé un moment. Il ne vous faudra pas longtemps pour être tout à fait sur pied.

Il se renversa contre les oreillers, ramena le drap sur lui, et fit remonter sa jambe droite en pliant le genou, lui dissimulant une bosse sous les couvertures qu'elle avait déjà remarquée et qu'elle s'était efforcée d'ignorer.

Il fronça les sourcils, l'air fâché.

— Qu'avez-vous donc à faire irruption dans la chambre des gentlemen à n'importe quelle heure ?

— Vous n'êtes pas un gentleman. Vous êtes une canaille.

— Raison de plus pour ne pas être là.

— Vous ne profiterez pas de la situation.

— Je devrais peut-être le faire, juste pour vous donner une leçon.

— Vous ne le ferez pas.

Elle croisa les mains devant elle, pour résister à la tentation de repousser les boucles qui tombaient sur son front.

— Je sais ce que vous avez fait pour Sybil.

— Je ne vois pas de quoi vous voulez parler. Il faut que vous partiez d'ici. En sortant, dites au majordome de me faire monter mon petit déjeuner.

— Le petit déjeuner ? A deux heures et demie de l'après-midi ?

— Ce sera mon premier repas de la journée. Vous pouvez appeler cela comme vous voulez. Mais filez, maintenant.

— J'ai besoin de vous parler.

— Je ne suis pas présentable ! s'exclama-t-il, excédé.

— A en juger par le ton de votre voix, votre mal de tête s'est volatilisé.

Il passa une main sur son front.

— Oui, il me semble. Et si j'ai demandé mon petit déjeuner, c'est que mon estomac va mieux aussi. Merci pour votre breuvage de sorcière. Et maintenant ouste, dehors.

— Comme c'est la recette de Drake, ce doit être un remède de sorcier, rétorqua-t-elle en gagnant la porte. Je vais m'occuper de votre petit déjeuner, mais profitez-en pour vous rendre présentable. Car j'ai la ferme intention de discuter avec vous d'une question importante.

— Grace...

Elle se tourna vers lui et le vit, appuyé sur un coude, un bras posé sur son genou replié, le drap froissé autour de sa taille. Il était d'une beauté à couper le souffle. Elle n'avait jamais pensé qu'un jour, peut-être, elle verrait son mari dans cette même position, qu'il serait parfaitement à l'aise, et qu'il s'attendrait à ce qu'elle le soit aussi.

— Je vous en prie, Lovingdon. Je n'en aurai pas pour longtemps.

Il poussa un soupir résigné.

— Je vous rejoins dans la salle à manger.

— Ne vous donnez pas cette peine. Le salon de votre suite fera très bien l'affaire. Et vous n'avez pas besoin de vous habiller trop formellement. Faites juste en sorte que nous soyons tous les deux à l'aise.

Avant qu'il ait pu répondre, elle franchit le seuil et partit à la recherche du majordome. Elle tomba sur un valet auquel elle transmit les ordres de Lovingdon. Le majordome savait qu'elle se trouvait dans la maison, il l'avait même accompagnée dans la cuisine afin qu'elle puisse y préparer son breuvage miraculeux, mais il s'était montré très réticent quand elle avait annoncé qu'elle allait l'apporter elle-même au duc.

Elle n'avait donc pas envie de croiser son regard réprobateur pour le moment. Le valet pouvait très bien veiller à faire servir un repas à son maître.

Cela arrangé, elle retourna jusqu'à la chambre de Lovingdon et frappa à la porte.

— Entrez !

Elle ouvrit, et le trouva penché au-dessus de la bassine d'eau, les doigts crispés sur le marbre de la table de toilette. Il avait revêtu un pantalon et une chemise de lin blanc. Pas de bottes. Pourquoi cette tenue lui paraissait-elle plus troublante que lorsqu'elle l'avait vu dans son lit, seulement recouvert d'un drap ? Elle s'approcha lentement.

— Lovingdon ?

Il tourna vers elle des yeux injectés de sang. Des gouttes d'eau ruisselaient sur son visage. Ses cheveux étaient humides.

— Je crois que je ne serais pas arrivé jusqu'à la salle à manger.

— Vous vous êtes bien amusé hier soir, semble-t-il.

— Je ne me souviens de rien, répondit-il en hochant la tête.

— Je ne comprends pas comment cela peut vous plaire.

— Non, vous ne pouvez pas comprendre.

Il s'aspergea encore le visage, prit une serviette et se frotta énergiquement les joues. Elle s'imagina en train de les lui raser, de faire glisser la lame sur sa mâchoire carrée et sur ses traits fermes. Peut-être un jour ferait-elle cela pour son mari. C'était une pensée qui ne lui avait encore jamais traversé l'esprit.

Rejetant la serviette de côté, il peigna en arrière ses cheveux mouillés et alla vers le canapé d'une démarche souple et détendue. Elle eut la curieuse sensation d'avoir pénétré dans le repaire d'un fauve. En fin de compte, elle aurait dû accepter de le retrouver dans la salle à manger.

On frappa à la porte et elle alla ouvrir. Tandis que la servante déposait le plateau sur la table basse dans le salon, Grace alla tirer les lourdes tentures pour faire pénétrer la lumière. Lovingdon avait de splendides jardins sous ses fenêtres, mais elle le soupçonnait de ne même pas apprécier cette jolie vue. Lorsque la jeune domestique se fut retirée, elle s'assit dans un fauteuil et servit le thé.

— Vous n'avez pas à me servir, dit-il en prenant un morceau de bacon avec les doigts.

Il se mit à manger comme un sauvage, balayant toutes les règles de l'étiquette, établissant sa propre loi chez lui.

— Ne soyez pas aussi ronchon, répondit-t-elle.

— Je suis chez moi, dans ma chambre, je peux faire ce que je veux. Si cela ne vous plaît pas, vous pouvez partir.

— Ce n'est pas du tout mon intention. Et ce n'est pas votre mauvaise humeur qui me fera changer d'avis.

Il se mit à l'observer, tout en mâchonnant son bacon.

— Comment connaissiez-vous le remède miraculeux de Drake ? s'enquit-il finalement.

Elle posa en souriant une tasse devant lui.

— Parce qu'un jour, il l'a préparé pour moi.

— Lady Grace Mabry, ivre morte ? s'étonna-t-il en arquant les sourcils. J'aurais aimé voir cela.

Elle rit doucement.

— Non, je ne crois pas.

Cela s'était passé après une visite chez le Dr Graves. Son diagnostic et le traitement qu'il recommandait ne lui avaient pas plu du tout. Et donc, au cours de la soirée, elle s'était accordé un peu plus d'alcool qu'elle n'aurait dû.

Lovingdon poussa vers elle une assiette de fruits, de pain et de fromage.

— Mangez.

Elle prit une fraise.

— Etes-vous toujours aussi agréable, en vous réveillant ?

— Ma matinée a été perturbée.

— Comme je vous l'ai déjà dit, nous sommes l'après-midi, rectifia-t-elle en terminant sa fraise. Vraiment, Lovingdon, j'apprécie ce que vous avez fait pour Sybil. Elle est venue me voir ce matin, m'a expliqué ce qui se passait avec Fitzsimmons, et comment vous leur aviez proposé votre aide.

Lovingdon haussa les épaules.

— J'avais besoin d'un nouvel associé.

— Oui, mais d'après ce que j'ai compris, c'est vous qui fournissez de quoi investir.

— Seulement jusqu'à ce qu'il engrange des bénéfices.

Grace changea de position dans son fauteuil.

— D'après Syb, il est redevenu lui-même, et se comporte de nouveau comme au début de leur mariage. Vous pensez que cela va continuer ?

Il soutint son regard, et elle vit de la sincérité et de la conviction dans ses yeux.

— Ce n'est pas un mauvais garçon, Grace. Je ne lui cherche pas d'excuses, son comportement était déplorable. Mais, parfois, quand un homme a le sentiment de ne plus contrôler les événements, il peut s'égarer.

Elle fut sur le point de demander si c'était ce qui lui était arrivé. La vie qu'il menait à présent était si différente de celle qu'il avait connue précédemment ! Lui-même était différent.

— J'ai connu Fitz à l'école, reprit-il. Le comportement qu'il a eu dans les jardins des Westcliffe ne lui ressemblait guère. Nous allons rétablir sa situation financière, je lui apprendrai à gérer sa fortune, et ensuite tout devrait s'arranger pour lady Sybil.

— Vous pensez qu'il saura garder son argent, cette fois ?

— Malheureusement Grace, parfois, quand les coffres ont été vides pendant quelque temps et qu'ils sont remplis d'un seul coup, un homme peut oublier ce qu'il doit faire pour ne pas gaspiller ses gains. Et si les coffres sont restés vides assez longtemps, peut-être est-ce parce qu'il n'avait jamais appris à placer son argent avec discernement.

— C'est l'une des raisons pour lesquelles je préférerais trouver un mari qui n'ait pas besoin de ma dot pour vivre.

— Dans ce cas, il vous faut un homme dont la fortune ne dépende pas de propriétés terriennes.

Il était adossé au canapé, complètement détendu, l'air aussi paresseux qu'un des gros félins du jardin zoologique. Cependant, elle avait le sentiment qu'il était aussi sur le qui-vive et pouvait réagir à la plus légère provocation... si une femme pénétrait dans la pièce, par exemple.

Elle avala encore une gorgée de thé, avant de poser sa tasse.

— Puis-je vous demander encore autre chose, Lovingdon ?

— Comme si une réponse négative avait le pouvoir de vous en empêcher, répliqua-t-il avec un demi-sourire.

Oh ! il la connaissait bien, et elle aimait qu'il la taquine de cette façon. Ses paroles ne contenaient jamais de critique, même lorsqu'il était agacé.

— La nuit où je suis venue vous demander de l'aide... quand vous avez ouvert la porte, vous ne ressembliez pas du tout à David.

— David ? répéta-t-il éberlué, en clignant les yeux.

— Le *David* de Michel-Ange.

— Ah. J'espère bien que non. Je n'ai pas les cheveux aussi bouclés que lui.

Grace se mit à rire, bien qu'il ne lui rendît pas les choses très faciles.

— Je ne faisais pas allusion à vos cheveux, mais à quelque chose qui se trouve plus bas. Etiez-vous excité ?

Il émit un son étranglé, et elle se demanda s'il riait ou s'il était en train de s'étouffer.

— Je refuse d'avoir ce genre de conversation, dit-il en levant une main devant lui, comme pour se défendre.

— Je ne sais pas avec qui parler de ces choses-là. Sûrement pas avec ma mère. Peut-être avec Minerva ?

— Ma sœur ne connaîtra pas les réponses à vos questions, déclara-t-il d'un ton sec. Du moins, il vaudrait mieux qu'elle ne sache pas répondre.

— Donc, je ne peux compter que sur vous.

Il se renfrogna, et elle craignit qu'il ne la mette à la porte. Mais au lieu de cela, il se frotta le menton en l'observant.

Elle fut contente qu'il n'ait pas eu le temps de se raser pendant qu'elle s'occupait de son petit déjeuner. Quand il n'était pas complètement apprêté, il avait une allure sombre et dangereuse qui lui plaisait. Trois boutons de sa chemise étaient défaits, révélant une petite partie de son torse, et il n'avait pas pris le temps de mettre de boutons de manchette.

Oui, sa tenue était très décontractée.

— Il y avait une femme dans mon lit, Grace, finit-il par avouer. Naturellement, j'étais excité.

— Cette petite partie de l'anatomie d'un homme...

Elle pointa un doigt vers lui, puis se frotta doucement la nuque.

— ... est assez fascinante, acheva-t-elle. Est-ce que vous la contrôlez ?

— Cette *petite* partie de l'anatomie ? répéta-t-il, sidéré.

Le visage de Grace s'enflamma.

— Eh bien, ce n'est pas une petite partie, enfin vous comprenez ce que je veux dire. Pouvez-vous la contrôler ?

Il fit rouler ses épaules, comme s'il se sentait soudain ankylosé. Elle n'aurait sans doute pas dû continuer de le questionner, mais elle avait besoin de réponses.

Lovingdon se racla la gorge.

— Parfois oui, parfois non. Où voulez-vous en venir ? Pour l'amour du ciel, votre mère ne vous a-t-elle jamais parlé de ces choses-là ?

Grace fit un signe négatif de la tête.

— D'après ce que j'ai compris, c'est un sujet qui n'est abordé que le matin précédant le mariage d'une jeune fille.

— Demandez donc à lady Sybil.

— Je l'ai fait, mais elle reste très vague. Voilà la question que je me pose. Si un homme n'est pas excité, il ne peut ni faire l'amour ni avoir d'enfants, n'est-ce pas ?

Lovingdon se mit à s'agiter dans son fauteuil, l'air fort mal à l'aise.

— En effet, vous avez compris l'essentiel.

— L'amour est-il suffisant pour qu'un homme soit excité ?

Il se pencha en avant et planta les coudes sur ses genoux en se rapprochant de la jeune femme.

— Petite Rose, craignez-vous de ne pas être suffisamment séduisante ? Je vous assure que vous courez au contraire le danger d'avoir plus d'enfants que vous ne pourrez en compter !

— Vous dites cela parce que vous êtes mon ami et que vous m'aimez bien. Je suis très mince. Or, on ne voit jamais de femmes minces dans les tableaux.

— Qu'est-ce que cela vient faire dans la discussion ?

— L'art reproduit ce qui est beau, ou considéré comme tel. Les femmes qui n'ont pas de courbes n'ont pas leur place dans l'art.

— Mais si, bien sûr !

— Donnez-moi le nom d'un seul peintre qui aime représenter des femmes minces.

Lovingdon contempla le plafond du salon.

— Ce sont des nymphes, dit-elle soudain, comme si elle décrivait un tableau à un aveugle. Des créatures potelées qui courent et s'amusent dans les jardins.

Les sourcils froncés, il regarda la cheminée, puis la fenêtre. Et tout à coup, il claqua des doigts.

— Monet.

— Mais dans ses œuvres les femmes sont habillées.

Il demeura un instant interdit.

— Je vous demande pardon ?

— Toutes les peintures et toutes les sculptures de femmes nues que j'ai vues représentent des personnes plutôt rondes. Ce qui me conduit à penser que c'est ce que les hommes préfèrent. Imaginez qu'un homme ne me trouve pas excitante ?

S'il se mettait à rire, elle en serait mortifiée.

Elle était certaine que n'importe quel autre gentleman que lui aurait éclaté de rire. Mais depuis qu'il l'avait découverte en larmes dans les écuries, il semblait comprendre instinctivement ses inquiétudes et sa vulnérabilité. Pourtant, il ignorait à quel point celles-ci s'étaient développées ces derniers temps.

Il se rapprocha d'elle encore un peu.

— Faites-moi confiance, Grace, vous n'avez pas besoin de vous inquiéter pour cela. Vous êtes d'une beauté qui dépasse…

— Je ne recherche pas les compliments, Lovingdon. En fait, je suis déçue d'avoir à ce point besoin d'être rassurée, mais voilà. Je peux me trouver dans la chambre à coucher d'un homme et ne lui inspirer aucun désir.

A en juger par le regard qui glissa lentement sur elle et l'enveloppa, elle craignit d'avoir dépassé les limites de la bienséance en prononçant cette dernière remarque.

— Est-ce une tentative pour me séduire ? s'enquit-il d'une voix veloutée.

— Non, il n'existe que peu de personnes au monde avec qui je puisse parler comme je le fais avec vous. Je me disais que si je comprenais un peu mieux les hommes, j'aurais peut-être plus de chances de trouver ce que je cherche.

— Les hommes sont stimulés par toutes sortes de choses, Grace. Si un homme vous aime, la seule pensée d'être avec vous suffira à susciter son désir.

— Vraiment ?

— Naturellement.

Elle soupira. Comment le croire ? Elle avait eu le temps d'apercevoir la courtisane dans son lit. Cette femme était bien en chair, même ses pieds devaient être potelés !

— Je me rangerai donc à votre optimisme.

— Vous feriez bien.

— J'imagine que vous ne paraîtrez pas au bal, ce soir ?

Lovingdon secoua doucement la tête.

— J'ai l'intention de prendre un bain bien chaud, et de passer la plus grande partie de l'après-midi dans la baignoire.

L'image d'un corps nu, de jambes longues et musclées, traversa l'esprit de Grace. Elle n'aurait vraiment pas dû avoir ce genre de pensées. Surtout concernant Lovingdon. Cela ne servait qu'à la troubler un peu plus.

— Comment allez-vous passer la soirée ? demanda-t-elle.

— Je vais retrouver Avendale pour faire la fête aux Jardins de Cremorne. Vous n'allez jamais là-bas, n'est-ce pas ? répondit-il en rétrécissant les yeux.

— Cela m'arrive, de temps à autre.

— Mais pas après les feux d'artifice ?

Elle baissa les paupières.

— Peut-être, ajouta-t-elle avec un sourire mutin.

Le duc se redressa et la considéra avec raideur.

— Vous n'êtes pas allée aux Jardins à une heure tardive ?

— Une seule fois, admit-elle en haussant les épaules avec désinvolture.

— Savez-vous à quel point il est dangereux pour une femme seule de...

— Je n'ai pas dit que j'étais seule.

Lovingdon demeura bouche bée. Il se ressaisit rapidement et la toisa avec sévérité.

— Qui vous accompagnait ?

— Je ne peux pas vous le dire. Vous n'approuveriez pas.

Il se renfonça dans le canapé, mais il n'était plus aussi détendu qu'un instant auparavant.

— Enfin, quel que soit cet homme, vous devriez sans aucun doute l'épouser. Il est évident que vous le menez par le bout du nez.

— Je ne vous ai jamais précisé qu'il s'agissait d'un homme.

Elle se leva, et il l'imita.

— Je dois m'en aller et me préparer pour le bal. J'étais seulement passée vous remercier de ce que vous avez fait pour Sybil. Cela compte beaucoup pour moi. Passez une bonne soirée.

Elle espéra que sa soirée à elle serait tout aussi agréable que celle de Lovingdon.

Lovingdon décida de prendre un bain froid, car il avait déjà assez chaud comme cela. Il avait reçu d'autres femmes que Grace dans sa chambre, la plupart beaucoup moins vêtues qu'elle, et il ne s'était jamais senti aussi fiévreux.

Il était sûr qu'elle n'était pas venue dans l'intention de le séduire. Mais quand elle avait pris cette fraise, l'avait examinée comme si c'était l'objet le plus intéressant de la pièce, puis qu'elle avait refermé ses lèvres sur le fruit rouge…

Son corps avait réagi comme si elle avait posé les lèvres sur lui. Ensuite, quand elle s'était mise à parler de tableaux et de femmes nues, il l'avait imaginée allongée sur un lit, enveloppée dans des draps qui ne révélaient de son corps que ce qui enflammait les sens.

Renversant la tête contre le bord de la baignoire, il contempla les nymphes qui gambadaient au plafond. Elles n'étaient sûrement pas toutes sorties d'une toile de Rubens. Puis il se rendit compte qu'il cherchait une créature grande et souple, avec de longues jambes et des hanches étroites. Jurant à voix haute, il ferma les yeux et plongea la tête dans l'eau froide.

Bon sang, cette fille n'avait donc aucun sens commun ?

Elle passait l'après-midi dans la chambre d'un célibataire dévoyé, léchait le jus de fraise qui coulait au coin de ses lèvres, effleurait de sa langue ce maudit grain de beauté, parlait de nudité, faisait surgir des images d'elle-même dans un lit, à moitié dénudée…

Il sortit brusquement de la baignoire et bondit sur ses pieds. Il fallait absolument qu'il fasse sortir ces idées de sa tête et les tienne à distance. Elle ne devait plus jamais pointer le bout de son nez dans sa chambre.

Il voulait qu'elle le laisse vivre en paix.

Tout en attrapant une serviette, il hurla :

— Bailey !

Son valet de pied se précipita dans le cabinet de toilette.

— Oui, Votre Grâce.

— Je veux des vêtements pour sortir ce soir.

Bailey le regarda avec des yeux ronds, aussi abasourdi que si son maître avait déclaré qu'il comptait sortir sans vêtements du tout.

— Un habit de soirée, monsieur ?

Lovingdon n'était guère surpris par la réaction du domestique. Cela faisait plus de deux ans qu'il n'avait pas revêtu de costume de soirée.

— Oui, Bailey. Il doit certainement se trouver par ici, soigneusement rangé dans une housse pleine de naphtaline.

— Je crains, Votre Grâce, qu'il ne soit un peu démodé.

— Je ne cherche pas à remporter la palme du gentleman le plus élégant de Londres. Retrouvez-le. Et ensuite, faites préparer la voiture.

— Oui, Votre Grâce. Allez-vous célébrer un événement, ce soir ?

D'une façon maladroite, le valet tentait de comprendre ce qui bouleversait la routine de son maître.

— Non, Bailey. Je veux faire sortir une femme de ma vie.

Avant de commettre un acte qu'ils risquaient fort de regretter tous les deux.

7

Lovingdon voulait plonger dans le corps d'une femme, se noyer dans l'alcool, et montrer à Madame la Chance qu'il n'avait pas besoin d'elle, même si les cartes qui lui étaient distribuées étaient terribles. Il s'en sortirait très bien seul, sans elle.

Et donc, que diable faisait-il ici ?

Il s'attendait à ce que son premier bal après la disparition de Juliette lui fasse l'effet d'un coup de poing en plein visage. Et il ne pouvait nier qu'en entrant dans la salle il avait regardé autour de lui, la cherchant des yeux malgré lui, par habitude.

Puis son regard avait été attiré par une chevelure cuivrée, maintenue par des peignes d'écaille ornés de perles, et un sourire éblouissant qui, bien qu'il ne lui fût pas destiné, lui avait coupé le souffle.

Avec qui diable dansait-elle ? Il ne reconnut pas le freluquet qui était son cavalier, mais de toute évidence il était plus proche en âge de Grace que lui-même. Il songea un instant à se renseigner sur lui, puis décida que c'était inutile. Il fallait à Grace quelqu'un de mieux établi dans la vie, qui ait un peu plus de maturité. Le fait qu'il soit lui-même tombé amoureux à dix-neuf ans n'avait rien à voir avec la situation présente. D'autre part, le regard alangui de ce garçon ne lui plaisait pas trop.

Il parvint à se faufiler dans les jardins en passant par les portes-fenêtres qui ouvraient sur la terrasse. Là il parvint, à sa grande satisfaction, à observer les festivités sans être remarqué.

Ce qui n'avait pas été le cas lors du premier bal auquel il

avait assisté. Cette fois-là, au moment où il avait franchi la porte, toutes les mères de jeunes filles à marier lui avaient littéralement sauté dessus. Mais il était un homme différent, à l'époque.

A présent, bien qu'il ait toujours un titre respectable et un revenu confortable, son comportement faisait de lui un prétendant moins recherché. Il était peut-être un bon parti, libre comme l'air, mais il n'était plus considéré comme un mari possible.

Grace avait repéré Lovingdon trois danses plus tôt, alors qu'elle valsait avec lord Edmund Manning, un fils cadet qui cherchait à consolider sa position dans la vie par un riche mariage. Elle ne le considérait pas comme un prétendant sérieux, mais en voyant l'air renfrogné de Lovingdon elle ne put s'empêcher de lui sourire d'un air engageant.

Lovingdon rôdait dans l'ombre, tel un gredin souhaitant passer inaperçu. Elle ne pouvait nier qu'une vague de plaisir l'avait envahie quand elle avait repéré sa silhouette, en partie dissimulée derrière les branches d'un arbre. Comme il n'était pas du genre timide, elle devina qu'il essayait de se fondre dans le paysage afin de ne pas être confronté aux mères de débutantes qui se seraient peut-être réjouies de sa présence. Elle sentait son regard sur elle, suivant chacun de ses pas.

Lorsque la danse se termina, son cavalier la raccompagna.

— Merci, lord Ekroth, dit-elle en parvenant près des fauteuils où l'attendait sa femme de chambre.

— J'espère qu'au prochain bal vous aurez la gentillesse de me réserver deux danses.

Il porta sa main à ses lèvres et la regarda dans les yeux, avant d'ajouter :

— Et que j'aurai la permission de vous rendre visite le lendemain.

— Je ne peux vous promettre deux danses, mais je serai tout de même enchantée d'avoir votre visite.

— A demain, dans ce cas.

Il tourna les talons et gagna l'escalier, probablement pour rejoindre les gentlemen dans la salle de jeux. Ses intentions étaient très claires, et il lui avait fait comprendre qu'il ne danserait qu'avec elle au cours de la soirée.

Il était grand, avec une chevelure sombre et un teint mat. Sa mère, qui était italienne, avait apporté une petite fortune dans sa corbeille de mariage. Toutefois, s'il fallait en croire les rumeurs, son père n'avait pas su la faire prospérer.

— J'espère que vous ne songez pas à lui comme à un prétendant possible.

Elle pivota sur elle-même et sourit à Lovingdon.

— A lord Ekroth ?

Il acquiesça d'un hochement de tête.

— Vous ne lui plaisez pas plus que cela.

Grace laissa fuser un rire incrédule.

— Je trouve que vous vous prononcez un peu vite. Je sais de source sûre que c'est tout le contraire.

— Eh bien, puisque vos sources sont si sûres que cela, vous n'avez pas besoin de moi, répliqua-t-il en faisant mine de partir.

Grace lui agrippa le bras.

— Attendez. Je...

Que pouvait-elle dire pour le retenir ?

— J'accorde beaucoup d'importance à votre opinion.

— Et vous n'avez pas tort, répondit-il avec un sombre sourire.

Devant tant d'arrogance, elle faillit lever les yeux au ciel. Mais elle se contint, et déclara simplement en toute sincérité :

— Je ne m'attendais pas à ce que vous veniez ce soir.

— J'ai décidé que je ne pouvais pas continuer à éviter les bals toute ma vie.

— En réalité, je pense que ce serait tout à fait possible, mais je suis heureuse que vous ayez décidé du contraire. Cela a-t-il été difficile pour vous d'entrer dans cette salle ?

— Pas autant que je le craignais. Je me suis concentré sur les personnes présentes, en évitant de penser à celles qui sont désormais absentes. Qui est ce gamin, avec qui vous avez dansé, un peu plus tôt ? Il ne paraît même pas encore en âge de se raser.

Grace lui donna discrètement une bourrade dans les côtes.

— Lord Edmund Manning. Un fils cadet qui a eu l'honnêteté de me dire qu'il avait décidé d'améliorer sa condition en épousant une jeune fille fortunée.

— J'espère que vous l'avez prévenu qu'il n'atteindrait pas son but en vous épousant, vous ?

— Je n'ai pas été aussi franche, mais je serais étonnée qu'il me fasse envoyer des fleurs demain matin. Et donc, sur quoi vous basez-vous pour vous forger une telle opinion sur lord Ekroth ?

— Je l'ai regardé danser avec vous.

— Il s'est comporté en parfait gentleman.

— Exactement.

Grace fronça les sourcils, intriguée.

— Nous discuterons plus tard de vos remarques énigmatiques. La prochaine danse va commencer, et mon carnet de bal est plein.

Quel dommage ! ajouta-t-elle en son for intérieur. Elle aurait aimé qu'il restât une danse pour lui.

— Montrez-le-moi, ordonna-t-il en tendant une main gantée.

— Je vous ai déjà dit que ce n'était pas en regardant les noms que...

— J'ai observé plusieurs gentlemen pendant qu'ils dansaient avec vous. Donnez-moi votre carnet et votre crayon, ajouta-t-il en claquant des doigts.

Il pouvait être tellement irritant, parfois ! Et pourtant, ce qu'elle aimait chez lui, c'était sa tendance à dire ce qu'il pensait.

Elle lui tendit ce qu'il demandait en soupirant et le regarda avec effarement barrer tous les noms les uns après les autres.

que constituaient le gant de cuir et ses vêtements, elle perçut la chaleur de ses doigts, pénétrant sa peau.

— Ce que vous avez fait était très mal élevé, remarqua-t-elle.

— Malheureusement, pour comprendre à quel point vous devriez m'être reconnaissante de ce que je viens de faire, il faudrait que vous épousiez ce pauvre crétin.

— Je ne crois pas qu'il soit aussi mauvais que vous le prétendez. J'ai déjà dansé avec lui, et j'ai trouvé qu'il avait une conversation absolument délicieuse.

— Il parle pendant que vous dansez ?

— Naturellement.

— Alors, c'est qu'il ne vous aime pas.

— Quoi ? Parce qu'il me parle ?

— Pendant que vous dansez. Le but de la danse, c'est de fournir une excuse à un gentleman pour se tenir le plus près possible d'une dame. S'il s'intéresse à elle, il va en profiter. Ceux que j'ai rayés de votre liste passaient leur temps à regarder autour d'eux.

— C'était pour éviter de heurter un autre couple.

— Je ne vous ai pas quittée des yeux depuis que nous avons commencé à valser, et cependant nous n'avons encore bousculé personne.

Elle aurait bien voulu le contredire, mais c'était impossible.

— Loving...

— Chut.

Elle fut sur le point de le rabrouer, mais ce qui suivit lui fit battre le cœur et elle ne put prononcer un seul mot.

— Observez attentivement ce que nous faisons.

Elle savait exactement ce qu'ils faisaient, puisqu'elle n'avait pas cessé de s'y adonner depuis le début de la soirée. Ils dansaient. Plus exactement, à ce moment précis, ils valsaient. Mais soudain, il resserra les doigts sur sa main, et plongea son regard dans le sien. Elle prit brusquement conscience de sa proximité, de son parfum léger. Elle sentit ses jambes effleurer sa jupe.

— Nous sommes trop proches, c'est contraire à la bienséance, chuchota-t-elle.

— Absolument.

— Nous allons provoquer un scandale.

— Si un homme vous aime, si vous lui plaisez vraiment, vous croyez qu'il s'en inquiétera ?

— S'il m'aime, il aura à cœur de protéger ma réputation, et il fera en sorte de ne pas me mettre dans l'embarras.

— S'il vous aime, il ne regardera pas autour de lui, ne cherchera pas des yeux sa prochaine partenaire. Et surtout, il n'essaiera pas d'attirer l'attention d'une femme avec laquelle il souhaite obtenir un rendez-vous clandestin dans le jardin.

Grace écarquilla les yeux.

— Lord Ekroth... avait un rendez-vous dans le jardin ? Avec qui ?

— Nous parlons beaucoup trop.

Le changement dans son attitude fut très subtil mais non moins certain. Ses doigts se pressèrent plus fermement sur ses reins, il resserra son étreinte sur sa main, son regard se fit plus intense, et ses jambes firent plus que la frôler. Les lumières éclatantes des lustres de cristal faisaient briller ses boucles d'un blond foncé. Il ne souriait pas, cependant ses lèvres étaient douces, détendues, comme s'il attendait patiemment de pouvoir l'embrasser.

Il l'attira vers lui, l'emprisonna si bien qu'elle en oublia tous ceux qui les entouraient. Ils valsaient harmonieusement, leurs pas s'accordant sans qu'ils aient besoin d'y penser. Elle se sentait parfaitement en sécurité avec lui.

Mais alors même que cette pensée lui traversait l'esprit, elle savait que c'était un mensonge. En fait, Lovingdon ne s'intéressait pas au mariage, ni à l'amour, ni à elle. Elle n'était pour lui qu'une vieille amie. Ce qui le rendait très dangereux, car le cœur de Grace était beaucoup plus fragile que son esprit.

Les dernières notes de musique s'égrenèrent. Lovingdon

s'immobilisa, mais ne la relâcha pas. Elle eut la sensation curieuse qu'il la voyait pour la première fois.

— Il ne s'empresserait certainement pas de vous faire quitter la piste de danse, dit-il.

Ses mots firent éclater la bulle dans laquelle elle s'était elle-même enfermée.

— Je vous demande pardon ?

— S'il vous aimait vraiment, un gentleman ne serait pas pressé de vous voir danser avec un autre.

Il lui prit la main, la fit passer sous son bras et quitta la piste de danse. Lentement. Très lentement, comme si la seule idée de la quitter était insupportable.

— Ekroth était pressé de vous ramener vers les fauteuils, afin de filer à son rendez-vous.

Maintenant qu'elle y pensait, il lui avait paru assez préoccupé, en effet. Elle désigna un couple qui se tenait près des portes de la terrasse.

— Lady Beatrix est certaine que lord Winthrop va demander sa main à la fin de la Saison.

— Elle se trompe.

— Comment pouvez-vous en être aussi sûr ?

— Regardez. Vous ne voyez pas qu'il jette des coups d'œil incessants vers les trois jeunes femmes qui bavardent près du palmier ? Il est amoureux de lady Marianne.

— Ou bien d'une des deux autres.

— Observez-le bien, pendant le reste de la soirée. Je pense que vous finirez par reconnaître que j'ai raison.

Ils finirent par atteindre l'endroit où la femme de chambre de Grace l'attendait. Lord Canton ne tenait plus en place. La danse suivante avait déjà commencé, et Lovingdon n'avait pas rayé le nom du comte sur sa liste de cavaliers.

— Monsieur le comte, dit-elle en le saluant.

— Lady Grace. Votre Grâce, ajouta-t-il en inclinant la tête devant Lovingdon. Quelle surprise de vous trouver ici. Je ne pensais pas que vous assistiez à ce genre de soirées.

— C'est le seul moyen pour un gentleman d'avoir l'honneur de danser avec lady Grace.

Canton se figea, et Grace remarqua qu'il arrivait tout juste à l'épaule de Lovingdon.

— Vous êtes venu exprès pour elle ?

— Tout ce que je fais, je ne le fais que pour elle.

S'il ne lui avait pas prouvé l'autre soir, dans la voiture, que ses paroles n'étaient destinées qu'à la taquiner, qu'elles ne contenaient aucune véritable intention, elle aurait probablement ressenti un étrange flottement au niveau du cœur. Mais sans se troubler, elle dégagea discrètement sa main et la tendit à Canton.

— Il me semble que je vous ai promis cette danse, déclara-t-elle.

Canton lança un dernier regard noir à Lovingdon et escorta Grace sur la piste de danse.

— Vous devriez vous méfier de lui, gronda-t-il à voix basse, en contenant mal sa rage.

— Lovingdon et moi sommes des amis d'enfance. Je le connais bien et je ne vois pas comment il pourrait me surprendre.

Pourtant, il lui avait fait une réelle surprise ce soir, en venant à ce bal.

Que diable lui était-il donc passé par la tête ? Pourquoi avait-il fallu qu'il danse avec elle ?

Dans un coin d'ombre de la terrasse, Lovingdon contemplait les jardins tout en faisant rouler une pièce entre ses doigts. Le mouvement le calmait, l'aidait à se maîtriser. Jack lui avait appris à tenir la pièce jusqu'à ce que ses doigts engourdis deviennent insensibles. Il doutait fort qu'il se trouvât un seul homme à Londres capable d'ôter son corset à une femme avec la même promptitude que lui.

Mais tandis qu'il dansait avec Grace, il n'avait pas songé un instant à se précipiter. Au contraire. Il s'était imaginé défaisant ses vêtements avec une lenteur insupportable. La dénudant comme un présent inestimable que l'on extrait de son enveloppe de soie. Et il aurait éprouvé autant de plaisir à lui ôter ses habits qu'à contempler ce qui jusque-là était resté dissimulé.

— Vous vous intéressez à lady Grace Mabry ?

C'était la voix de Vexley qui venait de résonner derrière lui. Lovingdon ne se retourna même pas.

— Ce à quoi je m'intéresse ne vous regarde pas.

— Elle mérite mieux qu'un type comme vous.

— Je pourrais vous retourner ce compliment.

— Moi au moins, je lui serais fidèle. Pouvez-vous en dire autant ?

Il ne restait jamais très longtemps avec une femme. Au bout de quelque temps, elles l'ennuyaient. Cela arrivait très vite. Il aimait butiner, mais ne s'attardait jamais auprès de l'une d'elles.

— Je l'ai déjà mise en garde contre vous.

— Je ne connais pas très bien lady Grace, mais si je peux dire une chose à son sujet, c'est qu'elle sait ce qu'elle veut.

— Et si je peux dire une chose vous concernant, c'est que vous avez désespérément besoin d'argent.

Lovingdon se retourna en prononçant ces mots. Vexley n'était qu'une vague silhouette dans l'ombre.

— Elle mérite mieux qu'un homme qui ne songe qu'à sa fortune en la regardant, reprit Lovingdon.

Jusqu'à cet instant précis, il ne s'était pas rendu compte que ces mots étaient profondément exacts. Grace méritait de trouver l'amour qu'elle recherchait désespérément.

S'il était venu ce soir, c'était parce qu'il s'efforçait de se débarrasser d'elle. Mais il craignait qu'une seule soirée ne soit pas suffisante.

— Mes coffres sont peut-être vides, mais mon cœur ne l'est pas.

Lovingdon fut envahi par un sentiment terrible, qui manqua

lui faire perdre la tête. Il était certain que Vexley allait courtiser Grace avec ce genre de prose ridicule.

Avant même de comprendre ce qu'il faisait, il saisit Vexley par les revers de sa veste et l'attira brutalement vers lui. L'homme écarquilla les yeux, effaré.

— Allez chercher une épouse ailleurs. Grace n'est pas pour vous.

— C'est à elle de décider. J'essayais simplement de mesurer quel intérêt vous lui portiez. J'aime connaître mes concurrents.

— Vous vous surestimez si vous croyez pouvoir rivaliser avec moi pour quoi que ce soit.

— Ah, vous n'avez donc jamais entendu dire que la fierté précède la chute, Votre Grâce ? A présent, veuillez avoir l'amabilité de me relâcher...

Lovingdon desserra les doigts et repoussa Vexley brusquement.

— Ne vous approchez plus d'elle.

Sans ajouter un mot, Vexley s'éloigna.

C'est alors seulement que Lovingdon prit conscience de la douleur dans sa main. Sans même s'en rendre compte, il avait cessé de faire rouler la pièce entre ses doigts et l'avait calée au creux de son poing. Sans le gant de cuir qui le protégeait, le métal aurait entamé sa chair. Il déplia lentement ses doigts engourdis.

Il aurait été incapable de dire ce qui lui déplaisait tant chez Vexley. Il n'avait jamais accordé de crédit aux rumeurs selon lesquelles l'homme avait maltraité certaines jeunes filles. Mais quand il l'imaginait posant la main sur Grace...

Bon sang ! Au diable toutes ces excuses. Il suffisait qu'il imagine n'importe quel homme touchant Grace pour que son sang se mette à bouillir !

Il ne voulait pas l'aider dans sa recherche d'un époux. Mais comment pourrait-il ne pas s'adresser de reproches si elle finissait mal mariée ?

Un peu plus tard cette nuit-là, une femme bien en chair se lova entre les bras de Lovingdon. C'était exactement le genre de femme dans laquelle un homme pouvait se fondre. Elle était très légèrement vêtue, un peu comme les nymphes qui gambadaient dans les jardins. Elle lui avait dénoué sa cravate, avait défait son gilet et sa chemise, et déposait à présent des baisers brûlants au creux de son cou. Un parfum d'alcool s'attardait sur ses lèvres chaudes et charnues. Lovingdon aurait dû tout oublier dans ses bras, mais en réalité la liste des cavaliers de Grace défilait sans cesse dans sa tête. Il aurait été plus honnête de dire que Grace elle-même occupait toutes ses pensées. Son sourire, son rire, ses yeux qui brillaient de mille étincelles...

Il s'était rendu chez Avendale dans l'espoir de vider son esprit de toutes ses pensées concernant la jeune femme. Au moins pendant une heure ou deux. Avendale était le plus débauché de tous les hommes de sa connaissance. Quand il ne se trouvait pas aux Jardins de Cremorne, sa demeure était emplie de femmes de toutes sortes. L'alcool coulait à flots, le buffet était généreusement garni, les chambres ouvertes et disponibles.

Avendale était d'avis qu'il fallait vivre sa vie pleinement, et sans regret. Lovingdon avait adopté sa philosophie.

En ce moment il aurait dû être en train d'étreindre Aphrodite. Bien qu'il doutât fort que ce fût le véritable nom de sa compagne. Ici, les femmes prenaient les noms que les hommes avaient envie d'entendre. Il n'y avait pas une once de vérité dans tout cela, tout n'était que mensonges.

— Tu devrais peut-être essayer avec Perséphone, lui conseilla Avendale, laconique.

Aphrodite cessa de prodiguer ses baisers. Lovingdon leva les yeux. Avendale se tenait devant lui, un verre plein à ras bord à la main.

— Tu as l'air d'être absorbé par la résolution d'un problème de mathématiques terriblement compliqué, poursuivit Avendale. A moins que ce ne soit un problème de physique.

Lovingdon donna une petite tape sur la hanche d'Aphrodite.

— Ma chérie, va donc nous chercher du vin.

Sans un mot, la jeune femme quitta ses genoux et obéit avec empressement. C'était bien là le problème. Les femmes qu'il avait connues ces derniers temps n'avaient rien de plus pressé que d'exécuter ses ordres pour lui faire plaisir. Cela aurait sans doute dû lui plaire. Mais non. Il se mettait aussitôt à penser à Grace, avec son allure un peu trop innocente, puis soudain sophistiquée l'instant d'après. Elle était capable de lui dire sa façon de penser sans mâcher ses mots, de le défier, de lui révéler qu'elle trouvait sa conduite décevante, et aussi de lui expliquer pourquoi !

Il faudrait vraiment un homme très spécial pour l'aimer comme elle le méritait, pour accepter ses manières franches et directes, pour ne pas essayer de contrôler ses pensées et ses élans.

Avendale s'affala dans un fauteuil et étendit ses longues jambes.

— Il paraît que tu as assisté à un bal, ce soir ?

— Qui te l'a dit ?

Avendale haussa les épaules.

— J'entends toutes sortes d'informations, tout le monde parle. Tu es de retour sur le marché du mariage ?

— Seigneur, non ! J'aide Grace, tout simplement. Je te l'ai déjà dit.

— J'avais cru comprendre que tu avais refusé de prendre cette responsabilité.

— Ce n'est pas une responsabilité. C'est...

Diable. C'était bien une responsabilité. Il n'avait aucune envie de l'endosser, mais il se sentait de plus en plus obligé de le faire.

— Tu n'en as jamais assez, de tout cela ? demanda-t-il en jetant un regard circulaire dans le salon.

Avendale fit un signe négatif de la tête, et tapota son verre.

— Sans toutes ces distractions, je deviendrais fou.

Lovingdon fronça les sourcils et observa son cousin, qu'il avait seulement appris à connaître au cours de ces deux dernières années.

— Que t'aident-elles à oublier ?

— L'ennui, bien sûr.

— Je pensais que tu faisais allusion à autre chose.

Avendale leva son verre.

— Je n'ai pas encore assez bu pour me lancer dans cette discussion. Je crois que je vais chercher une compagnie féminine. Tu n'es pas assez drôle pour moi, ce soir.

— Que sais-tu sur Vexley ?

— D'après ce qu'on dit, il n'a pas deux sous en poche. Mais il est beau, titré, et possède trois domaines. Qu'est-ce qu'une femme fortunée peut désirer de plus ?

Grace pouvait espérer beaucoup plus.

Et elle méritait même bien plus que cela.

8

— Il y avait moins de fleurs ce matin.

La jument baie de Grace avançait tranquillement au pas dans Rotten Row, à côté du cheval alezan de Lovingdon.

— Cela devrait vous faire plaisir.

Il était arrivé chez elle une heure avant le moment des visites du matin, et lui avait proposé une promenade dans Hyde Park. A cette heure matinale, les jardins étaient peu fréquentés.

— C'était bien ce que vous vouliez, n'est-ce pas ? Séparer le bon grain de l'ivraie ?

— Oui, mais je ne sais pas très bien comment cela s'est produit.

— Ceux qui vous ont envoyé des fleurs hier, mais pas aujourd'hui, étaient plus intéressés par votre réputation que par vous.

— C'est la raison pour laquelle vous avez dansé avec moi ? Vous saviez donc que certains de ces gentlemen seraient contrariés de me voir en compagnie d'un homme aux mœurs dissolues ?

— Ne faites pas semblant d'être étonnée. C'est vous-même qui avez fait remarquer que le fait de danser avec moi risquait de ternir votre réputation.

— Pour une seule danse ? Le mal n'est sûrement pas irréparable. De plus, vous êtes un ami de ma famille. Si vous êtes sur le chemin de la repentance, le meilleur moyen d'amorcer votre réhabilitation n'est-il pas de valser avec moi ?

Lovingdon émit un rire sonore.

— Je ne me repens pas, Grace.

Il se redressa et fit lentement glisser son regard sur elle.

— Est-ce là que vous vouliez en venir, en me demandant ce petit service ? Vous espériez me remettre dans le droit chemin ?

— Absolument pas.

Enfin, peut-être un petit peu, s'avoua-t-elle en son for intérieur. Mais elle n'était pas près de le lui avouer.

— Tout ce qui m'importe, c'est de ne pas faire une terrible erreur en amour. Votre apparition au bal m'a rendu un fier service. Si j'ai bien compris, un homme qui aurait vraiment des sentiments pour moi se moquerait de savoir avec qui j'ai dansé au cours de la soirée ?

— Exactement.

— Vous êtes absolument certain que c'est à cause de vous que le nombre de mes prétendants a diminué ?

— Sans l'ombre d'un doute.

— Merci mon Dieu ! s'exclama-t-elle avec un petit rire crispé. Je craignais que quelqu'un ait vu lord Somerdale m'embrasser dans le jardin, et que cela ait…

D'un geste brusque, il attrapa les rênes de sa jument et l'obligea à s'arrêter. Ses yeux étrécis de colère semblaient deux fentes étroites et sombres sous le bord de son chapeau.

— Somerdale vous a embrassée ?

Elle n'aurait su dire pourquoi elle éprouvait une telle sensation de triomphe. La conduite douteuse de Lovingdon ne posait à celui-ci aucun problème. Pourquoi ne bénéficierait-elle pas de la même considération que lui ?

— Oui, au cours de la onzième danse. Je lui avais réservé celle-ci, mais il m'a proposé de faire un tour dans les jardins à la place, histoire d'échapper un moment à la chaleur qui régnait dans la salle. Ensuite, il…

Elle eut un instant d'hésitation, mais continua, en dépit de la rougeur qui venait d'envahir ses joues.

— Il m'a attirée dans l'ombre et m'a embrassée. Personne ne m'avait jamais embrassée avant cela.

Elle tira sur les rênes pour l'obliger à les relâcher, et fit avancer son cheval, irritée par sa propre réaction.

Lovingdon n'avait pas eu la courtoisie de rougir quand il était venu ouvrir la porte de sa chambre complètement nu. Pourquoi les hommes étaient-ils plus à l'aise que les femmes avec leur corps ?

Il la rattrapa rapidement.

— Vous êtes folle ? Si vous voulez vous marier par amour, la dernière chose à faire est de se promener seule avec un homme, la nuit, dans les jardins. Si quelqu'un vous avait surprise dans une situation aussi compromettante, vous vous seriez retrouvée devant l'autel, mariée en un rien de temps avec Somerdale.

Elle lui coula un regard par en dessous.

— Oui, et je ne comprends pas vraiment cela. Dites-moi s'il vous plaît ce que j'ai compromis ? Je suppose qu'un baiser est quelque chose de tout à fait charmant, mais il ne vaut pas la peine qu'on ternisse la réputation d'une dame.

— Ce qui signifie que Somerdale ne vous aime pas autant que vous semblez le croire.

— Je vous demande pardon ?

— S'il vous aimait réellement, il vous aurait embrassée d'une telle façon que vous sauriez pourquoi cela risque de ruiner votre réputation.

Elle posa les yeux sur les lèvres charnues de Lovingdon. Elles paraissaient très douces. Celles de Somerdale étaient froides et sèches, un peu rugueuses. Tout le contraire. Elle déglutit.

— Vous n'aimez pas toutes les femmes que vous embrassez.

— Je n'en ai aimé qu'une seule. Quant aux autres...

Il laissa sa phrase en suspens et haussa les épaules.

— Nous parlons donc de désir, et pas d'amour.

Sa bouche virile et sensuelle s'étira en un sourire narquois.

— Que savez-vous du désir ?

C'était peut-être ce qu'elle éprouvait en ce moment même,

songea-t-elle. Elle avait envie de lui passer la main dans les cheveux, de lui caresser les épaules, de dégrafer les boutons de sa chemise afin d'apercevoir son torse.

— Je ne suis pas aussi innocente que vous le croyez. J'ai deux frères aînés. J'ai écouté certaines de leurs conversations.

— Sans qu'ils le sachent, je présume ?

Sa voix contenait une réprobation qu'elle trouva assez déplaisante. Après tout, c'était lui la canaille. Pas elle.

— Comme si vous n'aviez jamais commis de péchés.

Le sourire de Lovingdon s'évanouit, ses traits se durcirent.

— Ne parlons pas de mes péchés, je vous prie.

Elle aurait ravalé ses paroles si elle l'avait pu. Mais en fait, elle se demandait ce qui avait provoqué cette réaction. Les péchés auxquels il faisait allusion étaient probablement plus graves et plus sombres que les folies actuelles de sa vie dissolue.

— Lady Grace !

Elle leva les yeux et aperçut lord Somerdale sur un cheval baie lancé au trot. Il se dirigeait droit vers elle.

La rencontre risquait d'être embarrassante.

— Je vous en prie, ne faites aucune allusion au baiser.

— Ne vous inquiétez pas. Je ne laisserai pas quelques rumeurs médisantes vous pousser jusqu'à l'autel.

Elle éprouva un vague réconfort à l'idée que Lovingdon jouait toujours pour elle le rôle de protecteur. Mais curieusement, cette idée ne lui procurait pas de véritable plaisir.

Lord Somerdale vint se placer de l'autre côté de Grace, saluant Lovingdon d'un bref signe de tête. Lovingdon se demanda comment le comte allait pouvoir vivre sans ses dents. Car il envisageait de les faire tomber méthodiquement, une à une.

Comment avait-il osé embrasser Grace ?

Quand celle-ci lui avait raconté son escapade avec Somerdale dans le jardin, la fureur l'avait transpercé comme une flèche et il avait manqué de tomber de son cheval. Voir des hommes danser et badiner avec elle, c'était une chose. Mais aller plus loin ? L'entraîner dans un recoin sombre et l'embrasser...

Que Grace les autorise à prendre de telles libertés était absolument inacceptable. N'était-elle pas consciente du danger que cela représentait pour sa réputation ? Du fait qu'un homme risquait de profiter de la situation ? L'un d'eux pouvait la pousser à aller plus loin. Vexley, par exemple.

Ce dernier croisa leur chemin, peu après que Somerdale les eut rejoints. Il fit mine d'ignorer Lovingdon. Mais quand Grace se détourna, le regard froid qu'il lui lança était clairement un défi. Lui aussi avait eu la sagesse de se placer de l'autre côté de la jeune femme, à bonne distance de Lovingdon, qui se demandait comment l'homme allait pouvoir survivre avec une mâchoire cassée.

Il n'avait aucun penchant pour la violence, et il n'était certainement pas jaloux des attentions que ces gentlemen prodiguaient à Grace. Simplement, ils n'étaient pas des époux envisageables pour une dame de son rang.

Ils perdaient leur temps, et faisaient perdre son temps à Grace. Et à lui aussi, par la même occasion.

Deux autres gentlemen arrivèrent à cheval, le saluant sèchement avant de porter toute leur attention sur Grace. Tout ce petit monde s'était agglutiné autour d'elle, et il était impatient de les voir repartir. Apparemment, ce n'était pas le cas de Grace.

— J'ai envie d'aller m'asseoir un moment sous cet arbre. Vous n'êtes pas obligé de rester Lovingdon.

Essayait-elle de le congédier ?

— Je sais que mes parents apprécient que vous me serviez de chaperon, ajouta-t-elle avant de lancer un regard à la ronde en souriant. Au cas où cela ne serait pas évident, messieurs, Lovingdon n'est pas l'un de mes prétendants.

Quelques rires nerveux se firent entendre, et un ou deux gentlemen lui lancèrent des regards empreints de méfiance. Lovingdon songea qu'il ne pouvait lui reprocher de vouloir exposer clairement quel rôle il jouait dans sa vie afin de dissiper tous les doutes. Néanmoins, il ne pensait pas que quelqu'un puisse le considérer comme un prétendant sérieux.

Il avait toujours déclaré ouvertement qu'il ne se remarierait jamais.

— Je n'ai rien d'autre à faire, lâcha-t-il nonchalamment. Je vous raccompagnerai donc chez vous avant de prendre congé.

Elle était certainement capable de se débrouiller toute seule, mais elle conservait encore une part d'innocence, une sorte de naïveté. Un homme risquait fort d'en profiter. Un jour, l'un d'entre eux le ferait, c'était évident. Las de devoir sans cesse rivaliser avec les autres, il tenterait de l'obliger à se marier en la compromettant. Cet homme aurait désespérément besoin d'argent. Un peu comme les quatre qui étaient rassemblés autour d'elle en ce moment.

Il savait ce qu'ils valaient tous. Non seulement sur un plan financier, mais aussi sur le plan moral. Aucun d'entre eux n'était assez bien pour elle.

Mais qui était digne d'elle ?

Il devait bien exister quelqu'un, un homme auquel il ne trouverait pas de défaut, et qui l'aimerait comme elle méritait de l'être.

Mais il avait beau chercher, il ne voyait personne.

Lovingdon demeura sur sa monture, mais lord Vexley mit promptement pied à terre et se précipita vers Grace, lui posant les mains autour de la taille pour...

Le cheval de Lovingdon fit un brusque écart, et il se rendit compte qu'il avait tiré sur les rênes sans le vouloir. Quand il eut calmé l'animal, il prit une pièce dans sa poche et se mit à la faire tourner entre ses doigts afin de se ressaisir. D'un léger coup de genoux, il fit avancer son cheval et attrapa les rênes de la jument de Grace. Certes, il se rabaissait ainsi au rôle de valet, mais il ne tenait absolument pas à venir grossir les rangs de ses soupirants. Surtout maintenant qu'elle avait annoncé qu'il n'était rien d'autre pour elle qu'un ami de la famille.

Sur ces entrefaites, lord Chesney arriva au galop, un chiot niché au creux de ses bras. Il mit prestement pied à terre, pas du tout gêné par la petite créature qui gigotait en tous sens. Lorsqu'il offrit à Grace l'adorable boule de fourrure, un sourire s'épanouit sur son visage et elle sembla prête à épouser Chesney sur-le-champ. Ce dernier, comme son père, élevait des chiens. C'était d'ailleurs lui qui avait fourni à Lovingdon son tout dernier collie. Ce détail aurait dû jouer en sa faveur, mais malgré tout il ne pouvait imaginer Grace épousant cet homme.

Le rire de la jeune femme lui parvint. Assise dans l'herbe, elle jouait avec le chiot posé sur ses genoux, tout en discutant avec les gentlemen qui l'entouraient.

Lovingdon les examina tous, les uns après les autres. Dans ses moments les plus charitables, il avait envie de tous les envoyer au diable. Puis brusquement, toute bienveillance le quitta et il décida que l'enfer était encore trop doux pour eux.

Grace entra dans sa chambre d'un air las et regarda son lit avec envie. C'était tellement fatigant de toujours sourire, de faire semblant de s'intéresser à des sujets insipides, de s'efforcer de ne pas vexer un prétendant, juste parce qu'elle savait, au plus profond de son cœur, qu'il n'était pas le bon.

Néanmoins, elle pensait que Lovingdon, plus que les autres gentlemen, était responsable de sa fatigue. A cause de lui, elle était toujours sur le qui-vive, consciente de chacun de ses mouvements, du moindre changement de ton dans sa voix. Elle avait eu conscience de son regard acéré qui ne la quittait pas, tandis qu'elle papillonnait avec les messieurs qui l'avaient rejointe dans le parc aujourd'hui. Elle avait été sur le point de lui demander de descendre de cheval et de se joindre à eux, mais elle s'était ravisée.

S'il s'était mêlé au groupe, elle était presque sûre qu'il aurait fait fuir les autres. Il avait donc gardé ses distances, comme il le faisait toujours depuis la disparition de Juliette. Même quand il était avec elle, il était évident que son esprit s'évadait vers des contrées inconnues.

Félicité entra et l'aida en silence à ôter son habit de cavalière. Elle avait confié le chien à l'un des jeunes valets de cuisine. Celui-ci s'en occuperait et le dresserait jusqu'à ce qu'il ne fasse plus de saletés dans la maison. Grace avait été touchée par le geste de Chesney, mais Lovingdon avait grommelé, mécontent, sur le chemin du retour.

— Un homme qui vous aime vraiment devrait savoir que vous préférez les chats. Ces sales petites créatures du diable.

Sa remarque l'avait amusée et elle avait ri de bon cœur. Son premier vrai rire depuis que Somerdale les avait rejoints. Elle avait trouvé merveilleux de pouvoir rire avec insouciance, d'être elle-même. Quand elle était en compagnie de Lovingdon, elle n'avait pas besoin de faire des efforts pour lui plaire. Il l'avait toujours acceptée telle qu'elle était. Grace était heureuse que cet aspect de leur relation n'ait pas changé.

— Je vais m'allonger un moment, dit-elle une fois qu'elle eut enlevé ses vêtements.

Elle ne portait plus que ses sous-vêtements de coton.

— Vous vous sentez bien, mademoiselle ? s'enquit Félicité.

— Oui, je suis juste un peu fatiguée. Revenez pour m'aider à me préparer pour le dîner.

— Oui, mademoiselle.

Lorsque la servante eut refermé la porte derrière elle, Grace se dirigea vers le lit. Puis elle s'arrêta, réfléchit quelques secondes, et se dirigea vers le miroir. Avec des gestes lents, elle délaça sa chemise. Sans quitter le miroir des yeux, elle écarta délicatement le tissu, comme elle l'avait fait au moins une centaine de fois, au cours de ces deux dernières années. Elle imagina son futur mari faisant ce même geste et essaya de se voir à travers ses yeux. Malgré le temps qui avait passé, elle eut l'impression de recevoir un coup de poing à l'estomac en regardant sa peau dénudée. Cette vision familière n'aurait plus dû la surprendre, cependant elle se sentit déstabilisée.

— Les cicatrices ne sont pas si terribles, chuchota-t-elle.

C'était sa voix, mais dans sa tête elle entendait une voix d'homme, grave et chaude, enfiévrée de passion. La voix de son époux, le soir de leur nuit de noces. Dans l'obscurité, peut-être ne remarquerait-il rien ?

Non. Il verrait, songea-t-elle en soupirant.

Sans prendre la peine de refermer sa chemise, elle gagna le lit et s'allongea sur le côté. Lancelot, son chat, bondit sur la courtepointe, décrivit quelques cercles sur lui-même et finit par se nicher douillettement contre sa hanche. Elle fit glisser ses doigts dans sa fourrure soyeuse.

— Ne t'inquiète pas, le chien ne prendra pas ta place. Je pense qu'il deviendra celui de papa plutôt que le mien. J'ai l'impression qu'ils se sont plu au premier regard.

Lancelot était celui auquel elle avait confié son premier amour, et aussi son premier chagrin. Aussi continua-t-elle à mi-voix :

— Suppose que l'homme que j'aurai choisi ne m'aime pas assez pour rester avec moi une fois qu'il saura tout ?

Ses cicatrices étaient une affaire très personnelle. Personne n'était au courant, en dehors de la famille. Sa mère avait insisté, affirmant qu'il n'y avait aucune raison pour que les autres le sachent. Non qu'ils aient eu honte pour elle. Mais simplement, on ne devait pas parler de ce genre de choses.

Mais Grace savait qu'elle le dirait à l'homme qui demanderait sa main, le jour même de sa demande. Elle ne pouvait, en toute bonne conscience, accepter une proposition de mariage en gardant ce secret.

— Mais que ferai-je s'il ne m'aime pas assez, Lancelot ? demanda-t-elle encore.

Puis elle finit par s'endormir sans s'en rendre compte.

Quand elle ouvrit les yeux, il faisait nuit mais une lampe était allumée sur sa table de chevet, et elle vit un homme qu'elle connaissait bien, debout au pied du lit. William Graves était un extraordinaire médecin. Quand il ne soignait pas la reine, il s'occupait des pauvres et de ceux qu'il considérait comme ses amis.

Sa mère était assise dans un fauteuil, les mains croisées sur ses genoux, ses beaux yeux bleus empreints d'inquiétude.

— Félicité m'a dit que tu ne te sentais pas bien.

Grace leva les yeux au ciel.

— J'étais fatiguée, voilà tout.

— Tu veux bien que le docteur Graves t'examine ? Je t'en prie.

Mon Dieu, elle aurait aimé refuser. Il l'avait examinée si souvent. Mais elle comprenait les craintes de sa mère. Elle acquiesça d'un hochement de tête, à contrecœur. C'était un bien petit sacrifice, pour lui faire plaisir. Elle se redressa et s'assit au bord du lit. Le Dr Graves s'agenouilla devant elle et pencha la tête, ses boucles d'un blond pâle encadrant son visage. Elle se demanda si ses tempes deviendraient un jour argentées.

— Dites-moi si vous avez mal, ordonna-t-il doucement.

Elle n'avait jamais eu mal. C'était justement ce qui était curieux. Si Graves ne l'avait pas avertie qu'un jour elle éprouverait une douleur insoutenable, qui la mènerait peut-être à la mort, elle n'aurait pas cru cela possible. Néanmoins, comme il avait été catégorique concernant les risques qu'elle courait, elle comprenait les craintes de sa mère.

Elle fit un nouveau signe de tête, et fixa d'un air absent le coin de la chambre où dansaient les ombres projetées par le feu. Le médecin avait des gestes doux et délicats, mais il l'ausculta longuement. Elle eut l'impression que cet examen durait des heures, quand il s'écarta enfin.

— Tout me paraît normal.

Le soulagement s'inscrivit sur les traits de sa mère et Grace se sentit coupable de l'avoir inquiétée sans le vouloir. Elle s'était seulement sentie un peu lasse.

Sa mère tendit la main au médecin.

— Merci, Bill.

— Envoyez-moi un message si vous avez besoin de moi, Frannie. A n'importe quelle heure du jour ou de la nuit.

Sur ces mots, il quitta la chambre. La mère de Grace se leva, entoura la jeune fille de ses bras et l'attira contre elle en la berçant tendrement.

— Dieu merci. Dieu merci.

— Mère, je voudrais que vous ne vous inquiétiez pas autant pour moi. Je fais attention, je suis les conseils du médecin. Je le préviendrais si quelque chose n'allait pas.

Sa mère l'embrassa sur le front.

— Je sais, mais c'est le devoir d'une mère de s'inquiéter pour ses enfants.

Puis elle reprit place dans le fauteuil, tandis que Grace nouait de nouveau sa chemise.

— Comment s'est passée ton après-midi au parc avec Lovingdon ?

— Très bien. Quelques gentlemen nous ont retrouvés là-bas, aussi n'avons-nous pas eu le temps d'échanger autre chose que des banalités.

— Je doute fort que tu parles du temps qu'il fait avec tous ces messieurs, répliqua sa mère en l'observant un moment. Sa visite m'a beaucoup étonnée.

— Cela fait deux ans que Juliette est partie. Il ne porte plus le deuil.

— D'après ce que j'ai entendu, son deuil est terminé depuis longtemps. Je sais aussi qu'il a dansé avec toi hier soir.

— Je ne comprends pas pourquoi vous tournez autour du pot. Je suis sûre que Père vous a déjà tout raconté. J'ai parlé avec Lovingdon. Je pensais qu'il pourrait me donner son opinion sur les hommes qui me courtisent.

Sa mère plia et déplia ses petits doigts fins, qui autrefois avaient été assez habiles pour dérober les bourses des passants sans que ceux-ci s'en aperçoivent.

— Grace, je n'ignore pas que tu étais très amoureuse de lui quand tu étais plus jeune.

— Je n'étais qu'une petite fille, rétorqua Grace, agacée. Il peut avoir beaucoup de charme. Du moins, il en avait à l'époque. Ce que je ressens pour lui à présent…

Elle éprouva un peu de mal à trouver les mots qui convenaient.

— Je suppose que mes sentiments sont un peu confus. Parfois, je retrouve brièvement le garçon que j'ai connu il y a des années. Mais la plupart du temps, ce n'est pas le cas. Aujourd'hui, c'est un ami, rien de plus.

Elle leva les yeux au ciel, avant de poursuivre :

— Et puis, il connaît aussi très bien les mauvais bougres de la bonne société. Il m'a donné d'excellents conseils à ce sujet.

— Tu es sûre que tu n'as pas échafaudé une ruse pour essayer d'obtenir quelque chose qui a toujours été au-delà de ta portée ?

— Drake m'a posé la même question. Je ne suis pas désespérée au point d'imaginer un plan pour obliger un homme à m'aimer ! Je suis très vexée que Drake et vous ayez une si piètre opinion de moi.

— Je crains juste que le sang d'un certain escroc de ma connaissance coule dans tes veines.

— Vous faites allusion à mon grand-père ? Je regrette de ne pas l'avoir connu.

Sa mère se leva et sortit une enveloppe de sa poche.

— Le valet de Lovingdon a apporté une lettre pour toi pendant que tu dormais. Sois prudente, ma chérie. Les jeux se terminent rarement comme nous l'avons imaginé.

— Je ne joue pas, et je ne tomberai pas amoureuse de lui.

— Mmm, murmura sa mère. C'est drôle, mais je m'étais dit aussi que je ne tomberais jamais amoureuse de ton père. Le cœur a ses raisons, et il finit toujours par triompher.

Grace attendit que sa mère soit sortie pour ouvrir l'enveloppe scellée à la cire et en retirer une unique feuille. Le message était bref et allait droit au but.

Minuit.
Le jardin.
Lovingdon

L'obscurité régnait dans les allées du jardin, qui étaient pourtant éclairées par des becs de gaz. Grace avançait à pas lents, avec prudence, cherchant une silhouette familière dans la pénombre. De quoi Lovingdon voulait-il lui parler, et pourquoi avait-il choisi ce lieu, plutôt que son salon ? Il était pourtant toujours le bienvenu chez eux, et il le savait. Cependant, elle devait admettre que ce rendez-vous clandestin avait du charme. Elle avait l'impression de faire quelque chose de défendu.

Et pourquoi avoir fixé une heure aussi tardive pour leur rendez-vous ? Qu'avait-il de si urgent à lui dire pour que cela ne puisse attendre le lendemain ?

D'ordinaire, Grace ne manquait pas d'imagination. Mais là, elle était perplexe.

— Grace.

Elle pivota sur ses talons. Dans le coin le plus sombre de la roseraie, elle crut apercevoir un homme. Son cœur s'emballa et se mit à battre si fort qu'elle craignit que sa poitrine n'éclate.

— Lovingdon ?

Les ombres se dissipèrent un peu dans le mouvement qu'il fit pour venir à elle.

— Je n'étais pas sûr que vous viendriez.

— Je n'ignore jamais une requête quand elle émane de vous. Mais où voulez-vous en venir ? Que signifie…

Sans la laisser finir, il l'enveloppa de ses bras solides et l'attira loin de l'allée, dans un coin où la lumière ne parvenait pas. Avant qu'elle ait pu crier ou protester, il prit ses lèvres avec tant de force qu'elle fut un instant désorientée. Sa grande main se posa sur sa gorge, et il lui prit le menton pour mieux orienter vers lui ses lèvres, qu'il tentait d'entrouvrir. Elle céda et il pénétra dans la chaleur de sa bouche, l'explorant avec ferveur.

Elle s'abandonna contre lui en soupirant. Il y avait bien trop longtemps qu'elle rêvait de l'embrasser pour résister. En outre, il était si persuasif que toute résistance était inutile. Il glissa un bras sur ses reins et la pressa contre lui. Elle était grande, aussi n'aurait-elle pas dû être surprise que leurs corps s'emboîtent aussi bien, cuisse contre cuisse, hanche contre hanche, poitrine contre poitrine. Pourtant, elle fut déconcertée par cet instant d'intense intimité, et par la chaleur qui émanait de lui.

De son pouce, il la caressa sous le menton, près de son oreille. Il ne portait pas de gants, sa peau était un peu rugueuse. Un infime changement de position, et il put atteindre les boutons de sa robe. En dégrafer un, puis deux. Puis trois.

Elle aurait dû s'écarter, exiger qu'il arrête. Mais quand ses lèvres chaudes et humides glissèrent dans son cou, elle renversa la tête en arrière pour mieux s'offrir. Un autre bouton céda sous ses doigts, et il fit glisser sa langue au creux de son cou. Une flamme se répandit en elle et la dévora. Le désir déferla en une succession de vagues puissantes.

Il émit un grognement sourd, ses doigts se pressèrent avec plus d'insistance sur ses reins, comme s'il voulait qu'elle se fonde en lui, devienne une partie de lui. Rien ne devait les séparer.

Il fit remonter ses lèvres jusqu'à son oreille. Puis, du bout de la langue, il lui taquina le lobe de l'oreille, avant de le mordiller délicatement. Grace sentit ses genoux se dérober. Tout son corps s'affaissa et elle serait tombée s'il ne l'avait tenue solidement entre ses bras.

— Vous comprenez maintenant pourquoi, lorsqu'un homme désire vraiment une femme, ses baisers peuvent détruire sa réputation ?

Il la désirait.

Une sensation enivrante l'envahit. Il la désirait.

Les mots résonnèrent dans sa tête, pénétrèrent dans son cœur.

— Mais il n'en restera pas là, murmura-t-il.

Il ? De qui voulait-il parler ?

— Il ne laissera pas un seul bouton agrafé, pas un centimètre de peau couvert. Il vous ôtera vos vêtements, vous fera allonger sur le sol, et fera de vous ce qu'il veut. Vous gémirez de plaisir, avant de pleurer de désespoir. Car vous serez détruite. Si vous êtes découverts, vous serez obligée de l'épouser. Si vous ne l'êtes pas...

Il la secoua légèrement. Grace prit conscience de ses doigts enfoncés dans ses épaules et émergea de sa douce langueur. Elle ouvrit les yeux. L'obscurité les enveloppait, mais malgré cela elle perçut l'intensité de son regard.

— Quand vous vous aventurez dans le jardin avec des gentlemen, sachez que vous jouez avec le feu.

Il lui relâcha brusquement les épaules, et pivota sur ses talons. A peine eut-il fait trois pas qu'elle distingua sa silhouette dans la lueur blafarde des réverbères. Elle le vit passer une main dans ses cheveux.

— Vous avez dit que vous me désiriez, chuchota-t-elle.

— Je voulais juste vous montrer comment un homme qui vous désire vous aurait embrassée. Si Somerdale ne vous a pas fait perdre la tête en vous embrassant, c'est qu'il ne vous désire pas. Il est donc peu probable qu'il vous aime un jour.

— Juste me *montrer* ? répéta-t-elle, interdite.

Dans un effort pour rassembler ses forces, elle se dirigea vers lui.

— Comment avez-vous pu m'embrasser comme cela si vous ne me désiriez pas ?

— J'ai eu suffisamment de femmes pour savoir comment m'y prendre.

Sans réfléchir, elle leva la main et l'abattit de toutes ses forces sur sa joue. Lovingdon recula en trébuchant. Le coup avait été si violent qu'elle sentit ses doigts la brûler et la picoter.

— Comment osez-vous ? Comment osez-vous m'attirer ici et m'embrasser comme si cela signifiait quelque chose pour vous ? Comme si je représentais quelque chose à vos yeux !

— Il faut que vous compreniez le danger que vous courez quand vous autorisez des hommes à prendre des libertés avec vous. Et il faut aussi que vous sachiez que vous ne serez jamais heureuse avec un homme qui vous embrasse comme l'a fait Somerdale.

— Vous attachez trop d'importance à ce baiser. Peut-être a-t-il simplement assez de volonté pour contenir sa passion.

— Non, pas s'il vous aime.

— Vous ne m'aimez pas, et cependant vous m'avez embrassée comme si vous en aviez rêvé toute votre vie. J'en déduis qu'un homme qui m'aime profondément est capable de faire le contraire.

Lovingdon poussa un lourd soupir.

— Petite Rose, j'essaye de vous donner une leçon sur...

— Eh bien, je n'en veux pas de vos fichues leçons !

Elle n'était pas allée quémander son aide, quelques nuits plus tôt, parce qu'elle voulait obtenir son amour. Quoique...

Sa mère et Drake avaient peut-être vu juste. Avait-elle tenté de faire resurgir un sentiment qu'elle éprouvait dans son enfance ? Elle avait ressenti un tel bonheur à l'époque. Elle croyait qu'il n'y avait rien en ce monde qu'elle ne pouvait conquérir.

Mais ses sentiments d'alors étaient constitués de choses simples, puériles, et ne se basaient pas sur l'expérience.

Elle n'aimait pas l'homme qui se tenait devant elle. En revanche, elle regrettait le jeune garçon qu'elle avait connu dans son enfance. Mais celui-ci avait disparu.

Grace passa devant lui d'un air hautain. Il voulut lui agripper le bras, mais elle se dégagea.

— Ne me touchez pas. Vous n'éprouvez rien pour moi, et vos gestes ne sont pas sincères.

— Mais vous... vous comptez beaucoup pour moi, Grace. Je veux que vous soyez heureuse. Que vous trouviez un mari qui vous aime.

— Pourquoi est-ce que ça ne peut pas être vous ?

Dans les ombres mouvantes, elle crut le voir reculer de nouveau comme si elle l'avait encore giflé. Mais ce n'était qu'une illusion, elle savait que ses paroles n'avaient pas d'importance pour lui. Il l'aidait parce qu'elle avait insisté pour qu'il le fasse, et non parce qu'il désirait vraiment lui rendre service.

Dans le fond, il se moquait de ce qui lui arriverait.

— Je ne pourrai plus jamais aimer de cette façon, lâcha-t-il.

Sa voix était grave, chargée d'angoisse et de chagrin.

Grace savait que ses mots allaient le frapper en plein cœur, mais elle ne put tenir sa langue.

— Peut-être n'avez-vous jamais vraiment aimé.

— Vous dites cela parce que vous ne connaissez rien à l'amour.

Sur ce, il fit volte-face et disparut dans l'obscurité. Elle avait voulu lui faire du mal, parce qu'il l'avait blessée. Lui, dont elle avait cru qu'il ne pourrait jamais lui faire de la peine.

Son père avait donc raison. Elle ne trouverait jamais l'amour là où elle le cherchait.

Eh bien, elle le trouverait ailleurs !

Tournant vivement les talons, elle regagna la maison.

Pourquoi est-ce que ça ne peut pas être vous ?

Qu'est-ce qui l'avait poussée à poser une question aussi absurde ? Il ne pouvait s'en prendre qu'à lui, pour le désastre de ce soir. Ce rendez-vous dans le jardin était une erreur. Une erreur monumentale. Il l'avait su tout de suite, cinq minutes à peine après lui avoir envoyé ce message. Et cependant, il était allé au rendez-vous. Il n'avait pu s'en empêcher.

Dès l'instant où il avait su que Somerdale avait embrassé Grace, Lovingdon n'avait pu penser à autre chose qu'à ses lèvres, à la sensation qu'il éprouverait en prenant possession de sa bouche.

Ce baiser n'avait ressemblé à rien de ce qu'il avait connu auparavant. Il était si jeune quand il avait épousé Juliette, si inexpérimenté, si terriblement naïf. Il avait résolu de ne jamais l'offenser par un désir trop viril. Oh certes, leur relation avait été imprégnée de passion. Il l'adorait, la désirait de tout son être.

Mais avec Grace, c'était différent, il y avait quelque chose en plus. Elle lui avait répondu avec une ferveur égale à la sienne. Alors que sa première intention avait été de lui donner une leçon, il craignait fort que l'inverse ne se soit produit. C'était lui qui avait le plus appris au cours de cet échange.

Grace se donnait sans réserve. Comme dans tous les domaines, elle n'avait peur de rien.

Si elle n'avait pas été une amie d'enfance, s'il n'avait pas eu de l'affection et du respect pour elle, il aurait fait exactement ce contre quoi il voulait la mettre en garde. Ce que n'importe quel homme aurait fait à sa place. Il l'aurait allongée dans l'herbe et aurait laissé libre cours à son désir.

Il aurait lentement dégrafé tous les boutons de sa robe, tous les lacets, tous les rubans. Il aurait dénudé son corps...

Une sonnette d'alarme résonna dans sa tête et il se figea. *Grace.* Ces pensées voluptueuses concernaient Grace.

Celle-ci recherchait l'amour. Or, il pourrait lui donner du plaisir et de la sensualité, mais pas de l'amour. Ce sentiment était exclu, il avait fermé son cœur. Plus jamais il n'endurerait le chagrin dévastateur de la perte d'un être aimé. Car il n'aimerait plus. Plus jamais.

Peut-être n'avez-vous jamais vraiment aimé.

Comme il aurait aimé que cela soit vrai. Car il était terriblement las d'éprouver cette douleur insoutenable. Il ne voulait plus jamais connaître une perte aussi douloureuse. Non seulement il avait perdu la présence physique de Juliette et de Margaret, mais à présent leur souvenir s'éloignait aussi. Parfois, il ne parvenait même pas à se rappeler la couleur de leurs cheveux, ou le chant cristallin de leurs éclats de rire. Il lui arrivait aussi de passer plusieurs jours sans penser à elles. Et quand cela se produisait, la culpabilité l'accablait, car il commençait à accepter leur absence. C'était cette idée qui le faisait le plus souffrir.

Mais en ce moment, il songeait plus que jamais à Juliette, tout en sirotant son whisky, dans un coin sombre du salon, au Dodger's. Il avait envisagé un moment de rentrer chez lui, mais l'idée d'affronter les nombreux portraits de Juliette qui ornaient sa maison était insupportable. Elle le toiserait, du haut de la cheminée, et le jugerait. Sans doute pas plus durement qu'il ne se jugeait lui-même.

L'image de Juliette s'effaça, remplacée par celle de Grace. Grace qui n'hésitait pas à manifester sa mauvaise humeur ou sa colère. Juliette ne s'était jamais mise en colère contre lui. Ils n'avaient jamais échangé de paroles dures.

Grace l'agaçait au plus haut point, avec sa quête d'amour. Croyait-elle qu'il pouvait sortir un élixir d'amour de sa poche et le lui donner ?

— Tu envisages sérieusement de tuer quelqu'un ?

Lovingdon leva la tête en tressaillant. Drake l'observait avec attention. Il était son aîné de trois ans, et autrefois Lovingdon avait traîné dans son sillage comme un chiot fidèle et admiratif. Drake n'avait jamais vu d'inconvénient à cela. Il avait enseigné à Lovingdon quelques petits talents utiles que sa mère aurait sans doute préféré qu'il ignorât. Il était capable de crocheter une serrure, de dérober un bijou sans se faire attraper, de voler subrepticement une bourse dans une poche. D'un geste imperceptible de la main, il pouvait saisir sans qu'on le voie les cartes qui le feraient gagner à coup sûr.

— Qu'est-ce qui te fait penser une chose pareille ?

Drake haussa élégamment les épaules.

— J'ai l'habitude de tes regards sombres, mais là tu parais vraiment d'une humeur massacrante, dit-il en prenant place dans un fauteuil. Tu veux m'en parler ?

Lovingdon fit un signe négatif de la tête.

— Cela n'a rien à voir avec ma sœur, j'espère ?

Lovingdon se figea. Drake et Grace n'étaient pas liés par le sang, mais ils étaient aussi proches que s'ils avaient été frère et sœur.

Drake se renversa dans son fauteuil.

— J'en étais sûr.

— Elle s'efforce de trouver l'amour, et elle fait de mauvais choix pour y parvenir. Elle m'a demandé mon aide. Je ne comprends pas pourquoi, mais elle ne se croit pas capable de reconnaître l'amour quand il se présentera.

— Elle a l'air tellement sûre d'elle. C'est trompeur.

Drake gratta le tissu de sa veste du bout des doigts, comme si ce geste pouvait l'aider à rassembler ses idées.

— Elle n'est pas sûre qu'un homme puisse vraiment l'aimer. L'aimer elle, pour ce qu'elle est.

— C'est ridicule. Elle a beaucoup à offrir.

— Je suis entièrement d'accord. Malheureusement, elle n'en est pas aussi certaine que toi et moi.

Poussant un grognement sourd, Drake se pencha et posa les coudes sur ses genoux. Tout le poids du monde semblait peser sur ses épaules.

— Fais attention à elle, Lovingdon. Tu es celui qu'elle a toujours admiré plus que tous les autres. Elle te trouvait le plus intelligent, le plus beau, le plus gentil. Tu risques de la blesser profondément sans le vouloir.

A en juger par la réaction qu'elle avait eue dans le jardin, cette mise en garde venait un peu trop tard.

— Tu pourrais l'épouser ? suggéra Lovingdon.

Drake secoua la tête.

— J'ai été élevé dans une famille noble, mais je n'appartiens pas à l'aristocratie. Je connais ma place dans le monde.

— Ta place est parmi nous.

— J'apprécie ce sentiment fraternel. Mais vois-tu, on peut retirer un garçon de la rue, elle reste ancrée en lui à tout jamais. D'autre part, il est question de Grace, pas de moi. Elle est plus vulnérable que tu ne le crois. Aide-la, si tu en ressens l'envie. Sinon, éloigne-toi d'elle. J'attache un grand prix à ton amitié, mais Grace a plus d'importance que toi à mes yeux. Je pourrais te détruire en un instant, sans le moindre scrupule, si tu lui faisais du mal.

Assise dans un rocking-chair, Grace berçait dans ses bras un bébé endormi qui avait été abandonné le mois précédent devant la porte de l'orphelinat. Le mouvement régulier du fauteuil l'aida à se détendre, et elle laissa son esprit s'évader.

Comme souvent, depuis le baiser échangé dans le jardin quatre nuits auparavant, elle se mit à songer aux lèvres et à la bouche brûlante d'un homme.

Elle ne s'attendait pas à ce qu'un baiser soit aussi étourdissant. Les lèvres sèches de Somerdale étaient restées scellées, aussi serrées que le corset d'une femme. Non qu'elle ait eu envie de goûter à sa bouche, cette idée ne l'avait même pas effleurée. Mais à présent, elle ne pensait plus qu'à cela.

Trois de ses dents se chevauchaient, ce qui lui donnait un sourire attendrissant. Elle s'imagina embrassant Somerdale comme elle avait embrassé Lovingdon. Elle remarquerait sans doute ses petites imperfections, comme elle avait noté les traits parfaits de Lovingdon. Ce dernier avait des dents parfaitement alignées, aussi disciplinées que toute sa personne.

Jusqu'à présent, elle n'avait pas songé à autre chose qu'aux lèvres elles-mêmes, mais maintenant tout lui semblait important : le souffle, la langue, la taille de la bouche.

Chesney avait une grande bouche qui rappelait un peu celle d'un cheval. Elle aurait l'impression d'être avalée. Lord Branson adorait les oignons. Ses baisers ne seraient sûrement pas aussi parfumés que ceux de Lovingdon, dont les lèvres étaient imprégnées d'une légère et délicieuse fragrance de brandy.

Pourrait-elle aimer un homme qu'elle n'aurait pas envie d'embrasser ? En revanche, elle aurait voulu ne jamais quitter les lèvres de Lovingdon. Elle aurait pu rester là, jusqu'à ce que les rossignols se taisent et que les alouettes se mettent à chanter. Elle aurait aimé...

— Vous vous cachez ?

Elle leva les yeux. Lovingdon se tenait sur le seuil. Il avait revêtu un costume de soirée et il était si éblouissant qu'elle en eut le souffle coupé. Une vague chaude déferla en elle tandis qu'elle contemplait ses lèvres. Celles-ci étaient droites, sévères, mais invitaient malgré tout au baiser.

— Que faites-vous ici ?

Elle nota avec une certaine satisfaction qu'elle maîtrisait

sa voix, ne trahissant nullement le tumulte intérieur qu'elle éprouvait. Elle voulait rester distante, affecter un air indifférent. Elle voulait aussi bondir de sa chaise et jeter ses bras autour de son cou.

Après leur rencontre dans le jardin, et les paroles désagréables qu'elle avait prononcées, elle avait craint de ne jamais le revoir. Elle avait écrit une bonne douzaine de lettres d'excuses, mais aucune ne lui avait paru exprimer vraiment ses sentiments. En fin de compte, elle lui avait envoyé un mot très bref :

Je suis désolée,
G

— Je vous cherchais, déclara-t-il. Vous n'avez pas idée du nombre de bals dans lesquels j'ai fait une apparition éclair juste dans l'espoir de vous trouver.

Une étincelle de joie jaillit dans son cœur quand elle entendit ces mots, et elle eut le plus grand mal à la contenir et l'empêcher de s'enflammer.

— Combien ?

— Oh ! j'ai l'impression qu'il y en a eu au moins mille.

La joie se répandit en elle, et elle sourit.

— Je doute fort qu'il y en ait eu autant. Comment avez-vous su que j'étais là ?

— J'ai parlé à Drake. Il m'a dit que vous passiez beaucoup de temps dans les foyers et les orphelinats que votre mère a fondés. Et naturellement, vous étiez dans le dernier que j'ai visité.

— Et que vouliez-vous me dire ?

Il contempla un instant ses chaussures parfaitement cirées.

— Je voulais vous demander pardon pour ce baiser.

— Il est inutile de vous excuser. Cela m'a beaucoup plu.

Il releva vivement la tête.

— Mais pourtant vous m'avez giflé ?

— A cause des raisons pour lesquelles vous m'avez embrassée. Vos leçons ne me plaisent pas.

— Je pensais qu'une démonstration serait plus efficace

qu'une longue explication. Vous ne voulez pas aller remettre ce petit enfant dans son lit ? Ensuite, je vous raccompagnerai chez vous. Nous discuterons en route de la stratégie à adopter.

— Quel genre de stratégie ?

— Une stratégie qui vous aidera à épouser un homme qui vous aime vraiment.

— Je commence à croire que c'est impossible.

— Seulement si vous concentrez vos efforts sur un homme qui n'est pas le bon.

Par exemple sur vous, ajouta-t-elle en elle-même.

Il traversa la pièce et s'assit à ses pieds, à même le sol, fixant son attention non sur elle, mais sur le bébé qu'elle tenait dans ses bras. Le cœur battant, elle le vit caresser du bout des doigts la joue potelée du nourrisson. L'enfant était loin d'être gras, néanmoins ses joues étaient roses et rebondies.

— Je n'aimerai plus jamais, Grace, souffla-t-il doucement. C'est bien trop douloureux.

— Je trouve bien triste que vous passiez le reste de votre vie sans amour. Vous n'êtes pas vieux, Lovingdon. Vous avez de longues années devant vous. Des années de solitude.

— Ce n'est pas parce que je refuse l'amour que je serai seul, reprit-il en levant les yeux vers elle. Les femmes ne manquent pas dans mon entourage.

— Et les hommes ne manquent pas non plus autour de moi, mais cela ne me suffit pas. C'est superficiel, c'est… comment dire ?

— Facile à vivre. Ces gens n'exigent rien de vous.

— Je n'ai jamais eu l'impression que Juliette était exigeante.

— Elle m'a supplié de ne pas les laisser mourir, Margaret et elle.

Cet aveu ébranla la jeune femme. Elle comprit que ce n'était pas seulement la perte de deux êtres chers qui avait provoqué ce changement chez Lovingdon, mais le fardeau de la culpabilité. Un fardeau écrasant. Si pesant qu'elle était étonnée qu'il parvînt encore à vivre normalement.

— Oh ! Lovingdon, il ne faut pas dire cela ! Vous n'auriez pas pu empêcher leur mort. Vous n'êtes pas Dieu.

— C'est à cause de moi qu'elles ont attrapé le typhus. Juliette m'avait demandé de ne pas me rendre dans les quartiers pauvres de Londres, mais je croyais qu'il était de mon devoir d'aider les malheureux. J'avais donné de l'argent pour la reconstruction de maisons en ruine, et je me sentais obligé d'aller superviser les travaux. De plus, je m'efforçais de rassembler des informations afin de fournir un rapport au Parlement. Je voulais faire changer les choses, me rendre utile. Au lieu de cela, je suis tombé malade.

Sa voix s'étrangla, et il poursuivit non sans mal :

— C'est moi qui aurais dû mourir, mais j'ai survécu. Mon épouse chérie et ma petite fille sont mortes parce que j'ai fait passer d'autres personnes avant elles.

— Non, non.

Le cœur brisé, elle s'efforça de prononcer des paroles de réconfort. La souffrance de Lovingdon était insoutenable.

— Vous ne pouvez pas être sûr que ce sont vos visites dans les taudis qui ont provoqué la maladie. Peut-être vous êtes-vous approché de quelqu'un à l'opéra, ou bien chez votre tailleur. Ou bien encore, vous avez croisé un homme devant chez vous, porteur de la maladie. Peut-être encore vous êtes-vous rendus au parc, tous les trois. Quelqu'un a pu s'arrêter pour vous saluer, sans soupçonner qu'il était lui-même malade. Les gens tombent malades pour toutes sortes de raisons. La nature est tellement cruelle, nous n'y pouvons rien.

Grace était elle-même bien placée pour le savoir.

— Vous ne pouvez vous reprocher une faute que vous n'avez pas commise, ajouta-t-elle.

— C'est pourtant ce que je fais.

La voix de Lovingdon était plus forte, plus ferme, comme s'il s'avançait sur un terrain qu'il connaissait bien pour l'avoir trop souvent parcouru.

— Mais j'ai commis un péché encore plus grave.

Il passa délicatement les doigts dans les cheveux blonds du bébé, comme si ce simple geste avait le pouvoir d'apaiser ses tourments.

— J'ai menti à Juliette. Elle m'a demandé de protéger notre enfant, de ne pas laisser mourir Margaret. Je lui ai promis de la protéger, de faire tout ce qui serait en mon pouvoir pour qu'elle guérisse.

Des larmes surgirent au coin de ses yeux, mais il reprit, d'une voix sourde :

— Je lui ai fait cette promesse, et c'est là mon plus grand péché, car j'ai menti. Notre fille était déjà morte et je n'ai pas eu le courage de le dire à Juliette, car je savais qu'elle me détesterait de l'avoir laissée mourir. Je ne voulais pas qu'elle quitte ce monde en me haïssant.

— Lovingdon.

Grace n'aurait su dire comment elle s'y était prise, mais elle glissa sur le sol sans perdre l'équilibre, sans basculer, et sans lâcher l'enfant niché contre sa poitrine. Calant le bébé sur son épaule, elle enlaça Lovingdon.

— Le courage n'a rien à voir avec cela. C'est par amour, que vous vous êtes tu. Vous avez voulu que Juliette puisse partir en paix, sans éprouver le chagrin de la perte de sa fille.

Et il avait dû supporter seul la douleur de ce deuil.

Grace le tint contre elle, écoutant sa respiration saccadée, souhaitant qu'il laisse enfin libre cours aux larmes contre lesquelles il luttait certainement depuis la mort de sa femme et de sa fille. Elle comprenait à présent quel poids pesait sur ses épaules, pourquoi il menait cette vie, et les raisons pour lesquelles il ne voulait plus jamais aimer.

Elle pleurait pour lui en secret. Mais elle savait que, s'il soupçonnait les larmes qu'elle versait pour lui, il s'éloignerait d'elle. Il était trop fier pour accepter sa compassion. Il était perdu dans la culpabilité, le chagrin, les remords, et elle ne savait comment le convaincre qu'il était pardonné.

Reculant légèrement, il lui posa une main sur la joue. Ses yeux reflétaient son chagrin.

— Vous méritez un homme qui vous aimera de tout son être. Mais ce n'est pas moi. Cependant, si vous voulez que je vous aide à le trouver, je le ferai avec joie.

Grace songea que, si cela entraînait d'autres baisers comme le premier, elle en mourrait. Ses yeux se posèrent sur les lèvres de Lovingdon, et elle eut le plus grand mal à ne pas se pencher vers lui pour les goûter une nouvelle fois.

— Rien d'inconvenant entre nous, chuchota-t-il, comme s'il avait lu dans ses pensées.

Le bébé se mit tout à coup à geindre et à gigoter. Grace se rendit compte qu'elle le tenait trop serré. Le petit corps était coincé entre sa poitrine et celle de Lovingdon.

Mais l'agitation de l'enfant lui procura une distraction et l'aida à se ressaisir.

Elle s'écarta, reportant son attention sur le nourrisson, afin que Lovingdon ne puisse déceler sa déception.

— Oui, votre aide sera la bienvenue, ainsi que votre comportement conforme à la bienséance.

Il rit doucement.

— Vous oubliez que je vous ai connue toute petite. Je sais que la bienséance n'a jamais été votre tasse de thé.

— Mais j'ai grandi, à présent.

Elle se risqua à croiser son regard, en s'efforçant d'étouffer tous ses désirs.

Il n'aimerait plus jamais. Elle en avait la certitude à présent. Elle n'était pas convaincue par les raisons qu'il invoquait, mais en réalité elle n'avait pas son mot à dire.

De toute façon, malgré toute l'affection qu'elle éprouvait pour lui, elle avait trop d'estime pour elle-même pour ne pas vouloir obtenir ce qu'elle méritait. Et ce qu'elle méritait, c'était un homme qui l'aime de tout son cœur.

— Je pense avoir fait une erreur en m'adressant à vous,

déclara-t-elle. Si vous préférez retourner à votre vie de débauche, je le comprendrai parfaitement.

— Ce n'est pas parce que je vous aide que je dois renoncer à mon style de vie, dit-il en se relevant et en lui tendant la main. Dès demain, nous nous mettrons en quête de votre futur amour.

9

Du verre. C'était une exposition de verres. Des objets dans lesquels les gens buvaient. Comment pouvait-on s'intéresser à de telles banalités ?

Lovingdon était obligé de reconnaître que ces temps-ci il y avait des expositions sur tout. Grace désirait visiter celle-ci. Quant à lui, il aurait sans doute éprouvé plus d'intérêt pour de la bouse de vache !

En règle générale, il préférait les distractions nocturnes. Celles qui avaient lieu en plein jour étaient assommantes, mais apparemment très populaires. Il avait cependant du mal à comprendre l'engouement de ces gens pour cette verroterie.

Grace avait glissé une main sous son bras.

— Parmi tous les couples présents, quels sont selon vous les gentlemen qui aiment réellement leur compagne ?

— Tous. Il faut qu'un homme soit réellement, follement, profondément amoureux pour s'infliger une telle corvée.

La jeune femme sourit, et il eut l'impression que ce maudit grain de beauté au coin de ses lèvres le narguait.

— Vous vous ennuyez.

— Ce ne sont que des verres, Grace. A la rigueur, s'ils contenaient du whisky, ou du rhum, et que je puisse en boire une gorgée... Oh mon Dieu, je crois que même du whisky de seigle me ferait plaisir.

Grace éclata de rire, et il nota mentalement qu'il ne devait plus lui fournir d'occasion de rire. Il adorait le mouvement de sa gorge, la façon dont elle entrouvrait joyeusement les lèvres, la flamme qui illuminait son regard... Et tout cela pour quelque chose d'aussi prosaïque que de la vaisselle.

— Je ne crois pas que vous preniez cette sortie au sérieux. Nous sommes un peu en avance, cela vous donne donc une parfaite occasion de me conseiller. Que dois-je guetter ? Il faut faire vite, car bientôt la bande de Marlborough House va débarquer. Tout le monde sait que Bertie tient absolument à voir l'exposition. La salle sera pleine à craquer et je serai assaillie par tous mes prétendants. En attendant, regardez ce couple, près du service de verres bleus. Pensez-vous qu'il soit amoureux d'elle ?

— Eh bien, il est là, n'est-ce pas ?

— Vous aussi vous êtes là, et pourtant vous ne m'aimez pas. Peut-être n'est-il qu'un ami, ou un parent éloigné ? Y a-t-il quelque chose qui vous fasse croire qu'il ne peut pas vivre sans elle ?

Cet exercice était un peu puéril. Il fallait qu'il voie ses soupirants s'agglutiner autour d'elle afin de déterminer quels étaient ceux à éliminer.

Mais puisqu'ils étaient là, et qu'elle le pressait de répondre, il pouvait aussi bien lui faire plaisir...

— Il est amoureux d'elle.

Elle leva vivement la tête et le scruta, les yeux arrondis.

— Oh ! vous devez vous tromper, cette fois. Il n'a pas détaché son regard de ces verres. S'il était amoureux de sa compagne, c'est elle qu'il regarderait.

— Mais il la touche... sans arrêt. Ce ne sont que de petits gestes. Il lui effleure l'épaule, le bras, le dos, les reins. C'est cela le plus important. Les reins. Il est plein de sollicitude. Chaque fois qu'elle parle, il se penche vers elle afin de ne pas manquer un seul mot. S'il ne l'aimait pas, il se moquerait complètement de ce qu'elle dit. Il se contenterait de grogner, ou bien de marmonner quelques mots inintelligibles. Car Dieu soit loué, les femmes se moquent que nous les écoutions ou non. Tout ce qu'elles veulent, c'est parler. Tant que nous faisons une remarque de temps à autre, du style : « Oui ma chère, vous avez absolument raison, je n'aurais pas dit mieux », elles sont folles de joie. Même si nous n'avons pas la moindre idée de ce qu'elles pensent, ou de ce que nous aurions dit nous-mêmes.

— Non, ce n'est pas vrai, protesta Grace en lui assenant un léger coup de coude dans les côtes. Nous parlons parce que nous avons quelque chose d'important à dire.

— Quelque chose qu'un homme n'a généralement pas envie d'entendre, et qui revêt rarement une quelconque importance.

Grace s'écarta, et une lueur de colère étincela dans ses prunelles d'un bleu lumineux.

— C'est ce que vous ressentez quand vous êtes avec moi ?

Il n'existait pas de mot pour décrire ce qu'il ressentait quand il était auprès d'elle. Il voulait la voir heureuse, il voulait qu'elle soit aimée. Il voulait aussi l'enlever et aller la mettre à l'abri quelque part dans une tour, afin qu'elle ne connaisse jamais le chagrin d'avoir perdu l'être aimé.

Au moment où cette pensée lui traversa l'esprit, il comprit qu'en l'aidant à obtenir ce qu'elle désirait il la condamnait aussi à une souffrance insupportable. Tout ce qu'il pouvait espérer, c'est qu'elle serait bien vieille quand cela arriverait et peut-être trop sénile pour faire l'expérience d'une telle douleur. Oui, ce qu'il voulait pour elle, c'était un amour qui durerait toute la vie.

Mais c'était aussi ce qu'il ne pouvait lui garantir.

Cette pensée lui fit rétorquer, avec plus d'irritation qu'il ne l'aurait voulu :

— Non, bien sûr que non. Vous avez des choses intéressantes à dire, et je ne sais jamais à l'avance quelles paroles vont franchir vos ravissantes petites lèvres.

Les ravissantes petites lèvres esquissèrent une moue boudeuse. De toute évidence, elle se demandait si ce dernier compliment n'était pas un peu trop flatteur pour être sincère.

C'était un des problèmes qui surgissaient quand on donnait trop d'informations aux femmes. La plupart des hommes n'auraient pas été d'accord avec lui sur ce point, mais il ne sous-estimait jamais l'intelligence et les capacités de raisonnement d'une personne du beau sexe.

Si les gentlemen de la bonne société découvraient ce qu'il était en train de lui révéler sur leurs habitudes, ils le pendraient haut et court à l'une des balustrades du London Bridge. Il fallait qu'il oriente rapidement les réflexions de Grace dans une autre direction.

— Je peux aussi vous dire qu'elle est mariée à un autre homme. Quelqu'un qui n'est pas amoureux d'elle.

Grace ramena son regard vers le couple, et ses lèvres formèrent un « oh » étonné.

— Ils seraient donc amants ? A quoi voyez-vous cela ?

— Sinon, que feraient-ils dans un lieu comme celui-ci où il est peu probable qu'on les remarque ?

Une lueur amusée réapparut dans les yeux de Grace.

— Il est tout à fait possible qu'on les remarque au contraire, car il y a beaucoup de monde et il y en aura encore plus dans un moment. De toute évidence, vous n'êtes pas conscient du genre de lieu où nous nous trouvons. Les expositions sont destinées à nous exposer au monde, à nous montrer. Allons, venez avec moi.

Il n'aurait pas dû céder. Il aurait dû rester où il était, afin de lui expliquer son point de vue. Mais elle avait piqué sa curiosité. Elle l'entraîna devant une vitrine dans laquelle étaient exposées des carafes de différentes formes et de diverses nuances de rouge.

— Imaginez ce qu'il a fallu pour créer ces objets, murmura-t-elle. La chaleur, tout d'abord. Une chaleur intense pour faire fondre le verre. Puis un artisan l'enroulant autour d'une perche, comme du miel liquide.

Ces paroles firent surgir dans la tête de Lovingdon les images sensuelles d'une femme enflammée et douce comme le miel. Il ne put empêcher son regard de glisser sur elle, mais elle ne s'en aperçut pas. Elle était fascinée par les verres et la carafe, et son expression envoûtée était presque aussi enivrante que ses paroles.

— Ce verre a été façonné avec tant de délicatesse. Il faut la juste mesure de souffle, de pression, de force. Chauffer, refroidir, donner une forme, chauffer de nouveau. Ajouter la couleur rouge. Tout ce travail, cet art, la passion nécessaire pour créer un objet aussi beau. Vous imaginez ? demanda-t-elle en levant enfin les yeux vers lui.

Oui, il imaginait. L'image était éclatante. Un peu trop saisissante. Il se représenta le visage de Grace enflammé par la passion. Ses lèvres gonflées par les baisers. Son regard assombri par le désir. Il s'imagina prenant ses lèvres, imprimant une marque brûlante sur son âme.

Diable, cela n'allait pas du tout. Que lui arrivait-il ?

— Comment pourriez-vous ne pas apprécier une telle œuvre d'art, même s'il ne s'agit que d'un objet assez commun ? demanda-t-elle.

Il n'y avait rien d'ordinaire dans cet objet. Et chez elle non plus.

Grace se sous-estimait grandement si elle croyait que les hommes n'en voulaient qu'à sa dot. Même s'ils ne l'aimaient pas, ils gagneraient beaucoup à l'avoir auprès d'eux, dans leur vie. Elle était une œuvre d'art en elle-même. Sa fortune, ses possessions n'étaient rien comparées à sa personne.

— Je crois que ce qui me plaît le plus, continua-t-elle doucement, c'est que même ses imperfections ne diminuent en rien sa beauté.

— Vous dites cela comme si vous aviez vous-même des défauts.

— N'en avons-nous pas tous ?

Une ombre passa dans ses yeux, et il perçut une peine profonde dans son regard.

— Elles nous forgent le caractère, répondit-il, répétant des paroles qu'il avait souvent entendues dans la bouche de sa mère.

— C'est ce que dit toujours ma mère, répliqua Grace en riant.

Il se demanda si toutes les mères prodiguaient les mêmes conseils. Il avait très envie de la persuader que c'était la vérité. Y avait-il chez elle quelque chose qu'elle n'aimait pas ? Il se demanda si c'était ce petit grain de beauté qui la tracassait, celui qui était resté obstinément collé au coin de ses lèvres alors que ses taches de tousseur avaient disparu. Comme elle avait détesté ces taches de son, lorsqu'elle était enfant !

Grace reporta son attention sur la vitrine.

— Certains de ces objets ont plusieurs centaines d'années. Ils ont survécu pendant tout ce temps, traversant les siècles. Si seulement ils pouvaient parler. Ils ont été créés avec amour, par quelqu'un qui n'est plus de ce monde, ils ont servi à des gens que leur créateur n'a pu connaître, car ils n'étaient pas encore nés quand il les a fabriqués.

— Comment pourrions-nous être sûrs qu'ils ont été créés avec amour ? Ils n'ont peut-être servi qu'à payer les créanciers d'un artisan.

— Comme vous êtes cynique ! Non, la personne qui a fabriqué ces verres a mis beaucoup d'amour dans son travail, sinon ils ne seraient pas aussi beaux. Je ne veux pas entendre d'autre explication !

— Vous êtes trop romantique.

— Terriblement, admit-elle en riant. Mais je suppose que cela ne vous surprend pas, étant donné la raison de votre présence ici.

Il voulut répondre, mais n'en eut pas le temps. Une certaine agitation se produisit dans la salle, et il vit un groupe d'hommes se frayer un chemin dans la foule. Apparemment, la bande de Marlborough House venait de débarquer.

Ils entourèrent la jeune femme comme un essaim d'abeilles se jetant sur un champ de fleurs, et l'entraînèrent avec eux. Elle s'éloigna, emportée tel un morceau de bois flottant par la marée qui se retire du rivage. C'était un spectacle étonnant à voir. Soudain, tout se déroula comme s'il n'avait pas été là.

Comme s'il était même impossible d'imaginer qu'ils avaient été ensemble un instant plus tôt.

C'était rudement bon pour sa réputation, puisqu'il proclamait sur tous les toits qu'il n'était plus intéressé par le mariage.

Certes, il aurait pu s'immiscer dans le groupe, mais elle voulait qu'il observe les autres de l'extérieur, afin de lui communiquer plus tard ses impressions.

Cependant, il ne pouvait détacher les yeux d'un des flacons de la vitrine. Il était d'un rouge sombre, qui rappelait un peu la couleur des cheveux de Grace. Il imagina l'artisan soufflant dans la bulle de verre en fusion, puis passant avec admiration la main sur le vase obtenu. La jeune femme aurait pu inspirer cet objet à un artiste. Peut-être que trois cents, six cents ans, ou même mille ans auparavant, un homme avait imaginé ses traits alors qu'il créait ce vase qui allait lui survivre.

La mort l'avait emporté, mais le vase avait continué d'exister. S'il avait puisé son inspiration dans les traits d'une femme, celle-ci était morte également. Et pourtant, d'une manière assez étrange, elle continuait d'apporter de la beauté dans ce monde.

Ces idées ridiculement poétiques ne lui venaient sans doute à l'esprit que parce que cette exposition l'ennuyait à mourir. Et soudain, il eut la certitude absolue que ces objets n'étaient pas faits pour rester dans cette salle anonyme. Il voulait les posséder.

Les expositions étaient organisées grâce aux possessions personnelles de collectionneurs avisés. Quelqu'un avait patiemment constitué cette collection de verres, de carafes, de vases. Ces objets appartenaient à quelqu'un. Il voulait les acquérir. Et il les obtiendrait, quel que soit leur prix.

Il y avait longtemps que Lovingdon n'avait pas autant désiré quelque chose.

Ce soir-là, pelotonnée sur un canapé du grand salon, Grace songeait à sa déception. Dans la bousculade qui avait suivi l'arrivée de ses admirateurs, elle avait perdu Lovingdon de vue. Son cocher était venu l'avertir que Sa Grâce était partie, mais avait laissé le carrosse à sa disposition. Trouvant probablement l'exposition de verreries ennuyeuse, il était parti à la recherche d'une activité plus distrayante.

Elle cherchait également une distraction et épluchait les invitations qu'elle avait reçues pour la soirée. Pas de bal somptueux en vue, ce soir. Uniquement de petites réceptions dans l'intimité. Une lecture chez lady Evelyn Easton. Un concert à Marlborough House. Un dîner à Chetwyn. Cet après-midi, les gentlemen avaient tout tenté pour lui faire avouer où elle passerait la soirée. Mais elle n'en avait pas la moindre idée, aussi avait-il été très facile de leur dire simplement la vérité.

Comment Lovingdon avait-il prévu de passer cette soirée ? se demanda-t-elle, songeuse. Se rendrait-il dans les salles privées du Dodger's Club ? Elle brûlait d'envie de jouer aux cartes et peut-être de prendre sa revanche. Comment diable s'était-il arrangé pour tricher ? Elle ne l'avait pourtant pas quitté des yeux un seul instant. Et comment savait-il qu'elle avait elle-même triché ?

Probablement parce qu'elle l'avait toujours fait. Certes ce n'était pas très convenable, mais les garçons étaient meilleurs qu'elle dans tant de domaines ! Alors, ces petites escroqueries représentaient pour elle une sorte de victoire sur eux.

La cloche de l'entrée retentit dans le hall, annonçant une visite. Elle n'avait pas envie de recevoir un soupirant. De plus, Lovingdon lui dirait sans doute qu'un gentleman qui prend la peine de vous rendre visite n'est pas vraiment intéressé. En fait, tous les exemples qu'il lui donnait ne servaient qu'à démontrer que ses prétendants ne s'intéressaient pas réellement à elle.

Comment ferait-elle pour savoir qu'un de ces hommes était sincère ?

Il saura quelle est votre fleur préférée.

Il devait quand même y avoir d'autres détails.

Le majordome entra, avec une grande boîte.

— Le valet du duc de Lovingdon vient juste de déposer ce paquet pour vous, mademoiselle.

Il posa devant elle, sur une petite table, une imposante boîte en carton qui n'était pas enveloppée de papier de soie ni décorée de rubans.

— Qu'est-ce que cela peut bien être ?

— Je l'ignore, mademoiselle.

— Que se passe-t-il ? lança sa mère en entrant dans le salon d'un pas souple et élégant. J'ai entendu sonner...

— C'est un cadeau, de la part de Lovingdon.

— Par exemple. Quelle est la raison de ce présent ?

Grace eut un rire un peu gêné. Elle aurait aimé que le cadeau ait une signification sentimentale, mais elle savait que ce n'était probablement qu'une leçon de plus, destinée à lui faire comprendre comment se comportaient les prétendants hypocrites. Pouvait-elle expliquer cela à sa mère ?

— Je n'en ai pas la moindre idée.

— Et si nous regardions à l'intérieur ?

— Oui, je suppose que c'est ce qu'il faut faire.

Elle souleva le couvercle, le posa sur le côté et découvrit un service de verres rouges posés sur du velours noir. Avec des gestes délicats, elle souleva la carafe.

— Oh ! mon Dieu, c'est absolument ravissant ! s'exclama sa mère.

— Je les ai vus aujourd'hui, à l'exposition, murmura-t-elle, trop abasourdie pour en dire davantage.

Les verres étaient également disposés dans la boîte, mais elle était captivée par la carafe. Elle la souleva pour la contempler à la lueur des chandeliers. La couleur scintilla, plus claire dans la lumière. L'objet était magnifique.

— Y a-t-il un message ?

— Pardon ? Oh...

Grace écarta l'écrin de velours et vit une feuille de papier sur laquelle le message était tracé d'une écriture nette et régulière.

Pour votre future maison. Je suppose que l'artisan aurait préféré que ses verres soient utilisés, plutôt que de les voir prendre la poussière dans une galerie.

Elle se sentit obligée de lui pardonner de n'avoir pas apprécié l'exposition. Ce cadeau la touchait profondément. L'eau servie dans cette carafe serait d'une douceur incomparable, et elle ne pourrait jamais en boire sans penser à lui.

— Il est très optimiste, remarqua sa mère, après avoir lu la lettre.

— Il espère que je trouverai un homme qui m'aime. Il sait que je n'épouserai jamais quelqu'un qui n'éprouve pas de sentiments pour moi.

— Je pense qu'il y a longtemps qu'il n'avait plus exprimé d'optimisme dans la vie. C'est une bonne chose qu'il ait fini par revenir en société.

C'était une excellente chose.

10

Lovingdon ne se rappelait pas comment il s'était retrouvé affalé sur le sol de sa bibliothèque. Après avoir pris la dernière bouteille de whisky, il avait dû vouloir gagner son fauteuil. Mais il était à présent adossé à celui-ci, et assis sur le tapis. Ce qui était tout aussi bien, car il pouvait ainsi poser le flacon sans danger de le renverser.

Cela lui permettait aussi de contempler le vase de verre sous un angle intéressant. La lampe posée sur le côté de son bureau projetait un halo de lumière sur le flacon, lui donnant un aspect différent. L'ombre et la lumière. Les tons de rouge se mêlant aux nuances cuivrées.

— Je croyais vous trouver chez Dodger.

La voix mélodieuse de Grace lui parvint. Il pencha la tête de côté. Ombre et lumière. Rouge et cuivre.

— Il faut vraiment que j'aie une conversation avec mon majordome au sujet de sa fâcheuse tendance à vous laisser déambuler dans la maison sans vous annoncer.

Elle s'approcha de lui. Sans rouler des hanches, sans attitude provocante, sans battements de cils. Et pourtant, c'était la femme la plus séduisante qu'il ait vue depuis longtemps.

— Il sait que je fais pour ainsi dire partie de la famille.

— D'après moi, il sait surtout que vous êtes du genre à faire ce qui vous plaît.

— Oh ! oui, il sait cela aussi, admit-elle avec un sourire en coin.

— Je croyais que vous n'aviez rien de prévu pour la soirée ?

— C'est exact. Mais je voulais vous remercier pour les verres. Je suppose que c'était pour me faire comprendre un autre de vos principes : si un homme m'aime, il saura ce qui me fait envie.

Lovingdon ne put réprimer un sourire. Et espéra qu'il n'avait pas l'air aussi idiot qu'il le craignait.

— Mon cadeau vous a plu ?

— Enormément. Voulez-vous que je vous aide à prendre place dans un fauteuil ? proposa-t-elle en se penchant sur lui.

— Non merci, je suis très bien ici.

— Vous n'êtes pas difficile.

Elle se retourna et se figea.

— Vous avez aussi acheté le vase ?

— Il paraissait bien seul, sans tous les autres verres rouges pour l'entourer.

— Faites attention. Vous allez devenir sentimental.

— Moi ? Jamais de la vie.

Il la regarda se diriger vers la desserte, prendre une carafe en cristal et un verre, puis revenir vers lui. Elle s'assit face à lui sur le sol, s'adossa au fauteuil qui faisait pendant au sien et allongea les jambes.

— Que faites-vous ?

Le ton de sa voix n'était pas aussi ferme qu'il l'aurait voulu pour lui faire comprendre que son attitude défiait toutes les règles de la bienséance.

— Vous ne devriez pas être ici.

— C'est triste de boire seul. D'autre part, papa et maman ne savent pas que je suis chez vous. Ils croient que je me suis couchée tôt parce que j'avais la migraine.

Elle versa… qu'y avait-il au juste, dans ce flacon ? Ah, oui, du rhum. Donc, elle versa du rhum dans son verre et leva celui-ci.

— A la vôtre.

Elle avala une bonne rasade d'alcool. Sans tousser, ni

s'étouffer. Certes, elle avait toujours apprécié un verre d'alcool, mais il ne s'attendait pas à ce qu'elle résiste aussi bien au rhum.

— J'ai aussi du sherry, si vous voulez.

— Je préfère le rhum. C'est affreux, je sais, je devrais aimer des boissons moins fortes, destinées aux dames. Mais j'ai pris goût au rhum parce que mes frères en buvaient. Ce n'est pas juste. Les hommes se rassemblent dans un salon pour boire et fumer, pendant que les dames sirotent du thé. Nous devrions pouvoir terminer nous aussi la soirée avec un bon verre d'alcool.

Elle souleva encore une fois son verre, avant d'avaler une nouvelle gorgée de liquide doré.

— Je suis venue écouter votre rapport.

— Mon rapport ?

— Oui, sur ce que vous avez observé pendant la journée. Y en a-t-il beaucoup qui ne m'aiment pas, dans la bande de mes soupirants ?

— Bertie est amoureux de vous.

— Le prince de Galles ? s'exclama-t-elle en riant.

— En effet. Mais il vaut mieux que vous évitiez les hommes mariés. Surtout ceux qui sont appelés à diriger un empire un jour.

— Pas de problème, je ne m'intéresse pas du tout aux hommes mariés. Comme je suis à la recherche d'un mari, ils ne correspondent pas vraiment à mes attentes.

Il l'observa, tout en continuant de boire son whisky. Celui-ci lui déliait la langue. Ce n'était sans doute pas une bonne chose, mais...

— Pourquoi êtes-vous si pressée, Grace ? Pourquoi voulez-vous vous marier si vite ?

Elle fit glisser le bout de son doigt sur son verre.

— Vous ne comprendriez pas.

— Quelle que soit la raison, je vous promets de ne pas vous juger.

— Je n'aurais pas dû boire de rhum, reconnut-elle en soupirant. Cela me fait parler, et dire des choses que je ne dirais pas en temps normal. Pourquoi l'alcool fait-il cet effet-là ?

Elle n'en avait pas encore bu beaucoup. Peut-être n'était-elle pas autant habituée qu'il le croyait, dans le fond.

— C'est à cela que sert l'alcool. A vous faire perdre vos inhibitions. Tout vous devient égal. Vous pouvez me raconter ce que vous voulez, car j'ai déjà tellement bu que j'aurai sans doute tout oublié demain matin.

Elle tapota son verre. Il eut soudain une vision complètement folle, imaginant ce doigt fin sur sa poitrine nue, glissant lentement sur son torse, lui brûlant la peau.

Oui, il fallait qu'il arrête le whisky pour ce soir.

— Mon père, dit-elle.

Il cligna les paupières, s'efforçant tant bien que mal de cacher sa surprise. En vain. Il n'en avait plus la force.

— Il vous oblige à vous marier ?

— Non, bien sûr que non. Mais il devient aveugle. Il ne faut le dire à personne. Il est tellement fier qu'il cache son handicap depuis des années. Je veux qu'il me voie à mon mariage, qu'il sache que je suis heureuse. Je veux qu'il puisse ouvrir le bal avec moi, après la cérémonie.

Il n'y avait sans doute rien de pire que de devenir aveugle. A part perdre la personne que vous aimez. Mais ses amis auraient pu lui donner d'autres exemples de sorts encore bien moins enviables. Tout était relatif. Tout était subjectif.

— Je suis désolé, répondit-il.

Les mots franchirent ses lèvres spontanément, surgis du fond de son cœur.

— Je ne sais pas s'il vaut mieux être né aveugle et ne jamais savoir à quoi ressemble le monde, ou bien être condamné à l'obscurité après l'avoir contemplé pendant des années.

— Cela me rappelle un peu la question que vous avez posée, le soir où vous êtes venue me demander mon aide. Vaut-il mieux avoir aimé et avoir perdu son amour, plutôt que de n'avoir jamais aimé du tout ?

— Personnellement, je choisirais de connaître l'amour, même si c'était pour très peu de temps.

Elle disait cela parce qu'elle ne l'avait pas connu, justement. Ce que l'on ne possède jamais paraît toujours plus brillant, plus attirant que les choses que nous tenons entre nos mains.

Ils demeurèrent un long moment assis en silence. Le feu crépitait dans la cheminée, la pendule faisait entendre son tic-tac, le collie de Lovingdon ronflait dans un coin de la pièce. La robe de Grace était boutonnée jusque sous son menton. Les manches étaient longues. Elle n'avait pas besoin de gants, sa visite étant tout à fait informelle. Elle replia les genoux et les ramena vers sa poitrine, passant un bras autour de ses jambes. Elle ne devait pas avoir plus d'un jupon sur elle, car le tissu de sa jupe était tendu et semblait lui coller à la peau. Il eut envie de lui toucher les chevilles, le genou, la hanche, l'épaule, le menton. Très légèrement.

Parfois, il y avait tant d'intimité entre eux.

Mais il valait mieux qu'il concentre ses pensées sur autre chose.

— Vous savez, reprit-il, le couple qui regardait les verres bleus à l'exposition. Je me suis trompé sur eux. Ils étaient bien mariés finalement.

— Ah oui ? Comment le savez-vous ?

— Je l'ai deviné à la façon dont il la touchait. Sans y penser, naturellement. Il voulait qu'elle sache qu'il était là, qu'il profitait de ce moment avec elle, sans pour autant lui imposer sa présence.

Grace fronça les sourcils, intriguée.

— Mais vous disiez qu'ils étaient amants ?

— Ils le sont. L'un n'empêche pas l'autre.

— Vous étiez sûr qu'elle était mariée à un autre homme !

— Je ne suis pas parfait, Grace. Je sais aussi qu'ils ont six enfants et qu'ils se rendent souvent dans des expositions, afin de se retrouver seuls tous les deux.

— Comment avez-vous obtenu ce renseignement ?

— J'ai parlé un moment avec le mari, pendant qu'elle était dans le vestiaire des dames.

Grace se cala contre le fauteuil en souriant.

— Je suis contente qu'ils soient mariés, qu'ils soient aussi amants et amoureux. Donc, si un gentleman me touche, cela signifie qu'il m'aime ?

— Oui, à condition qu'il vous touche sans y penser, simplement parce que vous êtes près de lui.

Il y eut un nouveau silence. Lovingdon se demanda s'il s'était clairement expliqué.

— Pourquoi êtes-vous seul ici ce soir ? demanda-t-elle avec douceur.

— J'ai parfois besoin d'être seul.

Elle se tordit un peu le cou pour regarder le tableau accroché au-dessus de la cheminée. Le portrait de Juliette.

— J'étais tellement jeune, quand vous vous êtes mariés. Trop jeune pour devenir son amie. Je ne comprends pas pourquoi j'ai toujours eu l'impression qu'elle était beaucoup plus vieille que moi, alors que je n'ai jamais été gênée par les années qui nous séparent, vous et moi.

— Peut-être parce que j'ai toujours fait partie de votre vie, alors que Juliette n'est arrivée que plus tard.

Il leva enfin les yeux. De sa place, il ne pouvait pas voir le portrait de Juliette, ce qui était très bien. Elle n'aimait pas qu'il boive, aussi se contentait-il d'un verre de temps en temps, pour des occasions spéciales. Elle n'avait jamais appris à aimer le vin. Elle n'aimait pas jouer aux cartes non plus. Mais si elle avait joué, elle n'aurait sûrement jamais triché.

Contrairement à la femme assise en face de lui, qui se resservait du rhum. Celle-ci ne le réprimandait pas parce qu'il était affalé sur le tapis, complètement ivre. Non, elle avait juste pris elle-même un flacon de rhum, avant de le rejoindre.

— Qu'est-ce qui vous fait sourire ? demanda Grace.

Il releva la tête, brusquement tiré de ses réflexions.

— Je souris ?

— Je ne vois pas vos dents, mais les coins de votre bouche sont étirés. J'ai toujours aimé votre sourire.

— Et moi le vôtre.

— J'ai longtemps eu des dents trop grandes pour mon visage.

— Je ne m'en suis jamais aperçu.

— Menteur.

Il eut conscience que son sourire s'élargissait. Il s'était toujours senti à l'aise avec elle. Avec Grace, il n'y avait pas de jugements, pas d'erreurs, pas de péchés. Mais en ce moment, il aurait aimé avoir quelque chose de plus.

C'était peut-être parce qu'il avait trop bu.

Ou bien parce qu'ils étaient seuls.

Ou bien encore à cause des ombres qui semblaient détenir des secrets.

Il se pencha. Tendit le bras. Lui agrippa la cheville et la tira vers lui.

Elle tressaillit, surprise par son geste, mais ne fit pas mine de résister. Ils se retrouvèrent hanche contre hanche. Plaquant une main sur la nuque de la jeune femme, il lui souleva le menton du bout des doigts et lui renversa la tête en arrière, afin de prendre ses lèvres. Il traça les contours de sa bouche du bout de la langue. Les lèvres pulpeuses s'entrouvrirent. C'était une invitation.

Il pénétra dans la chaleur de sa bouche avec un grognement de plaisir. Sa Petite Rose n'était pas timide.

Ses lèvres avaient un goût délicieux, et le parfum riche et doux du rhum s'y attardait. Il les embrassa avec délice, comme s'il n'y avait encore jamais goûté.

Dans le jardin, il avait éprouvé un besoin intense et sauvage, mais ce soir il se maîtrisait. Il ne voulait pas de folie, pas de hâte. Il allait prendre son temps, savourer longuement ce baiser.

Grace enfouit les doigts dans ses cheveux, le touchant, le caressant. C'était merveilleux, unique. Il eut l'impression d'être un chat s'étirant au soleil. Il y avait si longtemps qu'il n'avait pas été caressé avec une telle tendresse. Si longtemps qu'une femme ne s'était pas offerte comme elle en ce moment. Non, il n'était pas pressé.

La première fois, il avait pris sa bouche poussé par un élan de passion et aussi par un sentiment dur, qui ressemblait fort à de la jalousie. Pourtant il n'avait jamais été jaloux de sa vie, même pas avec Juliette. Il avait toujours su qu'elle était à lui, et que personne ne la lui prendrait.

Mais par malheur, le destin la lui avait enlevée.

Avec Grace, c'était différent. Il était incapable de définir ce qu'il ressentait pour elle. Ce n'était pas de l'amour. Pourtant c'était bien plus qu'un simple désir charnel, qui lui laissait ensuite une impression de vide. Il avait envie de l'embrasser. Il en avait eu envie pendant l'exposition, alors qu'elle s'extasiait sur ces verres idiots. La fascination qu'elle éprouvait pour ces créations artistiques avait déclenché une vraie passion en lui.

Mais ce soir, c'était juste le whisky et le rhum qui s'unissaient pour lui souffler à l'oreille : *goûte, goûte, goûte encore à ses lèvres chaudes.*

Elle soupira, et il eut conscience de son corps s'abandonnant soudain entre ses bras. Par chance, ils étaient assis. Sans cela, ses genoux auraient cédé tandis qu'une brusque bouffée de désir le submergeait.

Il avait beaucoup trop bu pour pouvoir faire l'amour. Ce qui était une bonne chose. Il ne représentait pas un danger pour sa réputation. Mais diable ! Elle était tellement désirable. Aussi appétissante que de la crème mélangée à des fraises parfumées, que du chocolat sur un gâteau...

Il n'était pas question qu'il quitte le paradis que constituait sa bouche.

Et soudain, à cette pensée, il s'écarta. Elle voulait un homme capable d'éprouver un grand amour. Elle méritait de connaître ce genre d'homme. Et ce n'était pas lui.

Il pressa le front contre le sien, écouta sa respiration haletante. La caresse de ses doigts glissant sur ses épaules et sur ses bras lui procura une sensation enivrante.

Sa gorge se serra. Un nœud douloureux se forma dans sa

poitrine. D'un geste doux, il repoussa les mèches qui tombaient devant ses yeux.

— Ah, Grace, je vous ai toujours aimée. Vous le savez sûrement. Mais je ne peux vous aimer avec la profondeur que vous désirez.

— L'amour a quelque chose d'effrayant, n'est-ce pas ? Il ne devrait pas en être ainsi, et pourtant...

— Il ne l'est pas toujours.

— Vous n'avez pas eu peur, quand vous êtes tombé amoureux de Juliette ?

Il hocha négativement la tête. Il n'avait pas connu la peur. Les émotions tumultueuses qu'il avait ressenties lui avaient paru merveilleuses.

— Si vous aviez su, quand vous l'avez rencontrée, que vous ne pourriez passer que quelques années avec elle, seriez-vous tout de même tombé amoureux ?

Impossible de répondre à cette question. Il s'était lancé dans cette aventure de l'amour à cœur perdu, avec toute la naïveté qui était la sienne. Avec une innocence aujourd'hui perdue à jamais.

A présent, il savait que le bonheur éternel était un mythe. Et que les paroles du prêtre vous unissant « jusqu'à ce que la mort vous sépare » ne signifiaient pas forcément que l'on vieillirait ensemble.

— Vous ne devez pas parler d'une autre femme quand un homme vous embrasse, dit-il. Cela ne se fait pas.

— Vous n'êtes pas en train de m'embrasser.

— En effet. Je devrais sans doute remédier à cela.

Joignant le geste à la parole, il reprit ses lèvres, fouillant la chaleur délicieuse et parfumée de sa bouche.

— Je n'avais jamais embrassé une femme qui sent le rhum, murmura-t-il.

— Et les femmes de mauvaise vie auxquelles vous rendez visite ?

— Je ne les embrasse pas.

Elle releva vivement la tête, aussi surprise que s'il s'était dressé pour se mettre à danser autour de la pièce.

— Mais vous avez pourtant des relations intimes avec elles ?

— Je ne fais pas l'amour avec ces femmes. Je couche avec elles, c'est tout.

— Cela me paraît affreux.

Il n'avait pas envie que la conversation dévie sur ce genre de sujets. Il ne pensait qu'à revenir vers ses lèvres.

— Je m'assure qu'elles éprouvent du plaisir. Je tiens à ce qu'elles passent un bon moment. Elles ne se rendent pas compte que seul mon corps est présent, pas mon cœur, et que je ne pense qu'au sexe.

Lorsque ce dernier mot franchit ses lèvres, il se rendit compte qu'il devait être complètement ivre pour prononcer de telles paroles devant une dame.

— Je vous demande pardon. Je n'aurais pas dû...

— Non, déclara-t-elle en lui posant un doigt sur les lèvres. Je suis venue vous voir parce que je savais que vous seriez franc avec moi, Lovingdon. Vos paroles et vos sentiments sont peut-être crus, mais vous ne m'avez jamais enveloppée d'un voile de protection. Ces paroles me confirment ce que j'ai toujours pensé. Je ne veux pas qu'un homme ne pense qu'à coucher avec moi. Je ne veux pas non plus qu'il le fasse par devoir, comme une corvée, parce qu'il veut un héritier. Je veux qu'il y ait du plaisir. Je veux qu'il vienne dans mon lit parce qu'il en a envie. Je pense que l'amour est la clé du bonheur, c'est pourquoi je veux trouver un homme qui m'aime. Si je commets une erreur, je devrai vivre avec durant tout le reste de mon existence.

Lovingdon lui caressa délicatement la joue.

— Cela n'arrivera pas. Il faudrait que je m'y connaisse bien mal en canailles et en fripouilles pour que vous vous retrouviez avec un homme qui ne vous aime pas. Faites-moi confiance, Petite Rose. Je suis capable de repérer un vaurien à des kilomètres à la ronde.

— J'ai confiance en vous.

Et elle avait tort. Car à cet instant, ses paroles n'étaient pas plus sincères que celles que Bentley avait bredouillées. Il ne voyait plus que ses lèvres brillantes et pulpeuses, et cela le poussait à mal se comporter. Il voulait absolument posséder cette bouche.

Non, non, non.

Mais il n'était plus en état d'écouter ce que lui dictait sa bonne conscience. Encore un petit baiser, un seul. Elle tourna légèrement la tête. C'était la plus jolie invitation qu'il avait jamais reçue de la part d'une femme. Il lui prit le visage à deux mains.

— Encore une fois, murmura-t-il.

Elle commit l'erreur d'acquiescer. Il était perdu.

Il commença par le grain de beauté au coin de ses lèvres, celui qui se cachait quand elle souriait. Il se demanda si les autres gentlemen qui la courtisaient l'avaient remarqué. Il faudrait qu'il lui en parle.

S'il vous aime vraiment, il aura remarqué ce minuscule grain de beauté au coin de vos lèvres.

S'il vous aime, il se perdra dans ce baiser. Il ne pensera pas aux autres femmes, ni aux expositions que vous allez visiter, ni aux lois qu'il faudra faire voter. Il ne pensera à rien, en dehors de votre présence, de votre parfum, du contact de votre peau.

Pourtant, il pensait à d'autres choses en ce moment. A du feu faisant fondre la glace. A des flammes écarlates qui léchaient le verre, à des mains qui façonnaient et caressaient...

Des mains la caressant du bout des pieds jusqu'aux cheveux. Ses doigts agrippant ses chevilles fines, puis glissant sur ses mollets joliment galbés.

Il l'allongea sur le tapis. Elle ne protesta pas. Elle se laissa faire, avec toute la confiance qu'elle avait évoquée un peu plus tôt. Il ne détruirait pas sa réputation.

Non, non, non.

Il ne l'aimait pas, ne pouvait pas l'aimer. Il ne l'aimerait pas comme elle le voulait, ni comme elle le méritait.

Mais elle voulait qu'il lui donne des leçons, qu'il l'aide à connaître les gredins de ce monde. Et ce soir, il avait juste assez bu pour lui donner une leçon qu'elle n'était pas près d'oublier.

Elle savait qu'elle s'exposait au danger en se rendant chez lui à une heure aussi tardive, et qu'il aurait probablement bu plus que de raison. Pourtant, elle n'avait pu s'en empêcher.

Quand elle était entrée dans la bibliothèque, elle avait perçu une force obscure, comme lors d'un orage, juste avant que la foudre ne s'abatte.

Elle aurait dû lui dire poliment : « Je vous remercie pour votre cadeau. Je dois rentrer chez moi, à présent. »

Mais quand avait-elle jamais fait ce qu'il fallait au cours de sa vie ?

La vie était trop courte. Elle pouvait vous échapper brusquement, d'un instant à l'autre.

Les baisers de Lovingdon lui étaient aussi nécessaires que l'air qu'elle respirait. Ce baiser fut différent du précédent, à la fois plus doux et plus ardent.

Comme s'il voulait prendre possession d'elle.

Possession de son cœur.

Attention ! lui cria une petite voix. *Danger, danger, danger !*

Elle ne pouvait aimer Lovingdon, pas comme une femme aimait un homme. Il ne voulait pas lui rendre cet amour. C'était une nouvelle leçon, elle en était certaine. Quand il aurait terminé, il lui dirait si un homme qui l'embrassait de cette manière, avec une telle détermination, l'aimait réellement ou non.

Mais à présent, cela lui était complètement égal. Elle aimait le goût du whisky sur les lèvres de Lovingdon, et la façon dont sa bouche caressait la sienne.

Il fit glisser ses lèvres sur son menton, puis plus bas, et

encore plus bas. Elle retint son souffle. Sa bouche brûlante se posa sur son sein, et elle eut la sensation d'être transpercée par une flèche enflammée. Elle ne portait qu'une robe et sa chemise, et avait laissé ses jupons posés sur une chaise dans sa chambre, faisant passer le confort avant la bienséance.

Apparemment, les convenances n'étaient pas non plus au centre des préoccupations de Lovingdon.

Ses mains viriles lui agrippèrent la taille et il continua ses baisers. Puis, appuyé sur un coude, il fit glisser ses doigts sur sa hanche et le long de sa cuisse.

Son regard remonta vers elle et sembla lui lancer un défi.

Elle ne sut que répondre. Son corps était vibrant de désir, animé par une ardeur dont elle ne comprenait pas vraiment l'origine.

Posant une large main sur sa jupe, il la fit remonter lentement.

— Lovingdon...

— Chut. Vous repartirez d'ici vierge, je vous le promets.

Elle avait confiance en lui. Et elle n'avait pas envie de partir. De mettre un terme à ce tourbillon de sensations.

— Qui imitez-vous en ce moment ? Un homme qui m'aime réellement, ou bien une canaille ?

— Une canaille, répondit-il en soutenant son regard. Oh oui, un vaurien.

— Je devrais faire cesser ces avances.

— Avec les autres voyous, certainement. Mais n'avez-vous pas envie de savoir quelles promesses elles contiennent ? Vous passerez le reste de votre vie avec un gentleman, Grace. Vous n'avez pas envie de savoir ce que c'est, d'être entre les bras d'un vaurien ?

Elle avait la gorge serrée. Son cœur battait la chamade et elle respirait avec difficulté. Elle eut l'impression d'acquiescer. Du moins, elle ne fit pas mine de dire non.

Quoi qu'il en soit, il estima qu'elle lui donnait la permission d'aller plus loin.

Il fit remonter la jupe jusqu'à sa taille.

— Vous portez des pantalons, marmonna-t-il d'une voix sourde mais maîtrisée.

— Oui, j'aime le contact de la soie sur ma peau.

— Je pense que vous allez aimer encore plus ce que je m'apprête à faire.

Il dénoua le pantalon et le fit glisser sur ses jambes. Le visage brûlant, elle le laissa exposer sa peau nue, tout en songeant aux flammes qui façonnaient le verre. Qu'allait-il faire d'elle ? Une dévergondée ? Ou bien une jeune fille prête à devenir une femme ? Son mari la toucherait-il ainsi, ou bien ce genre de comportement était-il uniquement réservé aux gredins dévoyés ? Comme une sorte de privilège.

— Ah, Petite Rose, vous êtes brûlante.

La chaleur s'était répandue sur ses joues, son cou, sa poitrine. Elle la consumait.

Son corps s'enflamma encore davantage, quand il posa les lèvres à l'intérieur de sa cuisse.

Elle avait entendu parler des dangers qui guettaient les amateurs de rhum. L'alcool vous débarrassait de vos inhibitions, plus rien n'avait d'importance. Elle aurait dû resserrer ses jambes, repousser Lovingdon. Mais au lieu de cela, elle s'offrit davantage à ses baisers.

Grace savait qu'elle le regretterait quand les effets de l'alcool se seraient dissipés. Mais en attendant, la caresse de sa joue ombrée de barbe contre la peau fine de sa cuisse était trop enivrante pour qu'elle pense à d'éventuels regrets. Il remonta tout doucement le long de sa jambe, centimètre par centimètre. Enfin, elle sentit son souffle entre ses cuisses.

Relevant la tête, il saisit la carafe de cristal.

— Que faites-vous ? demanda Grace.

— Le goût du rhum... Vous vous rappelez ?

Avant qu'elle ait pu répondre, il versa le liquide ambré sur la partie la plus intime de son corps. Elle poussa un petit cri aigu, et donna instinctivement un coup de pied dans le vide.

Lovingdon éclata de rire en renversant la tête en arrière.

— Seigneur, je ne me rappelle pas quand j'avais ri pour la dernière fois, dit-il en posant la tête sur le coussin formé par les jupes froissées et entortillées autour de la taille de Grace. Diable... cela fait du bien.

— Le rire est un baume pour l'âme.

— Surtout pour une âme aussi noire que la mienne.

Son regard revint se poser sur elle, et elle y décela quelque chose de différent. Une flamme dangereuse.

— C'était un plaisir, ajouta-t-il. Aussi puissant que tous les plaisirs que j'ai pu avoir avec les dames de la nuit. Vous méritez aussi votre part de plaisir, ce soir.

Il pencha la tête et elle sentit sa langue sur elle, goûtant le rhum sur sa peau. C'était la sensation la plus délicieuse qu'elle ait connue. Elle aurait aimé l'éprouver sur tout son corps, mais alors il connaîtrait la vérité. Et bien qu'elle ait confiance en lui, il y avait tout simplement des secrets qu'une femme ne souhaitait pas révéler.

Repoussant ces sombres pensées, elle se concentra sur le plaisir, sur la satisfaction de ses sens. Les gredins faisaient des choses que les maris ne devaient jamais faire, elle en était certaine. C'était si coquin, si inconvenant. Pas quelque chose pour les dames raffinées de la haute société.

C'était totalement décadent.

L'idée de ne pas le toucher était inconcevable, et elle enfouit les doigts dans ses cheveux. Pressant la cuisse contre son épaule, elle regretta de sentir le lin de son vêtement, et non sa peau soyeuse contre la sienne. Elle désirait ardemment qu'il ôtât sa chemise.

Il l'embrassa, la caressa, la mordilla, provoquant des sensations indicibles. Le plaisir déferla en elle, telle une succession de vagues menaçant de l'emporter dans leur flot impétueux. Si elle avait été en verre, elle aurait déjà fondu sous ses baisers brûlants.

Sa respiration était haletante, ses soupirs de plus en plus profonds.

— Lovingdon…

— Laissez-vous faire, Grace. Laissez votre corps s'abandonner au plaisir.

Puis il ne dit plus rien, continuant de la caresser avec détermination, du bout de la langue. Des volutes rouges défilaient sous les paupières de la jeune femme. Plus vite, plus vite, dans un tourbillon infernal qui la précipita dans un abîme…

Elle poussa un cri. Son corps se raidit, et elle se cambra tandis que ses doigts s'enfonçaient dans la chevelure de Lovingdon. Tremblante, frémissante, elle atteignit le paradis, puis redescendit lentement sur terre, flottant dans un brouillard blanc et lumineux.

Le silence emplissait le carrosse. Il n'était ni lourd ni pesant. Mais ils se taisaient. Après une expérience aussi étourdissante, Grace était restée sans voix. Muette.

Apparemment, c'était aussi le cas de Lovingdon.

Sans un mot, il avait ramassé ses affaires éparpillées sur le sol. Puis, lui posant tendrement une main sur les reins, il l'avait raccompagnée jusqu'à la voiture, dans laquelle il avait grimpé avec elle. Il n'avait pas semblé attacher d'importance au fait que ce soit celle de Grace, et que le cocher devrait ensuite le ramener chez lui. A moins qu'il ne décide de rentrer à pied.

Peut-être avait-il simplement compris qu'elle n'était pas encore prête à demeurer seule.

Sinon, pourquoi la tiendrait-il enlacée, un bras glissé autour de ses épaules, alors qu'elle avait niché le visage au creux de son cou, humant avec délice son odeur virile et sensuelle. Par moments, Grace croyait percevoir sa propre odeur, se mêlant à la sienne.

— Je commence à voir l'avantage de me marier avec un débauché, qu'il soit amoureux de moi ou non, finit-elle par dire.

Il eut un rire sombre.

— C'est bien ce que je pensais.

— Je suppose que le mieux serait d'épouser un gredin qui m'aime ?

— Les débauchés n'aiment jamais.

— Quel dommage.

Un nouveau silence s'installa.

— J'imagine, reprit-il, que dorénavant je penserai à vous chaque fois que je boirai du rhum.

Une vague chaude de plaisir se répandit en elle. Elle non plus ne pourrait plus jamais boire de rhum sans penser à lui.

— Je crains que votre tapis ne soit définitivement perdu.

— Ce n'est pas grave, je le ferai remplacer.

Plaçant une main à plat sur son torse, elle sentit les battements réguliers de son cœur.

— Je ne sais pas ce que je dois retenir de la leçon de ce soir.

— Sachez que peu d'hommes se seraient arrêtés au moment où je l'ai fait. N'autorisez plus jamais un homme à retrousser vos jupes.

Elle pressa les lèvres contre son cou. Sa peau avait une saveur légèrement salée.

— Je suis contente de l'avoir fait ce soir, avoua-t-elle.

Il se raidit, et elle devina qu'il regretterait ses caresses le lendemain, quand les effets du whisky se seraient dissipés et que l'alcool ne circulerait plus dans son sang. Peut-être éprouverait-elle des regrets, elle aussi. Mais elle savait que son futur mari, même s'il l'aimait réellement, ne lui ferait sans doute jamais l'amour avec passion. Un jour, il se pourrait même qu'il considère le devoir conjugal comme une corvée.

Le carrosse s'arrêta. Lovingdon sauta à terre, puis l'aida à descendre.

— Votre père est trop indulgent de vous autoriser à sortir à n'importe quelle heure.

— Comme je vous l'ai dit un peu plus tôt, il me croit dans ma chambre.

Elle se haussa sur la pointe des pieds et déposa un baiser sur sa joue.

— Merci pour les verres. C'était la raison de ma visite. Je venais vous remercier pour ce cadeau.

— Nos intentions, qu'elles soient bonnes ou mauvaises, dévient parfois de leur route.

— Bonne nuit, Lovingdon.

Elle remonta l'allée du jardin et entendit la voiture s'éloigner dans la ruelle en cahotant. Arrivée sur le perron, elle se retourna. Lovingdon s'éloignait à pied, silhouette solitaire, dans la rue déserte.

Elle eut soudain envie de courir après lui, de retourner dans sa demeure, de se pelotonner dans son lit et de le serrer dans ses bras. Et de rester comme cela. Blottie contre sa poitrine.

Elle attendit jusqu'à ce qu'il ait disparu dans le brouillard.

Puis elle se retourna et pressa le front contre la porte.

Oh ! Seigneur, voilà qu'elle avait recommencé !

Elle était de nouveau amoureuse de lui.

11

— Si un homme nous aime, il nous regarde dans les yeux lorsque nous parlons. Et si nous parlons à voix basse, il se penche pour entendre ce que nous disons. S'il ne se penche pas, c'est qu'il ne nous aime pas.

Debout dans un coin du salon d'Oncle Jack, un peu à l'écart des invités, Grace s'entretenait avec Minerva et Ophélia. Des membres de la famille et plusieurs groupes d'amis assistaient au dîner donné en l'honneur de l'anniversaire de Minerva.

Grace avait espéré voir Lovingdon à cette occasion, mais il ne s'était pas encore montré. Elle était déçue qu'il n'ait pas fait une exception pour cette petite fête, et elle savait que Minerva était attristée par son absence. On n'avait pas tous les jours dix-neuf ans ! Le frère aîné de Minerva aurait dû être là pour célébrer cet anniversaire avec elle.

— Vous savez, ma grand-mère disait toujours qu'une dame doit parler très doucement. Je me demande si c'était pour cette raison, remarqua Ophélia.

— Oh ! j'en suis sûre, affirma Grace.

— Est-ce ton mystérieux gentleman, qui t'a expliqué cela ? demanda Minerva.

Grace hocha la tête avec nonchalance.

— Je suppose que nous devrions ajouter ce détail à notre liste. Mais la question est beaucoup plus vaste.

— Ne t'est-il jamais arrivé de parler avec un homme et de

l'entendre murmurer distraitement « oui, oui », alors que tu n'avais même pas posé une question ?

— Oui, mais...

— Je suggère de faire le test ce soir même, déclara Ophélia avec autorité. Nous tenons une parfaite occasion. Il y a peu de monde, l'atmosphère est assez intime. Plusieurs gentlemen participent à la soirée. Nous devrions donc obtenir des résultats très rapidement. Nous nous retrouverons ensuite dans le jardin pour comparer nos impressions.

— Oui, très bien, approuva Minerva. Si Lovingdon avait été là, il aurait été un parfait sujet pour ce test. Il ne veut plus entendre parler des femmes, ni de l'amour.

Grace sentit ses joues s'enflammer, tandis que des images de Lovingdon lui donnant du plaisir envahissaient son esprit. Elle se rappelait avec précision chaque sensation qu'il avait fait naître avec une aisance étonnante.

— Plus exactement, il ne veut plus entendre parler de mariage et d'amour. Je suis sûre, en revanche, qu'il ne mène pas une vie de célibataire.

— Qu'est-ce qui te fait dire cela ?

L'expérience.

Une récente visite nocturne, qu'elle aurait mieux fait d'éviter. Depuis, chaque soir dans son lit, elle se demandait si elle devait renouveler cette visite. Mais il était fort probable qu'elle ne le trouve pas chez lui. Ou qu'il ne soit pas seul dans sa chambre.

Cette soirée qu'il avait passée seul dans sa bibliothèque avec un flacon de whisky était tout à fait exceptionnelle. En réalité, il adorait la compagnie des femmes.

— Le célibat ne convient pas aux débauchés, d'après ce que l'on dit.

Ou plutôt, d'après ce que dit ton frère.

— C'est vrai, confirma Ophélia. Du vin, des femmes et des cartes. C'est que proclame toujours mon frère.

— Lovingdon ! s'exclama soudain la mère de Minerva.

Grace se retourna et la vit embrasser son fils aîné, qui venait de faire son entrée. Derrière lui, sur le seuil, deux valets transportaient une assez grande boîte. Encore des verres ?

— Il est venu ! s'écria Minerva.

Sa joie était palpable. Elle traversa le salon en courant pour accueillir son frère.

Grace lui emboîta le pas, afin de ne pas manquer l'arrivée de celui que tous attendaient. Elle savait qu'il s'était éloigné de sa famille après la mort de Juliette. Ce qui était une erreur, car ceux qui l'aimaient étaient les mieux placés pour le soutenir et l'empêcher de s'effondrer.

Minerva s'arrêta juste devant lui.

— Je suis tellement contente que tu sois là !

— C'est ton anniversaire, n'est-ce pas ? Je t'ai apporté quelque chose. C'est un peu lourd. Posez la boîte sur le sol, les gars.

Les valets obéirent.

Malgré sa robe de soirée, Minerva s'agenouilla pour soulever le couvercle de la boîte.

— Oh ! mon Dieu ! Qu'est-ce que c'est ?

Lovingdon fit un signe aux valets qui retirèrent le couvercle et le posèrent à côté du coffre. A l'intérieur se trouvait une sorte de grosse machine noire, avec quatre rangées de disques ovales sur chacun desquels était gravée une lettre.

— C'est une machine à écrire. Tu veux devenir écrivain, n'est-ce pas ? Tu tapes sur la lettre que tu veux, et celle-ci s'imprime sur le papier que tu as glissé dans la machine. Je te montrerai plus tard comment cela fonctionne.

— C'est merveilleux.

— Eh bien, comme j'ai beaucoup de mal à déchiffrer ton écriture, j'ai pensé que cette machine pourrait se révéler utile. Tu ne voudrais pas que les éditeurs impriment des mots incorrects, je suppose ?

— Tu es le meilleur grand frère dont une sœur puisse rêver !

Les larmes aux yeux, elle se jeta au cou de Lovingdon.

— Je suis désolé, Minnie, lui chuchota-t-il à l'oreille. Désolé de ne pas avoir été là pendant... quelque temps.

Son regard croisa celui de Grace. Elle y lut du regret, mais aussi de la gratitude. Son cœur tressauta, alors qu'il aurait dû garder son calme. Du moins, il n'aurait pas dû se mettre à battre aussi fort. Pas pour lui.

Pourtant, elle ne pouvait s'empêcher de penser que lentement, mais sûrement, le cœur de Lovingdon allait guérir. Et qu'un jour peut-être, il tomberait de nouveau amoureux. Pas d'elle, bien entendu. Elle était bien trop entêtée et trop audacieuse pour lui. D'après ses souvenirs, Juliette était une femme extrêmement distinguée et réservée. Sur ce plan, elles n'auraient pu être plus différentes.

Quand Minnie relâcha enfin son étreinte et s'écarta, il s'avança pour aller serrer la main d'Oncle Jack. Jack Dodger n'avait aucun lien de parenté avec Grace, mais c'était un très bon ami de sa mère, et pour elle il avait toujours été *Oncle Jack.*

Soudain Lovingdon se trouva juste devant elle. Une étincelle espiègle brillait dans ses yeux, et les battements de son cœur s'emballèrent de nouveau.

Depuis quand affichait-il une humeur aussi légère ?

— Y a-t-il du rhum, ce soir ?

Elle eut un sourire malicieux, mais ne put empêcher ses joues de s'empourprer.

— Pas pour les dames, répondit-elle.

— C'est bien dommage, répliqua-t-il d'un air entendu.

Dans un effort pour détourner la conversation de sujets quelque peu délicats, elle désigna la machine à écrire.

— C'est un engin intéressant. Je n'en avais jamais entendu parler.

— L'invention est toute récente. Néanmoins, je ne pense pas qu'elle ait beaucoup d'avenir. C'est assez bruyant, et je trouve que cela ralentit l'écriture.

— Mais vous vous êtes rappelé ce qui faisait rêver Minerva, son ambition de devenir écrivain. C'est cela qui compte le plus.

— C'est très curieux, observa Avendale, toutes les dames parlent à voix si basse, ce soir, que je suis obligé de me pencher vers elles pour entendre ce qu'elles disent.

Lovingdon avait également remarqué cet étrange comportement pendant le dîner. Les messieurs étaient à présent réunis dans le fumoir où ils tiraient sur leur cigare en dégustant un verre de porto, tandis que les dames prenaient le thé dans un autre salon. Il imagina Grace en train de fulminer, irritée par ce petit rituel. Elle aurait certainement préféré venir se joindre aux messieurs pour boire et fumer avec eux.

Avendale, Langdon et lui discutaient à l'écart des autres gentlemen. Il éprouvait une satisfaction ridicule à l'idée que les célibataires étaient peu nombreux dans la petite assemblée de ce soir. Les hommes présents n'avaient pas accordé une attention démesurée à Grace.

Il n'aurait su dire si l'occasion ne s'y prêtait pas, ou s'ils avaient abandonné tout espoir d'obtenir sa main. Il espéra que la dernière raison était la bonne, puis s'interrogea sur ce qui suscitait en lui ce genre d'espoir.

Si Grace affinait sa sélection de prétendants, elle prendrait bientôt une décision et n'aurait plus besoin de ses conseils. Il pourrait échapper aux expositions, aux bals et autres événements mondains.

Pourquoi diable n'était-il pas enchanté à l'idée que sa vie allait reprendre son cours normal, comme avant qu'elle vienne frapper à la porte de sa chambre ?

— Je ne serais pas contre une partie de cartes, déclara Avendale. Je pense que je me rendrai chez Dodger, après cela. Là-bas au moins, j'entendrai ce qu'on me dit. J'ai des crampes dans le cou à force de m'incliner, ajouta-t-il en se massant délicatement la nuque.

Ils envisagèrent de s'arrêter aux Jardins de Cremorne, avant de se rendre au cercle de jeux. Mais Lovingdon n'aurait su dire pourquoi, cela ne le tentait guère ce soir. Il se demanda même quel attrait les Jardins avaient bien pu avoir pour lui auparavant.

— Veuillez m'excuser, messieurs. Je vais sortir prendre l'air.

Il passa par la porte de côté qui donnait sur la terrasse. Des becs de gaz éclairaient l'allée. Lovingdon avait grandi dans cette maison, et il en connaissait tous les recoins, même dans le parc. Il pouvait arpenter les allées dans l'obscurité sans trébucher sur les obstacles. Les insectes faisaient entendre leur bourdonnement, et le vent bruissait dans les branchages. Il connaissait tous les bruits de la nuit. Et il savait que les chuchotements n'en faisaient pas partie.

Aussi silencieusement que possible, il descendit de la terrasse, passa sur le côté, jeta un coup d'œil par-dessus la haie, et aperçut trois dames. Etaient-elles vraiment en train de... Non, ce n'était pas possible ! Et pourtant oui... elles faisaient passer un cigare de main en main !

— Un échec total, disait Ophélia. Tous les gentlemen se penchaient vers moi pour m'écouter. Ils ne peuvent quand même pas être tous amoureux de nous !

— Il faut juste essayer de nouveau, avec un autre échantillon de gentlemen. Il y avait peu de monde à cette réception, et l'assemblée était composée de personnes qui nous apprécient. Naturellement, ils essayaient d'entendre ce que nous disions !

— Je suppose. Mais se pourrait-il, Grace, que ton gentleman se soit trompé ?

Lovingdon était abasourdi. Grace répétait à ses amies ce qu'il lui confiait ? Etait-elle folle ? Lui qui pensait pouvoir lui faire confiance ! Il était persuadé que ce qu'il lui révélait restait entre eux.

— Il s'y connaît très bien, dans ce domaine, répondit Grace. Je serais étonnée qu'il se trompe.

— Tu lui demanderas ce que cela signifie, lorsqu'un homme passe tout le dîner à lancer des œillades à une dame qui n'est pas assise à côté de lui, déclara Minerva. J'ai remarqué qu'un des gentlemen semblait très épris de toi.

Minnie voulait-elle parler de lui ? Il avait lancé quelques coups d'œil à Grace, mais tout le monde en aurait fait autant. Elle était radieuse, souriait tout le temps, avait un rire délicieux.

— Qui me lançait des œillades ? l'entendit-il demander.

Avant que sa demi-sœur ait eu le temps de répondre, il contourna la haie et s'annonça :

— Mesdames !

Elles sursautèrent en poussant de petits cris de surprise, comme des souris surprises par le chat de la maison. Et à cet instant, il se sentit plus mortellement dangereux que n'importe quel félin s'apprêtant à bondir sur sa proie.

— Lovingdon ! s'exclama Minnie d'un ton sévère. Tu ne devrais pas nous surprendre comme cela !

— Et toi, tu ne devrais pas chiper les cigares de ton père pour les fumer en cachette.

— Je n'en ai pris qu'un. Et c'était pour nos invitées. De toute façon il préfère fumer la pipe et il ne remarquera même pas qu'il lui en manque un ou deux.

Comme c'était Grace qui tenait le cigare chapardé, il tendit la main pour qu'elle le lui remette. Mais levant crânement le menton, elle inhala longuement la fumée avant de passer le cigare à Ophélia qui, après à peine un instant d'hésitation, se décida à l'imiter. Ensuite, ce fut le tour de Minnie. Aucune des jeunes filles ne se mit tousser, ou ne parut incommodée par la fumée.

— Quand avez-vous pris cette détestable habitude ? demanda Lovingdon, sidéré.

— Oh ! je dirais il y a environ cinq minutes, répondit Grace, avec une sorte de vertueuse indignation, laissant entendre qu'elle ne se laisserait pas intimider.

Rien de surprenant. Elle n'avait jamais été du genre à se soumettre aux règles imposées par l'étiquette.

— Je vais formuler ma question autrement : quel âge aviez-vous quand vous vous êtes mises à fumer ?

— C'était l'année dernière.

Minnie avala une autre bouffée et lui passa le cigare.

— Ce n'est pas juste, ajouta-t-elle. Les hommes ont droit à du porto et des cigares, alors que les dames n'ont que du thé et des ouvrages de broderie. De plus, je te signale que je suis encore plus nulle en broderie qu'en écriture.

— Juste ou pas, les dames de la bonne société ne doivent pas se conduire ainsi.

— Pourquoi est-ce une habitude détestable pour nous, mais pas pour vous ? s'exclama Grace, non sans audace.

C'était une excellente remarque, mais il n'avait pas l'intention d'y répondre.

— Vous savez très bien que ce que vous faites est mal. Sinon, vous ne vous cacheriez pas dans les jardins, déclara-t-il avec sa voix de grand frère réprobateur.

— C'est justement parce que c'est interdit que nous trouvons cela si amusant.

Lovingdon ne put la contredire sur ce point. Mais il se demanda combien de choses interdites elle avait bien pu faire avant cela.

— Les gentlemen vont avoir fini. Vous devriez rentrer.

— Vas-tu le dire à papa ? s'enquit Minnie, inquiète.

— Non, c'est ton anniversaire, je ne dirai rien.

Lovingdon pensait qu'en fait Jack aurait applaudi l'acte de rébellion de sa petite sœur. Quant à lui, il n'avait jamais observé strictement les règles de conduite. Cependant, bien que Jack l'ait encouragé à s'écarter du droit chemin de temps à autre, il était resté raisonnable jusqu'à son veuvage. Ensuite seulement avait-il admis que les conseils de Jack ne manquaient pas de bon sens.

— Promets-moi seulement que tu ne recommenceras pas.

— Je te promets de ne plus dérober les cigares de papa.

La promesse avait fusé trop vite, et il devina que Minnie se débrouillerait pour recommencer sans pour autant manquer à sa parole. Mais il n'était pas d'humeur à s'attarder sur ces détails. Minnie était une jeune dame à présent, et il avait d'autres chats à fouetter.

— Rentrez, immédiatement !

— Tu es un grand frère adorable ! lança Minerva avant de se précipiter vers les portes de la terrasse, suivie de sa petite troupe d'amies.

— Lady Grace, murmura-t-il. Puis-je échanger quelques mots avec vous ?

Toutes les autres jeunes filles s'arrêtèrent. Il fut sur le point de leur faire remarquer qu'il ne s'adressait pas à elles, mais Grace leur fit signe de partir et resta auprès de lui.

— Oui, Votre Grâce ? demanda-t-elle, avec une pointe de défi dans la voix.

— Vous leur avez fait part de mes observations ?

— Elles ont toutes le droit d'épouser un homme qui les aime.

L'idée que Minnie, sa chère petite Minnie, se retrouve mariée à un homme qui ne l'aimait pas le glaça. Il n'avait même pas assisté à sa soirée de débutante. Certes, la réputation de son père était telle que ses prétendants ne se risqueraient jamais au moindre écart de conduite. Mais cela ne signifiait pas que celui qui obtiendrait sa main l'aimerait sincèrement. Il fallait qu'il surveille de plus près ce qui se passait dans le monde, au sein de la haute société. Le cercle dans lequel il évoluait s'était rétréci ces deux dernières années, et pour la première fois il avait la sensation d'être à l'étroit.

Il jeta le cigare fumant sur le sol et l'écrasa de son talon. Il traiterait de la même façon l'homme qui oserait rendre sa sœur malheureuse.

— Elles ignorent qui me donne ces conseils, l'informa Grace d'une voix douce.

Et maintenant, il comprenait pourquoi toutes les femmes parlaient si bas ce soir. Seigneur, il y avait de quoi rire !

Mais pour l'instant, il avait autre chose en tête.

Il se tourna vers elle. Grace recula de quelques pas, et son dos toucha le mur.

— Ne vous mettez pas en colère.

— Je ne le suis pas. Mais je viens juste de m'apercevoir que je n'avais jamais embrassé une femme qui sentait le tabac.

— Oh ! fit-elle d'une voix étranglée.

Une flèche lui transperça le ventre et le brûla. La situation était dangereuse. Très dangereuse. Cependant, il semblait cloué sur place. Lui prenant le visage à deux mains, il s'empara de ses lèvres. Le goût de fumée auquel il s'attendait était fugace, fuyant. Mais il y avait Grace... et la tendre tentation qu'elle représentait.

Il avait dû l'embrasser un millier de fois en pensée depuis le soir où elle était entrée dans la bibliothèque pour le remercier de lui avoir envoyé le service à verres.

Depuis, il avait renoncé à ses soirées habituelles et restait chez lui à contempler ce maudit vase, en songeant aux flammes rouges et cuivrées. Il buvait du rhum, en s'efforçant de retrouver le parfum de Grace.

Pendant deux ans, des femmes étaient entrées dans sa vie pour en ressortir aussitôt. Il ne se rappelait pas l'odeur d'une seule d'entre elles.

Il se rappellera votre odeur.

Il se rappellera le goût de votre peau.

Il refusait de se classer dans la catégorie des hommes qui pouvaient tomber amoureux d'elle. Il ne voulait plus aimer de nouveau. Mais il avait appris qu'un homme n'obtenait pas toujours ce qu'il voulait.

Par exemple en ce moment précis, il aurait voulu obtenir de Grace quelque chose de plus. Un baiser qui se prolonge jusqu'au petit matin, un corsage dégrafé et révélant ses seins, une ouverture dans sa jupe exposant le cœur de sa féminité. Mais les autres jeunes femmes devaient l'attendre. Il connaissait assez sa sœur pour savoir qu'elle risquait de s'impatienter et de débouler à tout moment dans le jardin. Il réprima donc ses désirs, quitte à étouffer, et recula.

— Je préfère le rhum, dit-il.

Elle esquissa un petit sourire coquin, et ses yeux étincelèrent de malice.

— Quant à moi, j'aime mieux le whisky que le porto.

— Je ferai en sorte de pouvoir vous satisfaire la prochaine fois.

Tournant les talons, il s'éloigna en se demandant pourquoi il pensait qu'il pourrait y avoir une prochaine fois. Tout en étant conscient que, s'il avait son mot à dire, il y en aurait bien une.

— Lovingdon ?

Il se figea, et jeta un coup d'œil en arrière.

— Qu'est-ce que cela signifie, lorsqu'un homme regarde une dame au cours du dîner ?

— Je suppose que cela veut dire qu'elle est la plus belle de l'assemblée.

De fait, Grace était bien la plus belle de toutes ce soir-là. Lovingdon ne voulait en aucune façon insulter les autres femmes présentes, surtout celles avec lesquelles il avait des liens de parenté. Mais avec son splendide port de tête, son élégance, Grace faisait honneur à son nom. Ses traits étaient fins et réguliers, mais sa beauté allait au-delà de son physique. Elle avait une beauté intérieure qui irradiait de toute sa personne.

Assis dans le salon privé de chez Dodger, absorbé par une partie de cartes, Lovingdon leva les yeux en entendant s'ouvrir la porte d'entrée du club. Il attendit, le souffle court… impatient…

Et jura en lui-même quand Avendale écarta le rideau et pénétra dans la petite pièce.

— Désolé pour mon retard, gentlemen. J'espère que Lovingdon ne vous a pas encore dépouillé de toutes vos possessions.

Des rires aimables et amusés suivirent cette boutade. Lovingdon n'aurait su dire pourquoi il avait eu envie de voir Grace entrer dans le salon. Sa présence n'aurait fait que perturber les autres joueurs. Elle les aurait distraits et aurait changé le cours du jeu.

Il avala d'un trait son whisky et attendit avec impatience, tandis que l'un des valets remplissait son verre. Il avait toujours adoré ces parties de cartes, mais ce soir il se sentait agité, nerveux. Il avait beau tourner et retourner la pièce au creux de sa main, il ne parvenait pas à recouvrer son calme.

— L'un de vous a-t-il l'intention de se rendre chez Greystone pour le bal de Midsummer's Eve ? demanda Avendale en tirant une chaise devant la table.

— J'y serai, dit Langdon. J'ai hâte de quitter la ville quelque temps. Je ne sais pas pourquoi, je trouve cette chaleur insupportable.

Lovingdon souffrait aussi de la chaleur, mais seulement quand Grace était dans les parages. Elle avait l'art de faire monter sa température, sans parler de l'effet désastreux qu'elle avait sur son humeur. Il avait cru que les deux phénomènes étaient liés, mais finalement peut-être n'était-ce dû qu'au temps qu'il faisait. Il préférait attribuer ses sautes d'humeur au climat, plutôt qu'à la présence de la jeune femme.

— La duchesse sera déçue si je ne me montre pas, marmonna Drake en mélangeant les cartes. J'assisterai au bal, mais je ne pense pas rester davantage. Et toi, Lovingdon ?

Cet événement annuel qui avait lieu dans le domaine des Greystone se prolongeait généralement plusieurs jours, avec des bals, des pièces de théâtre, des concerts, des promenades à cheval et des parties de chasse. Ce séjour campagnard procurait un agréable changement après la saison londonienne. Lovingdon l'avait toujours attendu avec impatience et n'avait jamais manqué d'y participer, jusqu'à la mort de Juliette.

— Je n'ai pas encore décidé.

— Tous les gens qui comptent seront là, continua Drake. La vie en ville deviendra carrément barbante. Tu ferais aussi bien de venir.

Se joindre à eux signifiait aller retrouver Grace. Il se demanda si elle était en train de s'introduire clandestinement dans sa bibliothèque, en ce moment même. Il aurait dû laisser des consignes à son majordome et lui demander de l'avertir s'il avait des visites. Même si, en réalité, il n'y avait qu'une seule personne capable de lui faire interrompre ses occupations pour retourner chez lui. Quelles qu'elles soient. Même s'il se trouvait en compagnie d'une femme.

Il ne s'était même pas écoulé trois heures depuis le dernier instant où il l'avait aperçue. Pourquoi diable pensait-il à elle ? Pourquoi avait-il envie de savoir ce qu'elle avait fait, une fois la soirée d'anniversaire terminée ?

Une femme convenable serait tout simplement allée se coucher.

Cette pensée en amena d'autres, moins innocentes. Dormait-elle sur le dos, sur le ventre, sur le côté ? Elle avait pu le regarder dormir. Il trouvait donc injuste de ne rien savoir de ses habitudes.

— Chaque jour...

— Oui, mais...

Des bribes de phrases lui parvenaient. Ignorant les conversations autour de lui, il s'évada en esprit. Grâce aux leçons de Drake, il savait crocheter une serrure. Il pourrait se rendre à Mabry House, et...

— Lovingdon, où diable es-tu parti ? s'exclama Drake.

Il se ressaisit, revint au moment présent, et vit que les cartes avaient été distribuées et les mises engagées. S'il ne se concentrait pas, il risquait de perdre gros au cours de la soirée. Le problème, c'est qu'il ne ressentait pas le besoin de prouver son talent aux cartes. Peu lui importait de perdre une fortune, ou de multiplier ses gains.

Ce n'était pas la meilleure des dispositions, sachant que les enjeux étaient extrêmement élevés à cette table.

— Je me retire, annonça-t-il en se levant. En fait, je n'ai pas envie de jouer aux cartes ce soir. Je vais chercher d'autres distractions.

Lovingdon se tenait sur le seuil d'un luxueux salon dont la fréquentation était réservée à l'élite. Les filles étaient propres et la clientèle, fortunée. Les affaires étaient conclues dans une parfaite discrétion. Le vin coulait dans les verres avec autant de légèreté que les femmes déambulant dans la pièce à l'éclairage tamisé. Des bougies répandaient une lueur douce. Les flammes faisaient danser l'ombre et la lumière qui enveloppaient les corps, révélant et cachant tour à tour. Une ambiance envoûtante planait.

Une femme bien en chair s'approcha de lui. Elle ne manquait pas de courbes que l'on pouvait attraper à pleines mains. Elle ne correspondait pas aux goûts de Lovingdon. Ses cheveux et ses yeux n'étaient pas bruns. Ses boucles étaient d'un roux criard, qui ne devait sans doute rien à la nature. Mais il s'en moquait.

Quand elle arriva à sa hauteur, il lui prit la main.

— Tu feras parfaitement l'affaire.

Quelque part, dans un recoin de son esprit, il se demanda depuis quand il se contentait de femmes qui « faisaient l'affaire ».

Contrairement à Grace, qui souhaitait entendre des mots doux et être aimée, cette femme ne demandait rien. Seulement d'être celle qu'il aurait choisie pour passer un moment. Il ferait en sorte qu'elle ne perde pas son temps. Non seulement en lui donnant du plaisir, mais aussi en lui laissant une bourse bien pleine lorsqu'il partirait. Leur relation serait brève, mais honnête.

Il sortit du salon avec elle et gravit les marches qui menaient aux chambres. Parvenu sur le palier, il longea le couloir et atteignit la chambre qu'elle lui avait désignée.

Quand il eut ouvert la porte, il recula légèrement pour la laisser passer devant lui. Son fourreau de soie flottait autour de ses larges hanches et se balançait au rythme de sa démarche ondoyante. Tout chez elle était destiné à aguicher un homme. Elle savait ce qu'elle était, et se sentait visiblement très à l'aise dans son rôle.

Lovingdon referma la porte et n'eut que deux pas à faire

pour la prendre dans ses bras, posant les lèvres au creux de son cou. Sa peau sentait la vanille et l'orange.

— Je vous connais, Votre Grâce, dit-elle d'une voix rauque, tout en rejetant la tête en arrière pour mieux lui offrir sa gorge. Vous ne prenez généralement pas la peine d'embrasser.

— Non.

— Je pourrais vous faire changer d'avis.

— Cela m'étonnerait.

Elle avait une peau douce, tiède et ferme. Elle ne poussait pas de soupirs alanguis. Elle passa les mains sur lui mais n'exerça pas de pression, comme pour l'attirer contre elle et ne faire plus qu'un avec lui.

Il respira de nouveau son parfum et s'aperçut tout à coup que ce n'était pas le bon. Elle ne sentait pas ce merveilleux mélange de rose et de lavande qui l'enivrait. Il pouvait faire glisser ses lèvres sur elle, mais elle n'aurait jamais le goût du rhum, ni celui du désir.

Le seul goût qu'il lui trouverait, c'était celui de l'ennui.

Il s'écarta brusquement, alla à la fenêtre, et contempla la nuit, la rue qui le mènerait tout à l'heure chez lui, peut-être chez Grace.

— Ai-je fait quelque chose qui vous a déplu ? s'enquit la femme.

— Non.

Mais elle n'avait rien fait qui puisse le retenir. Elle n'était pas ce qu'il voulait. Pas ce soir. Et ce qu'il voulait, il ne pouvait l'avoir.

Grace méritait de l'amour, et il ne l'aimait pas. Il ne savait pas exactement pourquoi elle l'obsédait, ni ce qu'il ressentait pour elle, mais il savait ce que c'était que d'aimer. Les tourments qu'il éprouvait en ce moment n'étaient rien de plus que du désir et de la frustration.

— Voulez-vous que je vous envoie une autre fille ?

L'idée que ces femmes étaient interchangeables le frappa. Il était sans doute temps qu'il prenne une maîtresse, une femme qui connaîtrait ses attentes et saurait les satisfaire.

Il reporta son regard sur la femme hésitante qui se tenait près de lui. Dès le lendemain, il lui enverrait une babiole hors de prix pour compenser son désintérêt de ce soir.

Il secoua lentement la tête, refusant son offre.

— Non, je ne veux pas d'autre fille.

— Mais vous n'avez pas l'air de vouloir de moi non plus.

— Ce n'est pas la question. Je n'aurais pas dû venir ce soir, c'est tout.

Un sourire entendu se dessina sur les lèvres de la courtisane.

— Il est impossible de remplacer la personne que l'on désire par une autre.

Lovingdon s'en voulut de n'avoir pas su garder ses pensées pour lui. Il s'adossa au mur, en croisant les bras.

— Et toi, que voudrais-tu avoir ?

— Ce que veulent toutes les femmes. Un homme qui m'aime.

Recroquevillée sur le côté, sous sa couverture, Grace caressait Lancelot tout en pensant à Lovingdon.

Avec lui, elle se sentait belle. Elle oubliait ses cicatrices et ses imperfections. Elle se perdait dans les sensations qu'il faisait surgir si facilement.

Au moment où ses lèvres touchaient les siennes, le reste du monde cessait d'exister. Il n'y avait plus qu'eux deux. Lui qui donnait, elle qui recevait. Elle espérait qu'en recevant, elle donnait aussi, sans vraiment le savoir.

Elle songea un instant à s'échapper de chez elle pour se rendre chez lui et faire son possible pour lui donner du plaisir, sans en recevoir elle-même. Mais elle savait qu'elle emprunterait alors un chemin périlleux. Car elle pourrait fort lui offrir totalement son cœur, alors que lui n'avait plus rien à lui donner.

Elle passa en revue tous les conseils qu'il lui avait prodigués.

Il connaîtra votre fleur préférée.

Il vous regardera dans les yeux.

Il prêtera attention à ce que vous dites.

Lovingdon faisait tout cela. Mais il se comportait aussi comme un débauché. Il l'embrassait chaque fois que l'occasion se présentait, il lui donnait du plaisir...

Pourquoi seuls les hommes aux mœurs légères faisaient ces choses-là ? Un homme amoureux aurait dû le faire aussi.

Etait-il possible qu'il ne l'aime plus qu'elle ne le croyait ?

Et plus qu'il ne le croyait lui-même ?

12

Assise sur une couverture, occupée à dessiner les cygnes qui glissaient à la surface du lac, Grace décida que la compagnie de Vexley lui plaisait beaucoup. Cet homme semblait n'avoir pas un seul souci en tête. Il ne se montrait ni sombre ni irascible. Il ne cherchait pas non plus à lui donner des leçons sur la conduite à tenir, bien qu'elle lui ait laissé entendre que Lovingdon lui prodiguait ses conseils.

Vexley l'avait invitée à pique-niquer. Installée un peu plus loin, sous un arbre, Félicité faisait office de chaperon.

Non qu'une telle présence fût nécessaire dans le parc. Beaucoup de gens circulaient autour d'eux, et Vexley ne pouvait chercher à profiter de la situation.

Et elle non plus.

Grace faisait mine de se concentrer sur les cygnes, mais en réalité elle observait la bouche de Vexley et s'efforçait de l'imaginer sur la sienne. Lorsqu'elle pensait à Lovingdon, cela ne lui posait aucun problème. Mais avec Vexley, c'était une autre histoire. Il avait des lèvres minces. La lèvre supérieure avait tendance à disparaître quand il souriait, ce qui arrivait souvent. S'il l'embrassait, disparaîtrait-elle complètement, ou deviendrait-elle plus pulpeuse ?

Ses propres lèvres gonflaient quand Lovingdon s'occupait de sa bouche. En fait, il ne faisait pas les choses à moitié. Qu'il l'embrasse doucement, avec une sensualité provocante, ou bien qu'il fasse preuve d'une passion dévastatrice, ses baisers n'étaient jamais brefs. Il s'attardait, savourait, s'interrompait pour mieux recommencer. Il ne lui avait certainement pas rendu service en lui montrant comment l'embrasserait un homme vraiment amoureux d'elle.

Quel homme pourrait rivaliser avec lui ?

Et comment survivrait-elle à un tel baiser, s'il n'était pas simplement destiné à faire une démonstration, mais guidé par un amour sincère et profond ? Il contiendrait forcément une émotion, une profondeur...

— Vos joues sont adorables quand vous rougissez.

La vue de ses joues roses lui étant assez familière, Grace savait qu'elles n'avaient rien d'adorables. En revanche, son corps tout entier avait dû s'enflammer, au fur et à mesure que ses pensées s'aventuraient en terrain dangereux. Le rouge avait dû s'accentuer, virant presque au pourpre à la suite de sa remarque. Elle s'obligea donc à sourire, pour ne pas montrer qu'elle était gênée d'avoir été surprise à penser à des choses interdites.

— J'ai un peu chaud.

Cette affirmation était largement en dessous de la vérité.

— Vous êtes une artiste, dit-il.

Appuyé sur un coude, il jeta un coup d'œil admiratif au carnet de croquis posé sur ses genoux.

— J'ai hérité du talent de mon père pour mettre les images sur le papier. Toutefois, mon père a une préférence pour la peinture à l'huile, alors que je m'en tiens au crayon.

— La plupart des dames font des travaux d'aiguilles.

— C'est ce que vous aimeriez que fasse votre épouse ?

— Je suppose qu'elle fera ce qu'elle voudra.

Grace se demanda s'il s'en tiendrait à cette affirmation plus tard, ou bien si ces mots n'étaient destinés qu'à la séduire. Pourquoi ne parvenait-elle pas à y croire ?

— Elle aura donc beaucoup de chance, répondit-elle. Certains hommes sont plus exigeants.

Le mari de Sybil l'était. Néanmoins, Grace avait vu son amie la veille, et le calme semblait régner chez elle. L'intervention de Lovingdon avait certainement eu une influence sur le comportement de Fitzsimmons. Vexley aurait-il le courage de s'interposer pour aider l'une de ses amies, si celle-ci en avait besoin ?

— Je souhaite avoir le même genre de mariage que mon père, ajouta Vexley. Pas de discorde, une entente paisible.

Un mariage paisible avait sûrement des avantages, mais il pouvait vite devenir très ennuyeux. Avec Lovingdon, elle pourrait parler franchement, ouvertement. Elle ne se voyait pas posant le même genre de questions à Vexley, et elle n'imaginait pas ce dernier lui répondant avec autant de sincérité que Lovingdon. Voilà ce qu'elle désirait : quelqu'un avec qui elle pourrait être elle-même.

Du coin de l'œil, elle aperçut lady Cornelia marchant au bras de lord Ambrose. Ils souriaient tous les deux. Grace éprouva de la satisfaction à l'idée de les avoir rapprochés.

— Voilà un couple étrange, remarqua Vexley.

Elle tourna la tête et vit qu'il regardait dans la même direction qu'elle-même un instant plus tôt.

— Ils semblent s'entendre à merveille.

Comme pour confirmer ce qu'elle venait de dire, le rire de lady Cornelia s'éleva et flotta jusqu'à eux.

— Sa dot ne leur permettra pas de vivre avec largesse.

Jusqu'ici, Vexley n'avait pas une seule fois fait allusion aux avantages financiers qu'il gagnerait en l'épousant. Grace avait fini par se persuader que cela n'avait pas d'importance pour lui. Du moins, pas plus que pour elle.

— La mienne vous permettra-t-elle de vivre plus en accord avec vos désirs ?

Le changement dans son expression fut presque imperceptible, mais elle sut qu'il venait de prendre conscience de son erreur.

— Je parlais seulement d'eux.

Il tendit le bras et lui prit la main. La sienne était chaude, mais il ne donnait pas la même impression de force que Lovingdon. C'était plus fort qu'elle, chaque fois que Lovingdon la touchait, même légèrement, ou sans le faire exprès, elle était troublée au plus profond d'elle-même.

— C'est différent, entre vous et moi. Nous sommes bien assortis, et votre dot ne compte pas.

— Donc, si je n'avais pas de dot, vous seriez là tout de même ?

— Sans le moindre doute.

Et pourtant, elle doutait. Zut, alors.

Soudain, l'atmosphère changea entre eux. Il lui lut des poèmes, mais ceux-ci n'avaient pas été écrits par son auteur préféré. Ils déambulèrent le long du lac, puis dans les bosquets, sans se toucher. Elle aurait aimé qu'il lui pose négligemment la main sur la taille, sans y penser. Et peu importait que cela fût inconvenant ou non. Il parlait, sans réellement s'adresser à elle. Il ne s'inquiétait jamais de connaître son opinion. Il aurait pu lui demander n'importe quoi, même de quelle couleur était le ciel, cela lui était égal. Tout ce qu'elle voulait, c'était savoir qu'il se souciait de ce qu'elle pensait.

Quand elle parlait à voix basse, il ne se penchait pas pour mieux entendre. Il se contentait de répliquer :

— C'est tout à fait vrai.

Ce qui ne paraissait pas du tout une réponse appropriée, puisqu'elle venait de dire qu'elle croyait avoir aperçu une baleine dans le lac. Ce n'était pas le cas, bien entendu. Elle voulait juste le mettre à l'épreuve, et avait découvert qu'il ne s'intéressait pas vraiment à elle.

Grace avait placé beaucoup d'espoirs dans cette sortie, mais elle fut soulagée quand Vexley la ramena enfin chez elle, en lui promettant qu'ils se reverraient au château des Greystone, vers la fin de la semaine.

Quand elle pénétra dans le hall de la maison, des voix lui parvinrent du grand salon. L'une d'elles, plus grave que les autres, lui fit éprouver un plaisir vertigineux, qui se propagea dans sa poitrine comme une spirale brûlante. Tout en maudissant

Lovingdon pour l'effet prodigieux qu'il avait sur elle, elle entra dans le salon en coup de vent. Et trouva sa mère en train de servir le thé au duc.

Ce dernier se tourna très lentement vers elle. Grace eut l'impression qu'on lui assenait un coup en pleine poitrine, avec la batte de cricket de Drake. Lovingdon se leva, avec les mouvements souples et menaçants d'un félin.

Sa mère jeta un coup d'œil par-dessus son épaule.

— Oh ! tu es là, Grace. Lovingdon me parlait justement d'une conférence sur le colibri américain à laquelle il va emmener sa sœur ce soir. Il pensait que tu aimerais peut-être aller l'écouter avec eux.

— Je me disais que vous trouveriez cette conférence bien plus intéressante que l'exposition, annonça-t-il d'un ton laconique.

Elle ne put s'empêcher de penser que cette invitation cachait quelque chose que sa mère ne soupçonnait pas.

— Je croyais que vous aviez révisé votre opinion sur les mérites d'une exposition, dit Grace.

N'avait-il pas acheté le service de verres rouges ? Ne l'avait-elle pas trouvé en train de contempler le vase ?

Une vague chaude jaillit en elle quand elle se rappela à quel point il avait semblé l'apprécier, et combien il l'avait appréciée elle, ce soir-là.

— Elles ont leur place. Mais je préfère écouter quelqu'un partager ses connaissances sur un sujet.

Elle n'en avait pas la certitude, mais elle croyait saisir un sens caché dans ses paroles, une sorte d'avertissement. L'avait-elle contrarié ? Cela semblait peu probable, puisqu'elle ne l'avait pas revu depuis l'anniversaire de Minerva.

Mais quelque chose n'allait pas. Si elle avait eu deux sous de bon sens, elle aurait décliné l'invitation. Mais face à Lovingdon, elle ne se caractérisait jamais par son intelligence. Elle risquait de regretter d'avoir accepté cette soirée. Mais brusquement, elle décida qu'il valait mieux regretter d'avoir fait quelque chose, plutôt que de regretter de ne l'avoir pas fait. Elle avait souvent pensé qu'il y avait beaucoup de choses qu'elle n'aurait jamais l'occasion de faire en ce monde. Elle n'allait tout de même pas renoncer à certaines expériences, sous prétexte qu'elle ignorait comment cela finirait !

— J'aimerais beaucoup venir. Ai-je le temps de revêtir une tenue adaptée pour cette occasion ?

— Prenez tout le temps qu'il vous faudra.

Le conflit larvé se transforma en rivière en furie. Du moins fut-ce l'impression qu'eut Grace, alors que le carrosse de Lovingdon traversait la ville. Assis en face d'elle, dans une posture figée, il regardait d'un œil noir le paysage qui défilait sous leurs yeux. Si elle avait eu son ombrelle, elle lui en aurait volontiers assené un coup sur la tête.

Elle était parfaitement consciente qu'ils avaient pris une mauvaise direction.

— Nous ne nous arrêtons pas pour prendre Minerva ? s'enquit-elle.

— Non.

— Allons-nous vraiment assister à une conférence ?

— Je n'ai pas encore décidé.

— Vous avez donc menti à ma mère ? Dans quel but ?

Il darda sur elle un regard furibond.

— Pour vous faire monter dans ma voiture. Seule. Les hommes mentent souvent. Quand ils veulent quelque chose.

— Et que voulez-vous ?

— Je ne veux pas que vous vous approchiez de Vexley. Il ne vous aime pas, je vous l'ai déjà dit.

— Moi j'aime bien Vexley.

— Donc vous allez ignorer mon conseil ? Pourquoi me demander mon avis si vous n'en tenez pas compte ? Mon temps est précieux...

— Si précieux que vous ne me l'accordez pas malgré votre promesse de vous impliquer davantage. Vous ne vous êtes pas montré au bal, hier soir. Je ne suis même pas sûre que vous preniez la peine de vous rendre à notre invitation à Mabry Manor.

Il reporta son attention sur la rue.

— Je n'ai encore rien décidé.

— Il y a beaucoup de choses pour lesquelles vous n'êtes pas encore décidé.

Elle soupira et reprit :

— Venez à Mabry Manor, restez quelques jours, faites les observations nécessaires et présentez-moi votre rapport. Ensuite, je ne vous ennuierai plus.

— Vous ne m'ennuyez pas.

— J'ai du mal à le croire à en juger par votre humeur massacrante.

Il eut un sourire en coin. Elle aurait aimé l'entendre rire.

— Venez tôt. Nous irons faire une promenade à cheval, proposa-t-elle.

— Je ne vois pas comment cela pourrait vous aider à trouver un mari.

Un mari sans doute pas, mais peut-être se ferait-elle un ami ?

— Bon sang, Lovingdon, ne soyez pas aussi revêche. Venez au manoir, et oubliez ce rapport et ces maudites observations. Prenez du bon temps. Quand vous êtes-vous vraiment distrait pour la dernière fois ?

Eh bien, diable, il trouvait cette conversation très distrayante. Il n'avait jamais échangé de mots durs avec Juliette. Ils ne s'étaient jamais querellés. Elle n'avait jamais été sèche, n'avait jamais paru sur le point de se jeter sur lui pour le secouer comme un prunier.

Il n'aurait jamais cru qu'il s'amuserait autant à faire enrager Grace. Il se promenait à cheval dans le parc, quand il l'avait aperçue avec ce vaurien de Vexley. Il avait été sur le point d'interrompre leur tête-à-tête. Il aurait probablement dû le faire. Mais il avait craint de passer pour un amoureux jaloux. Il n'était pas jaloux, pas du tout. Simplement, il était très déçu de constater qu'elle n'était pas assez perspicace pour voir Vexley tel qu'il était. C'est-à-dire comme un homme qui ne la méritait pas.

Le problème, c'est qu'il n'avait toujours pas rencontré un homme qui selon lui la méritait. De fait, il n'aimait pas l'imaginer en train de rire avec un autre, de l'accompagner à des expositions, de s'enflammer sous ses caresses, de murmurer son nom tandis que la passion l'embrasait.

— Il vous a embrassée ?

A peine eut-il posé la question qu'il le regretta. Grace eut l'air étonnée.

— Vexley ? Bien sûr que non. C'est un vrai gentleman.

Elle soupira longuement, avant de reprendre :

— Le problème, c'est que je ne suis pas sûre de vouloir un parfait gentleman. Aucun des messieurs qui me courtisent ne me paraît aussi intéressant que vous.

Cet aveu lui procura un vif plaisir.

— Je passe trop de temps à penser à un certain vase de verre rouge et à ce qui s'est passé à côté de lui, continua-t-elle. Je pense à vos baisers et je me demande si tous les hommes embrassent avec autant d'ardeur.

— Je vous assure que si un homme vous aime, il vous embrassera avec plus de fougue encore.

— Et si je l'aime...

Il tressaillit, surpris, en la voyant se lever pour venir s'asseoir à côté de lui. Elle fit glisser sa main sur sa joue et sur sa mâchoire. A quel moment avait-elle enlevé ses gants ?

— Je voudrai l'embrasser aussi, n'est-ce pas ?

— Naturellement.

— Je voudrai qu'il désire que je recommence, aussi dois-je apprendre à le faire de telle manière qu'il ne pourra pas résister et en demandera davantage. Il faudrait peut-être que je m'entraîne avec quelqu'un d'abord, conclut-elle en se penchant vers lui.

— Grace…

— Quel est le problème, Lovingdon ? Vous craignez d'être tenté d'en demander plus ?

Il était toujours tenté. Ce qu'il craignait, c'était de ne pas pouvoir résister et d'essayer de prendre plus que ce qu'elle offrait.

— Vous jouez avec le feu, ma chère.

— Je n'ai pas peur de me brûler. Et vous ?

Ce qu'elle aurait dû craindre, ce n'était pas la brûlure, mais la suite de l'aventure qui pouvait se révéler très douloureuse. Mais avant qu'il ait pu réfléchir à la façon de lui expliquer cela, elle prit ses lèvres, pénétrant dans sa bouche comme en terrain conquis.

Ah, elle pensait avoir besoin de s'entraîner ? S'il n'avait connu son enthousiasme la première fois qu'il l'avait embrassée, il aurait pu croire qu'elle avait passé un temps considérable à s'entraîner. Mais la passion semblait faire naturellement partie de sa personne. Ce qu'il trouvait stupéfiant, c'était la facilité avec laquelle elle parvenait à la contenir. Quand elle se libèrerait de toute contrainte, Dieu vienne en aide à l'homme qui l'aimerait.

Sans doute aurait-il dû prier Dieu en ce moment même.

Il aurait dû être choqué par son audace, mais il y avait trop de franchise entre eux pour qu'il feigne la surprise, ou qu'il la réprimande de se conduire comme lui-même l'envisageait depuis l'instant où il l'avait vue en compagnie de Vexley. Mais prendre ses lèvres en public aurait eu des conséquences fâcheuses, à l'opposé de ce qu'elle souhaitait. Elle se serait retrouvée avec un époux incapable de l'aimer.

Lovingdon aurait aimé fouiller dans les débris de son cœur brisé et y trouver un peu d'amour, intact, pour le lui offrir. Mais Grace méritait mieux que des miettes. Elle méritait un cœur tout entier, et même plus que cela.

Elle donnerait tout ce qu'elle avait à donner, et elle ne devait pas recevoir moins en retour. Un homme avait tout à gagner à aimer une femme comme elle. Elle l'aiderait à échapper à la médiocrité.

Cela ne faisait aucun doute pour lui.

Elle fit courir sa main le long de sa cuisse.

— Grace.

Il lui semblait que c'était le seul mot qu'il était capable d'articuler.

— Vous m'avez touchée intimement, Lovingdon. Pourquoi ne pourrais-je pas vous toucher à mon tour ?

— Parce que vous êtes une dame.

Par chance, il parvint à balbutier ces quelques mots, même s'ils n'étaient pas particulièrement adaptés dans cette situation.

Elle rit, les lèvres contre les siennes, et il respira le parfum de cannelle de sa bouche. Avait-elle mangé un bonbon, pendant qu'elle se préparait pour aller écouter la conférence ?

Puis elle lui mordilla le cou et il poussa un grognement. Il sentit ses petits doigts tirer sur son nœud de cravate.

— Cela me gêne, dit-elle. Je veux vous embrasser dans le cou. Vos vêtements m'en empêchent.

Elle posa les doigts sur les boutons de son gilet.

— Grace, nous sommes dans une voiture, dans les rues de Londres. Votre réputation...

— Personne ne peut nous voir. Depuis quand êtes-vous aussi pudibond ?

Il était né ainsi, et avait mené une vie rangée jusqu'à la mort de Juliette deux ans plus tôt. Il n'avait jamais possédé Juliette à l'intérieur d'une voiture. Il n'allait pas le faire avec Grace non plus, mais il pouvait profiter de sa présence. Et si elle voulait le caresser, à l'abri des regards, qu'il en soit donc ainsi.

Son col de chemise avait disparu, et elle lui mordillait le cou et la naissance des épaules. Il risquait de garder les marques de cet élan sensuel le lendemain. Quelle effrontée.

Posant les pieds sur la banquette opposée, il l'attira sur ses genoux. Elle avait enfoui les mains dans ses cheveux, puis les avait laissées glisser à plat sur ses épaules. Sa bouche s'aventura à l'intérieur de sa chemise.

— Donc, que pouvez-vous me dire sur les colibris ? s'enquit-elle.

Les colibris ?

— Qui diable se soucie des colibris ? s'exclama-t-il, avant de reprendre ses lèvres.

Avec elle, il ne s'imposait pas de règles. Il l'embrassait, encore et encore, au rythme de ses envies. Il voulait la toucher, et aussi sentir ses mains sur lui. Du désir, ce n'était que du désir. Et aussi un besoin, tel qu'il n'en avait jamais éprouvé.

Elle le repoussa légèrement, fit glisser ses lèvres sur sa joue hérissée de barbe. Il regretta de ne s'être pas rasé ce matin.

— Ma mère, chuchota-t-elle. Quand je rentrerai ce soir, elle me demandera ce que j'ai appris sur la vie des colibris. Je ne pourrai pas lui dire la vérité.

— Ils bourdonnent, marmonna-t-il, distrait par le mouvement de sa main qui s'introduisait entre ses jambes et le caressait à travers l'étoffe de son pantalon.

— C'est ainsi que l'on nomme leur chant ?

— Je suppose. Non, ce n'est pas cela, ajouta-t-il, incapable de se concentrer. Le bruit provient probablement du vent dans leurs plumes. Est-ce vraiment important ?

— Cela dépendra des questions que ma mère me posera.

— C'est un bruissement qu'ils émettent en volant, je crois.

— Avec leurs ailes ?

— Oui, c'est cela.

Il aurait dû l'emmener à la conférence. Mais comment pourrait-il rester sagement assis à côté d'elle, en sachant qu'il aurait pu la serrer sur ses genoux ?

Posant la main sur les lacets, à l'arrière de sa robe, il se mit à tirer sur les ganses et les rubans. Elle se redressa si vivement que sa tête lui heurta le menton. Il eut un haut-le-corps et ravala un grognement sourd.

— Je suis désolée, dit-elle en lui massant doucement le menton et les joues. Mais vous ne devez pas défaire mon corsage.

— Grace, je vous ai déjà vue à moitié nue, et sous vos jupons.

— Oui, je sais. J'étais là quand c'est arrivé.

Avait-elle été effrayée par sa réaction passionnée ? Cela n'avait pas de sens. C'était elle qui avait commencé ce jeu de caresses et de baisers.

— Vous pouvez donc m'arracher mes vêtements, mais je n'ai pas le droit de vous faire la même chose ?

— Non. Je... je suis désolée. Je crois que j'ai perdu la tête.

Elle se dégagea, retourna sur la banquette opposée et regarda par la fenêtre.

— Je suis désolée.

— Il y a un mot pour désigner les femmes qui excitent les hommes et les abandonnent dans d'atroces souffrances avant qu'il ne se soit passé quelque chose. Ce n'est pas un compliment.

— Vous souffrez atrocement ?

Il était à l'agonie. Et terriblement furieux contre lui-même. Il n'aurait pas dû laisser les choses aller aussi loin. S'agitant sur son siège, il se redressa. Dès qu'il serait rentré chez lui, il prendrait un bain froid.

— Je survivrai, répondit-il d'une voix plus dure qu'il ne l'aurait voulu. Mais je vous suggère de ne pas prendre de telles libertés avec les gentlemen qui vous courtisent. Un autre homme ne s'arrêtera peut-être pas quand vous le lui demanderez.

— Il le fera, s'il m'aime vraiment.

— Ce sont ceux qui n'aiment pas, qui posent un problème.

— Vous vous êtes arrêté, fit-elle remarquer.

Lovingdon se demanda si elle espérait obtenir une déclaration d'amour. Non, elle était bien trop fine pour cela.

— J'ai mis un terme à cette scène, car elle n'aurait jamais dû avoir lieu.

— Mais vous m'aimez.

— Bien sûr. Mais je ne vous aime pas comme j'aimais Juliette. Or, c'est cela que vous recherchez, n'est-ce pas ? Un amour comme celui que j'ai connu avec elle.

— Elle est votre seul critère en amour.

Ce n'était pas une question, cependant il se sentit obligé de répondre.

— Elle est mon seul critère dans tous les domaines.

Grace le savait, bien entendu. Et cela ne rendait sa conduite que plus embarrassante. Le désir qu'il éprouvait pour elle n'était que superficiel. Les sensations qu'il lui faisait éprouver étaient incroyablement agréables, mais ne la comblaient pas.

— Il y a quelque chose que vous ne me dites pas, reprit-il.

Le cœur battant à tout rompre, elle reporta les yeux sur lui.

— Je vous demande pardon ?

Malgré l'obscurité, elle sentait son regard fixé sur elle.

— Quelquefois, j'ai l'impression que vous n'êtes pas totalement honnête avec moi. Qu'il y a chez vous autre chose qu'une quête pour l'amour.

Grace serra les mains, si fort que ses doigts en étaient douloureux. Elle ne pouvait tout lui dire. Et elle ne voulait pas que la vérité soit révélée dans une voiture, à un homme qui aimait une autre femme qu'elle. L'amour était la clé. La seule voie vers l'acceptation. Elle en était certaine.

Pourtant, il fallait qu'elle lui réponde quelque chose.

— Puisque vous voulez savoir, la vie que vous menez ne me plaît pas. J'espérais qu'en m'aidant vous pourriez changer et redevenir l'homme que vous étiez.

— Celui-ci n'existe plus.

— C'est ce que je suis en train de comprendre. Vous ne retournerez jamais complètement dans la bonne société, n'est-ce pas ?

— Non.

Il y avait une telle certitude dans sa réponse qu'elle se sentit submergée par le découragement. Pourtant, elle aurait dû s'y attendre.

Il leva le bras et frappa au plafond de la voiture. Le carrosse ralentit et tourna dans une petite rue.

Grace comprit qu'il la ramenait chez elle.

— Je devrais rattacher votre robe, déclara-t-il d'un air sombre.

— Oui, très bien.

Elle se tourna légèrement pour lui présenter son dos et il vint s'asseoir à côté d'elle.

Il fit glisser un doigt sur sa nuque. Fermant les yeux, elle regretta de ne pas avoir le courage de l'autoriser à défaire tous les liens de son corsage.

— Je vous demande pardon pour ce que j'ai dit tout à l'heure, chuchota-t-il d'une voix douce. Vous m'attirez, mais je ne suis pas assez immoral pour profiter de la situation. Je me serais arrêté avant d'avoir complètement ruiné votre avenir.

— Mais vous ne pensez pas que Vexley le fera ?

— Vous plaît-il vraiment ?

— Je le trouve assez gentil. Ils sont tous assez gentils. Je suppose que je devrais me contenter de cela.

Il se mit à nouer les rubans de sa robe. Il en avait défait un certain nombre en un temps record. Grace essaya de ne pas se demander comment il avait acquis une telle habileté.

— Vous méritez mieux que cela, reprit-il. Vous méritez un homme qui ne peut s'empêcher de sourire chaque fois qu'il vous voit.

— Contrairement à vous, qui froncez toujours les sourcils d'un air grognon.

— Précisément. Un homme qui vous aime voudra que vous lui racontiez par le menu ce que vous avez fait sans lui. Non parce qu'il est jaloux, mais parce que vous lui avez terriblement manqué et qu'il veut s'assurer que vous avez passé un moment agréable. Car il aura payé le prix de votre absence par un fort sentiment de solitude. Tout ce qu'il verra le fera penser à vous. Quoi qu'il fasse, il aura envie que vous soyez à ses côtés pour le faire avec lui. Et même s'il trouve les choses qui vous intéressent ennuyeuses, il voudra vous accompagner pour partager ces moments avec vous.

Il aura toujours au fond de sa poche quelque chose qui vous

rattache à lui. Ce pourra être n'importe quel objet sans valeur : le bouton d'une robe, un mouchoir imprégné de votre parfum, une mèche de cheveux, un pétale de votre fleur préférée, un mot écrit de votre main, pas forcément une lettre d'amour, mais elle sera de vous et donc sera précieuse.

Il gardera dans son cœur tous les sourires que vous lui adresserez. Il aura envie de vous faire rire. Il s'éveillera au milieu de la nuit pour vous regarder dormir.

— Comment saurai-je qu'il fait tout cela ?

Ayant rattaché tous les rubans, il lui posa les mains sur les épaules.

— Vous ne le saurez sans doute pas, dit-il en déposant un baiser dans son cou. Tout comme il ne saura pas de quelle façon s'exprime l'amour que vous lui portez et les mille petits gestes que vous accomplirez pour penser à lui.

Le carrosse s'immobilisa.

Elle ne put s'empêcher de penser que beaucoup de choses restaient encore à éclaircir. Comment savoir qu'un homme l'aimait bien pour elle-même ? C'était impossible.

Un valet vint ouvrir la portière. Lovingdon sortit de la voiture et l'aida à descendre. Il lui offrit son bras et gravit les marches du perron avec elle.

Arrivé devant la porte, il se tourna vers elle et soutint son regard.

— Chaque fois qu'il vous quittera, il comptera les minutes qui vous séparent de votre prochaine rencontre. Il trouvera des excuses pour repousser le moment de vous quitter. Bonne nuit, Grace, ajouta-t-il en lui caressant la joue.

Brusquement, il lui tourna le dos et descendit. Sans chercher d'excuses pour s'attarder. Il ne l'avait peut-être pas fait intentionnellement, mais il venait de lui donner une nouvelle leçon.

— Viendrez-vous à Mabry Manor ? lança-t-elle.

— Je n'ai pas encore pris ma décision.

— J'aimerais que vous veniez.

— Malheureusement, nous n'obtenons pas toujours ce que nous désirons.

Non, songea-t-elle en le regardant grimper dans la voiture. Le carrosse disparut au bout de la rue.

Non, on n'obtenait pas toujours ce que l'on voulait.

Mais cela n'empêchait pas d'espérer.

13

Quelques jours plus tard, Lovingdon était installé dans sa voiture qui avançait en cahotant sur les routes creusées d'ornières. Depuis quand n'avait-il pas pris part à une partie de campagne ?

Après avoir pris la décision de ne pas se rendre à Mabry Manor, il avait reçu une lettre de Grace l'informant qu'elle allait avoir besoin de son aide, car elle avait l'intention de fixer son choix sur l'un de ses prétendants.

Ce qui signifiait, songea-t-il, qu'elle commençait à aimer quelques-uns de ces gentlemen. Ou bien qu'elle avait des préférences.

C'était ce qu'il voulait pour elle : qu'elle aime et qu'elle soit aimée.

Alors, pourquoi avait-il été à deux doigts de fracasser le vase de verre rouge et cuivré contre l'un des murs de sa bibliothèque ?

Le jour de son mariage, il le lui enverrait afin de compléter son service. Car il n'avait absolument pas l'intention d'assister à la cérémonie. Il n'avait pas besoin de raviver le souvenir de son propre mariage, de ce qu'il avait eu et qu'il avait perdu.

Un brusque sentiment de culpabilité l'assaillit à l'idée qu'il n'avait pas pensé à cette perte depuis… des jours. Il se rappelait encore l'époque où il comptabilisait ces périodes en minutes. Une minute s'était écoulée sans qu'il pense à elles. Puis deux minutes. Parfois, avec l'aide de l'alcool et la présence d'une femme, cet oubli pouvait se prolonger quelques heures.

Mais plusieurs journées ?

C'était à cause de ce maudit vase. Il entrait dans sa bibliothèque, le voyait, et des images de Grace se mettaient à tourner dans sa tête comme un manège.

Son sourire, son rire, tandis qu'elle sirotait du rhum... Puis son regard se posait sur la tache ambrée sur le tapis. Alors, il retrouvait le contact soyeux de sa chair contre sa langue, il entendait ses petits cris de plaisir.

Et il pensait de nouveau à elle ! Eh bien, cela cesserait rapidement, une fois qu'elle serait mariée.

Il donna un coup au plafond. Le carrosse ralentit, puis s'arrêta. Il descendit, sans laisser au valet le temps de venir lui ouvrir la portière.

— Préparez-moi mon cheval.

Il amenait toujours son cheval à Greystone quand il venait en visite. Certes le manoir disposait d'une belle écurie, mais rien n'était plus agréable que de monter son propre animal. Celui-ci connaissait ses humeurs, ses mouvements, ses mains.

Lorsque Beau fut prêt, il l'enfourcha souplement et partit au grand galop.

Le cocher connaissait le chemin, il était inutile de l'attendre. Lovingdon avait besoin de sentir son cheval sous lui, le vent fouettant son visage, de se concentrer sur le contrôle de l'animal. Il lui fallait quelque chose qui l'aide à ne plus penser à Grace.

Depuis leur dernier voyage dans son carrosse, elle ne quittait plus ses pensées. Si elle n'avait pas souhaité aussi désespérément trouver l'amour, s'il n'avait pas eu pour elle autant d'affection qu'il en avait, s'il n'avait pas voulu la voir heureuse, il aurait peut-être songé à la prendre pour femme.

Leurs nuits auraient été bien remplies, cela ne faisait pas le moindre doute. C'était la créature la plus sensuelle qu'il lui ait été donné de connaître. Mais elle voulait ce qu'il ne pouvait lui offrir.

Et c'était là que résidait son dilemme. Il n'aimait pas Grace comme il avait aimé Juliette.

Les deux femmes étaient tellement différentes. Ce qu'il éprouvait pour Grace était terriblement difficile à définir.

Il éviterait de danser avec elle pendant son séjour à Mabry Manor. Il parlerait avec elle le moins possible. Il observerait attentivement les hommes auxquels elle s'intéressait encore, l'informerait de ses intuitions, et l'affaire serait réglée et terminée. Grace serait mariée avant la fin de l'année, et heureuse jusqu'à la fin de ses jours. C'était ce qu'il souhaitait pour elle, ce qu'il s'efforcerait…

Un cheval monté par Grace apparut en face d'eux, descendant la colline verdoyante. Beau s'arrêta net. Lovingdon avait oublié quelle excellente cavalière elle était. Elle semblait ne faire qu'un avec sa monture. Tout ce qu'elle entreprenait, elle le faisait avec cœur, y mettant tout son talent.

Elle agirait de même pour son mariage.

Il était impératif de lui trouver un mari qui lui donnerait autant que ce qu'elle offrait.

L'espace d'une demi-seconde, il envisagea de rester sur son chemin. Mais elle était tellement séduisante. Quel mal y aurait-il à passer un peu de temps en sa compagnie avant le début des festivités ?

Donnant un petit coup de talon à son cheval, il accéléra son allure et partit dans la direction de la jeune femme.

Son chignon s'était défait et sa chevelure flottait dans son dos comme une oriflamme. Il ne l'avait jamais vue voler aussi librement. Apparemment, elle lui arrivait à la taille. Une idée absurde lui traversa l'esprit. Comme il serait agréable de brosser ces boucles rebelles. Un autre que lui aurait bientôt le plaisir d'accomplir cette tâche.

Elle dut entendre le bruit des sabots sur le sol, car elle jeta un coup d'œil derrière elle. N'importe quelle autre cavalière aurait tiré sur les rênes de sa monture pour l'immobiliser. Mais il avait toujours su que Grace n'était pas comme les autres.

Il s'approcha assez près pour distinguer son sourire triomphant quand elle fit partir son cheval au galop dans la colline. Un gentleman aurait relevé le défi, puis l'aurait laissée gagner. Mais il n'était pas un vrai gentleman, et il lança Beau derrière elle.

— Vous ne m'attraperez pas ! cria-t-elle par-dessus son épaule en le narguant.

Impressionné par son adresse tandis qu'elle dirigeait son cheval et lui faisait contourner les obstacles, il envisagea un instant de lui accorder la victoire. Puis se ravisa. Il les avait presque rattrapés.

Grace lui lança un coup d'œil, et continua de foncer.

— Trois danses, si j'arrive la première au sommet de la colline !

Son rire les enveloppa, et une vague d'excitation le submergea. Il voulait obtenir cette victoire. Il la voulait, elle. Allongée dans l'herbe verte, parmi les fleurs sauvages. Il voulait embrasser son corps dénudé, sous les rayons ardents du soleil d'été.

Mais le beau temps n'allait sans doute pas durer, à en juger par les nuages noirs qui s'amoncelaient au loin.

Les deux montures galopaient côte à côte à présent. Elle regarda par-dessus son épaule et il lut la détermination dans ses prunelles bleues. Son sang ne fit qu'un tour. Il eut envie de l'agripper, de la prendre dans ses bras, de l'asseoir sur son cheval et de prendre ses lèvres jusqu'à ce qu'elle s'abandonne.

Fuyant ces folles pensées, il donna un dernier coup d'éperon à Beau qui atteignit le sommet avec une courte longueur d'avance.

— Maudit ! s'écria Grace, en faisant arrêter sa jument près du cheval. Je vous ai presque battu.

— Mais vous n'y êtes pas arrivée.

— Vous auriez pu me laisser gagner.

— Vous m'en auriez voulu.

— C'est vrai.

Ses cheveux étaient en désordre, et elle était aussi essoufflée que sa jument.

Presque malgré lui, il saisit quelques boucles et les fit glisser entre ses doigts.

— Vous avez une chevelure splendide.

— Les hommes préfèrent les blondes et les brunes.

— Les hommes sont des idiots, répliqua-t-il avec un sourire en coin.

Elle sourit, en se mordillant les lèvres.

— Je ne pensais pas que vous viendriez.

Lovingdon réprima le plaisir qu'il éprouvait à l'idée de l'avoir rendue heureuse.

— Un dernier effort pour vous aider à trouver la perle rare.

— Quelqu'un que je n'aurais pas remarqué pendant la Saison ?

— Peut-être.

— Votre réponse ne vous engage pas beaucoup. Mais je suis contente que vous soyez là.

— Vous le serez moins quand je vous dirai ce que je pense de vous. Où avez-vous la tête pour vous aventurer ici sans escorte ?

Grace leva les yeux au ciel.

— Lovingdon, ces terres appartiennent à mon père. Aussi loin que je m'en souvienne, je suis toujours venue me promener ici à cheval. Je pourrais retrouver mon chemin dans ces collines les yeux bandés.

— Des gentlemen vont arriver aux domaines. Certains risquent de chercher à se retrouver en tête à tête avec vous.

— Pas aujourd'hui. Drake les tiendra occupés dans la salle de billard jusqu'au dîner, avec des cartes et du whisky.

— Je suppose que je devrais poursuivre jusqu'au château, dans ce cas.

— Oui, je suppose.

Elle soutint son regard. Ses yeux formulaient une question muette.

Lentement, il mit pied à terre, ôta ses gants, les fourra dans sa poche et s'approcha de la jument. Celle-ci fit un écart, mais il agrippa les rênes et la calma, avant de prendre Grace par la taille.

— Vous devriez la laisser se reposer après cet exercice.

Elle acquiesça d'un imperceptible hochement de tête, et lui

posa les mains sur les épaules tandis qu'il la faisait descendre de sa monture, laissant délibérément son corps effleurer le sien. Il aurait dû la relâcher ensuite, mais il n'en avait pas envie. De son côté, elle ne fit pas mine de s'écarter et laissa ses mains sur ses épaules, ce qui ne lui facilita pas la tâche.

Repoussant une mèche rousse derrière l'oreille de la jeune femme, il se demanda comment ses cheveux pouvaient être aussi doux alors qu'ils étaient si indisciplinés. Mais en fait, cela reflétait sa personnalité : audacieuse, mais d'une vulnérabilité qu'il n'aurait jamais soupçonnée s'il ne l'avait pas constatée lui-même.

— Le fait que je vous aide dans votre recherche ne nous rend service ni à l'un ni à l'autre. Dès que cette affaire sera réglée, je retournerai à ma vie dissolue.

— Vous voulez dire que vous l'avez mise de côté ?

— Disons que je ne m'y suis pas consacré avec autant d'ardeur qu'à une certaine époque.

Ses doigts virils s'attardèrent sur son oreille, glissèrent sur sa joue et vinrent se poser près du grain de beauté, qu'il caressa du bout de son pouce.

— Vous n'êtes pas aussi effrontée que l'autre soir dans la voiture, dit-il.

Les joues de Grace s'enflammèrent.

— C'est plus facile dans l'obscurité, vous ne croyez pas ?

— Pas toujours.

Il se pencha et prit sa bouche, car il s'y sentait autorisé. Il savait qu'elle ne le repousserait pas, et il avait envie de goûter à ses lèvres. Il avait tort de l'embrasser, et cela pour plusieurs raisons. Mais il s'en moquait. De toute façon, personne ne le saurait.

Grace enfouit les doigts dans sa chevelure et maintint son visage contre le sien, soupirant de plaisir. Il lui passa un bras autour de la taille et l'attira vers lui, pressant contre son torse les seins qu'il avait envie de voir, de toucher, d'embrasser. Pourquoi protégeait-elle autant ce qui se cachait sous son corsage, et non ce qu'il y avait sous ses jupes ? D'après son expérience, c'était généralement le contraire qui se produisait.

Mais encore une fois, Grace n'était pas une femme ordinaire. Elle ne ressemblait à personne.

Quand elle s'écarta, ses lèvres étaient humides et gonflées. Lovingdon n'avait qu'une seule envie, c'était de les embrasser encore.

— J'ai l'impression que cela n'est pas une leçon, fit-elle remarquer.

— En effet. Je me comporte comme un gredin, et je prends ce à quoi je n'ai pas droit.

— En accordant un baiser à un homme, on lui donne trop de pouvoir.

— Je vous ai déjà montré où cela pouvait vous mener.

— Tant que le désir est réciproque, je ne vois pas pourquoi cela serait interdit.

Elle se dégagea et fit quelques pas, en balançant très légèrement les hanches.

Lovingdon attrapa les rênes des chevaux et avança de front avec elle sur le chemin.

— Parce que les femmes sont censées demeurer pures, expliqua-t-il.

Elle lui lança un regard en coin et eut une petite exclamation de dédain.

— Mais pas les gentlemen ! C'est vraiment injuste. Je devrais me tenir au milieu de la salle de bal et demander à tous mes prétendants de venir m'embrasser. L'homme dont le baiser me donnera le plus de plaisir sera le bon.

Mes baisers vous donnent-ils du plaisir ?

Il avait les mots sur le bout de la langue, mais elle reprit :

— Je ne peux tout de même pas attendre jusqu'à ma nuit de noces pour savoir si mon mari embrasse bien. Imaginez qu'il ait une haleine fétide, ou que ses baisers soient baveux, ou encore qu'il n'aime pas utiliser sa langue !

Lovingdon savait qu'il n'avait aucun droit sur elle, mais

l'idée qu'un autre homme allait l'embrasser lui déplut souverainement. Il lui prit le bras, la ramena vers lui, lui saisit le visage à deux mains et posa sa bouche sur la sienne. Il n'avait pas envie de parler de ses éventuels prétendants.

Il ne voulait pas être ici, avec elle. En même temps, il ne voulait être nulle part ailleurs.

Parfois, il avait l'impression de devenir fou. Mais en ce moment précis, sa folie était le dernier de ses soucis. Grace occupait toutes ses pensées. Le corps souple qu'il tenait entre ses bras, le goût de sa langue dans sa bouche. Il recula, s'adossa contre un arbre, et la tint plaquée contre lui, entre ses jambes.

Doux Jésus.

Elle tremblait et se plaquait contre lui, comme si elle cherchait à obtenir le même apaisement que lui. Mais il ne prendrait pas ce qu'elle lui offrait. Il ne le pouvait pas. Pas avec elle, alors qu'il n'était pas en mesure de lui proposer un mariage fondé sur l'amour.

Mais cela ne voulait pas dire qu'elle ne serait pas heureuse que leurs chemins se soient croisés.

Le plus doucement possible, sans interrompre leur baiser, il la fit tourner sur elle-même afin de l'adosser à l'arbre. Son habit d'amazone était parfait pour ce qu'il avait en tête, car il ne comportait pas les nombreuses couches de jupons qui auraient pu le gêner.

Il posa une main sur son genou et souleva sa longue jambe qu'il cala juste sous sa propre hanche, en bénissant le ciel qu'elle soit aussi grande, fine et souple.

— Lovingdon, chuchota-t-elle dans un soupir.

Il crispa les mâchoires en songeant qu'elle pourrait un jour prononcer le nom d'un autre homme dans les mêmes circonstances. Elle ouvrit les yeux, et il vit la passion qui animait son regard. Avait-il déjà connu une femme qui s'embrasait aussi vite?

— Nous ne devrions pas faire cela.

— Non, nous ne devrions pas. Mais vous avez tendance à faire des choses interdites. Pourquoi vous arrêter maintenant?

— Est-ce une leçon ?

— Non, avoua-t-il à regret. J'ai juste envie de vous sentir frissonner dans mes bras.

— C'est aussi ce que je veux : frissonner dans vos bras.

Avec un grognement sourd, il enfouit la tête au creux de son cou, inhalant son doux parfum de rose et de lavande, qui se mêlait à l'odeur de la forêt après sa course à cheval.

Empoignant ses bras musclés, elle renversa la tête en arrière pour lui offrir la peau soyeuse de son cou.

Lovingdon glissa une main sous sa jupe et chercha la peau nue de son mollet. Puis il fit remonter ses doigts plus haut, à l'arrière de son genou.

Elle étouffa une exclamation, rit tout bas, et soupira.

— Je vous chatouille ? murmura-t-il à son oreille, étonné lui-même par le ton rauque de sa voix.

— Un peu. Mais n'arrêtez pas.

— Je n'en ai pas l'intention.

Néanmoins, si elle le demandait, il le ferait. Mais il espérait qu'elle ne le lui demanderait pas. Il voulait lui donner cela, même s'il était obligé d'admettre qu'en donnant, il recevait aussi. Son bonheur et sa joie comptaient pour lui. C'était la raison pour laquelle il avait fait ce voyage, pour laquelle il s'était imposé d'assister à cet événement mondain alors qu'il aurait préféré rester à Londres pour se livrer aux distractions qui lui plaisaient vraiment. Cependant, sans qu'il s'en rende compte, voir Grace était aussi devenu une nécessité, un besoin auquel il ne pouvait se soustraire.

Il fit remonter ses doigts tout le long de sa cuisse merveilleusement soyeuse. S'ils s'étaient trouvés dans un lit, elle aurait pu largement nouer les jambes sur ses reins. Il repoussa cette pensée, avant de se mettre en quête d'un matelas.

Quand avait-elle commencé à l'attirer autant ? Grace lui avait toujours plu, mais ce qu'il éprouvait pour elle à présent était entièrement différent. Cependant, ce n'était pas le moment d'étudier la question. Tout ce qu'il voulait, c'était se laisser enivrer par sa présence et par son plaisir.

Du bout des doigts, il trouva le cœur de sa féminité. Sa chair était brûlante et déjà humide. Laissant échapper un petit cri inarticulé, elle se pressa contre lui en lui agrippant les épaules, comme si elle craignait de s'envoler. Puis l'une de ses mains s'aventura sur son torse, sur son ventre, et plus bas encore...

— Non, grommela-t-il.

— Ce n'est pas juste. Je veux que vous ressentiez la même chose que moi.

— Je le ressens.

Il introduisit un doigt dans sa chaleur, et la sentit vibrer. Elle était tellement étroite. Il serait merveilleux de pénétrer en elle, de se fondre dans son corps.

— Laissez-moi juste profiter de cet instant.

Elle noua les bras sur sa nuque et l'attira vers elle, déposant une série de baisers brûlants dans son cou, provoquant un désir que les courtisanes les plus expérimentées n'avaient jamais suscité en lui. Il lui suffisait de presque rien pour faire surgir une flamme ardente, et un besoin... qu'il ne pourrait satisfaire aujourd'hui. Tout en la caressant intimement, il lui taquina l'oreille du bout de la langue, s'enivrant de ses petits cris de plaisir. Elle posa alors sa bouche sur la sienne et l'embrassa avec ferveur, comme si elle ne parvenait pas à se rassasier.

Elle agrippa avec force ses épaules. Et soudain elle rejeta la tête en arrière et poussa un long cri. Il sentit son pouls s'emballer contre sa main. Frissonnante, elle retomba sans force contre lui.

Il la soutint d'un bras, absorbant tous les petits frémissements qui parcouraient son corps gracile. Il aurait aimé rester là avec elle la journée entière, et toute la nuit, jusqu'au lendemain matin. Ce qui, pour un homme qui refusait de s'engager, était étrangement ironique.

N'était-il pas injuste, dans le fond, de la tenter avec des

choses qu'il ne voulait pas lui accorder toute une vie ? Très lentement, il retira sa main, et libéra sa jambe.

Grace s'écarta doucement, reportant tout son poids contre le tronc d'arbre. Son visage était enflammé, son regard assombri. Elle contempla les branches au-dessus de leur tête et soupira.

— Vous m'en avez appris beaucoup trop, Lovingdon. Comment vais-je pouvoir me contenter d'un autre homme ?

— S'il vous aime, vous éprouverez encore plus de satisfaction avec lui.

— A condition qu'il m'aime, et que je l'aime aussi. C'est le secret pour atteindre le bonheur physique et émotionnel, n'est-ce pas ? Sans amour, les sensations ont beau être merveilleuses, l'expérience laisse une impression de vide.

Le vide. C'était le mot juste. N'était-ce point ce qu'il avait éprouvé, ces derniers temps ?

— Je vous ai perturbée, dit-il.

— Non, mais je suis exigeante. Je veux tout.

Elle se baissa pour attraper le bord de sa jupe et la secoua.

— Il faut que j'aille prendre un bain avant le début de la soirée.

L'image de membres nus et roses flotta un instant dans l'esprit de Lovingdon. Il eut envie de la contempler dans son bain, telle qu'il n'avait pas le droit de la voir.

Lui tournant abruptement le dos, il se dirigea vers les chevaux qui broutaient paisiblement l'herbe et les branches tendres des buissons. Tenant fermement les rênes de la jument, il la ramena vers Grace.

Il posa une main sur sa taille, qu'elle avait très fine. Elle était si déliée, qu'il aurait pu en faire le tour de ses deux mains. S'il avait été un artiste, il aurait peint toute une série de femmes à la taille mince. Elle avait une silhouette élégante, raffinée, séduisante.

Se penchant sur elle, il prit délicatement ses lèvres, capturant encore une fois leur goût et leur chaleur.

— Pourquoi ce baiser ressemblait-il à un au revoir ? demanda-t-elle quand ils se séparèrent.

— Parce que je n'ai pas le droit de vous détourner de votre objectif. Tant que je serai là, il n'y aura pas de rendez-vous clandestins, pas de baisers interdits. Nous devons nous concentrer sur notre but, qui est de trouver l'homme idéal pour vous.

Il la souleva pour la déposer sur son cheval et la regarda s'installer sur sa selle d'amazone.

— Je devrais sans doute arriver au château par un autre chemin que vous, fit-il remarquer.

— Après m'avoir reproché plus tôt d'être partie me promener seule ? D'autre part, je pense que les choses sont claires pour tout le monde. Vous me servez de chaperon et de protecteur. Personne ne vous soupçonnera d'avoir eu un comportement de débauché.

Après tout, elle avait sûrement raison. Quel mal y avait-il à l'accompagner jusqu'au château ?

Il s'était éloigné des autres invités dans l'espoir de se retrouver en tête à tête avec lady Grace Mabry. Il voulait un peu de temps pour la courtiser sans être observé, et la convaincre d'accepter sa demande en mariage. Mais le premier problème, c'était de la trouver. Elle ne semblait pas être dans le manoir, aussi alla-t-il explorer les jardins.

Quelle ne fut pas sa déception, quand il la vit arriver dans les écuries avec Lovingdon dans son sillage ! Lovingdon, qui se trouvait toujours dans les parages et se présentait comme le protecteur non officiel de la jeune femme.

L'homme prétendait n'avoir aucun intérêt pour le mariage, mais s'il ne se méfiait pas, il risquait d'être pris au piège. Il s'arrangeait toujours pour se retrouver seul avec lady Grace. Cela devenait insupportable.

Grace était l'héritière de la Saison qui possédait la dot la plus importante. Une partie de cette dot était constituée par des terres adjacentes à ses propres domaines. Il avait donc décidé qu'il n'épouserait aucune autre femme, et ses désirs passaient avant tout le reste.

Il allait devoir redoubler d'efforts pour la persuader qu'ils étaient faits l'un pour l'autre.

Allongée dans la baignoire en cuivre, Grace constata que tout son corps était particulièrement sensible et sa peau enflammée. Elle savait bien qu'elle n'aurait pas dû permettre à Lovingdon de prendre de telles libertés, mais d'un autre côté elle ne pouvait nier qu'elle y prenait elle-même plaisir. Elle avait envie qu'il soit auprès d'elle, qu'il la touche, qu'il l'embrasse.

Elle l'aimait désespérément.

Malheureusement, elle aurait voulu recevoir son amour en retour. Elle ne pouvait se contenter d'être la seule à aimer.

Soulevant son éponge, elle se frotta délicatement les pieds. La caresse de l'éponge était agréable, mais ne provoquait aucune des merveilleuses sensations que Lovingdon lui procurait. Elle s'imagina complètement nue devant lui, tandis qu'il faisait glisser ses lèvres et ses mains sur elle. Dans ses rêves, elle n'avait pas les cicatrices qu'elle voulait lui cacher.

Le bal de ce soir semblait un exercice bien futile. N'aurait-elle pas dû désirer les caresses de l'homme, quel qu'il soit, qu'elle choisirait d'épouser ? N'aurait-elle pas dû s'agiter la nuit dans son lit en imaginant leurs étreintes ? N'aurait-elle pas dû avoir envie de le retrouver en secret dans les jardins et de se donner à lui ?

Les gentlemen présents étaient tous assez agréables. Parmi eux, il y en avait même certains qu'elle appréciait beaucoup. Quelques-uns la faisaient rire. Elle attendait avec impatience de danser avec eux.

Mais elle ne pouvait pas en imaginer un seul faisant glisser une main à l'intérieur de sa cuisse, et la caressant au plus secret de son intimité. Car c'est ce qu'ils voudraient tous faire, bien entendu. Mais à cette pensée elle avait du mal à respirer. Et cette sensation n'était pas du tout agréable, contrairement à ce qu'elle ressentait dans les bras de Lovingdon.

Décidément, l'amour était une chose trop compliquée. Elle craignait de ne pas tout comprendre. Et ensuite, il serait trop tard pour revenir en arrière.

Le dîner fut long et très ennuyeux. Lovingdon était assis entre deux dames qui voulaient à tout prix le convaincre qu'il était temps de revenir sur le marché du mariage. Il n'aurait pas dû être étonné. C'était bien connu, la mère de Grace se moquait comme d'une guigne du rang de ses invités. A sa table, nobles et roturiers étaient traités de la même façon. C'est ainsi que Grace se retrouvait entourée par les meilleurs partis, alors qu'il était assiégé par de petites jeunes filles innocentes auxquelles il ne parvenait pas à s'intéresser. Non qu'il leur trouvât le moindre défaut. Elles étaient agréables à regarder, avaient des voix douces et mélodieuses, mais s'efforçaient désespérément de lui plaire.

Elles ne se montraient pas entêtées, n'avaient pas d'opinions bien précises, n'étaient pas décidées à trouver l'amour. Elles ne cherchaient qu'une seule chose : un mari. N'importe quel lord ferait l'affaire.

Tout à coup, il fut frappé par l'idée que Grace avait des critères de choix. Elle ne voulait pas simplement trouver un époux, elle voulait quelque chose de plus. Cette ambition la plaçait très au-dessus des autres dames de sa condition.

L'admiration qu'il éprouvait pour elle augmenta encore d'un cran.

Elle s'y prenait peut-être d'une drôle de façon pour obtenir ce qu'elle désirait, mais, par Dieu, elle savait ce qu'elle voulait.

Les mâchoires serrées, Lovingdon la regarda sourire à Somerdale, rire avec Vexley, et prêter une oreille attentive à

Bentley. Envisageait-elle sérieusement d'épouser l'un d'entre eux ?

Il les imagina tour à tour, assis devant l'autel, sur le point de devenir l'époux de Grace. Mais il renonça tout net quand il en vint à se représenter leur nuit de noces. Son mari ne se contenterait pas de la toucher comme il l'avait fait, il irait plus loin. Il la verrait entièrement nue.

Il lui apporterait un bonheur, un épanouissement, qu'il ne pouvait lui donner. Pourquoi avait-il fallu qu'elle vienne le voir pour lui demander son aide ? Il aurait préféré ne jamais savoir que la petite fille qu'il avait consolée autrefois dans l'écurie était devenue une femme désirable.

Bon sang, il avait des sentiments pour elle. Mais ce n'étaient pas ceux qu'elle désirait, il ne l'aimait pas de tout son cœur, de toute son âme. Son cœur et son âme appartiendraient toujours à Juliette.

Or, il aimait trop Grace pour la faire passer au second plan. Elle méritait d'avoir la première place dans le cœur d'un homme.

Grace adorait le premier soir de cette fête, car le dîner était suivi d'un bal, qui se prolongeait jusqu'au petit matin.

Les débutantes avaient toutes une chambre dans l'aile est, tandis que les messieurs seuls étaient logés dans l'aile ouest. Les parents étaient peu nombreux à participer à cette soirée, organisée principalement pour les jeunes gens.

Cette tradition avait été initiée alors que Grace était encore enfant, et ses parents lui avaient promis, ainsi qu'à ses frères, qu'ils pourraient tous inviter leurs amis pour partager des jeux pendant quelques jours, au cours de la Saison.

Au fil des ans, les jeux avaient changé. Parfois, ceux de l'enfance lui manquaient. A l'époque, elle trouvait amusant de passer du temps avec les garçons. Aujourd'hui, c'était presque une corvée.

Bien qu'une salle fût réservée aux jeux de cartes et une autre au billard, la salle de bal était bondée.

Aucune pièce n'était réservée aux hommes. Les dames jouaient aussi aux cartes et au billard. Demain, certaines iraient chasser.

L'orchestre avait fini de s'échauffer. Grace regarda autour d'elle, cherchant des yeux son premier cavalier. Celui-ci était en train de parler avec Lovingdon. Elle était contente que Drake n'ait pas trouvé une excuse pour ne pas venir. Cette fête était une affaire de famille et Drake en faisait partie, même s'il était réticent à le reconnaître.

Il savait qu'il était aimé dans le cercle familial. Cela ne faisait aucun doute pour lui, mais il avait des cicatrices pour lui rappeler l'époque où il vivait dans la rue. Et Grace doutait qu'il se sente un jour complètement chez lui à Mabry Manor.

Tout en s'approchant des deux hommes, elle se dit qu'ils étaient vraiment les plus beaux de l'assistance. Il y avait chez Drake quelque chose de rude, une dureté que ses vêtements de soirée ne parvenaient pas à dissimuler. Lovingdon en revanche était d'une élégance raffinée et parfaitement aristocratique. Chacun des deux hommes affichait son assurance comme une seconde peau. Ils étaient à l'opposé l'un de l'autre, Lovingdon menant la vie oisive de la noblesse, tandis que Drake travaillait dur. Mais une solide amitié les liait.

— Que vous êtes beaux ce soir, tous les deux ! lança-t-elle en guise de salutation.

Drake se pencha pour l'embrasser sur la joue.

— Tu es magnifique. Je suis étonné que tu ne te sois pas encore fait enlever par l'un des gentlemen présents.

— Ce n'est pas qu'ils n'aient pas essayé. Mais tu me connais, je ne suis pas facile à attraper. Même lorsque nous jouions à nous poursuivre, enfants, je parvenais toujours à échapper aux garçons.

Elle se tourna vers Lovingdon et vit qu'il l'observait avec intensité. Il avait toujours été magnifique, mais ce soir elle le trouvait encore plus attirant que d'ordinaire. Ses cheveux blond foncé étaient peignés et coiffés, ses joues rasées de près. Certaines rides creusées par la douleur marquaient son visage, mais elle en distingua aussi certaines dues au bonheur et au rire.

La souffrance sculptait toujours plus profondément les traits. Son visage avait plus de caractère qu'autrefois. Il avait subi les feux de l'enfer. Et bien qu'il ne considère sûrement pas ces épreuves comme un bienfait, elles l'avaient forgé, faisant de lui un homme remarquable. Il portait le deuil de celles qu'il aimait, il gardait leur souvenir intact.

Il tenait aussi parole en l'aidant à trouver l'amour, comme elle le lui avait demandé. Et elle le pensait capable de venir aussi en aide à Minerva dans ce domaine.

Les premiers accords de la valse s'élevèrent dans la salle.

— Drake, je t'ai réservé cette danse, déclara-t-elle. Vous êtes le prochain, ajouta-t-elle avec un clin d'œil en direction de Lovingdon.

— Vous n'avez pas autant de prétendants ici qu'en ville ?

— J'en ai beaucoup, mais j'ouvre toujours le bal avec mes cavaliers préférés. Vous êtes inscrit sur mon carnet depuis des jours.

— Vous étiez donc certaine que je viendrais ?

— Non. Mais il n'y a pas de mal à espérer que nos rêves vont se réaliser.

Drake lui offrit son bras et l'entraîna sur la piste de danse. Grace connaissait ses habitudes et sa réserve. Elle savait qu'après avoir dansé avec elle, il se rendrait dans la salle de jeux pour faire une partie de cartes, ou s'enfermerait dans la bibliothèque pour lire. Il croyait connaître sa place chez eux, mais en réalité il se trompait.

— Tu sais, la plupart de ces jeunes filles seraient très heureuses de danser avec toi, dit-elle.

— Elles ne sont pas pour moi, Grace. Elles ne l'ont jamais été et ne le seront jamais, répliqua-t-il en balayant ses paroles d'un haussement d'épaules. Et bien que tu aies réussi à faire venir Lovingdon, ne crois pas pour autant qu'il soit remis de son chagrin. Les souffrances du cœur ne guérissent pas aussi facilement.

Grace trouva très injuste qu'il refuse de parler de sa propre vie sentimentale, mais qu'il ne voie aucun inconvénient à discuter de la sienne.

— J'en suis bien consciente, reconnut-elle cependant. Il affirme qu'il ne pourra plus jamais aimer.

— Mais tu es une éternelle rêveuse.

— Mon rêve, c'est que tu trouves l'amour un jour.

Il eut un rire grave et sonore. Grace regretta que les dames de la société ne puissent le voir tel qu'elle le voyait, elle. Elle le considérait comme son frère tout en ignorant certains aspects de sa vie, mais elle savait que sa bonté était sans limites.

Néanmoins, il y avait aussi chez lui un côté sombre, probablement aussi profond, et dont elle n'avait pas conscience.

— Occupe-toi de toi, Grace. Je n'ai pas besoin d'héritier, et ce ne serait un drame pour personne si ma lignée se perdait définitivement.

— Mais tu devrais avoir une femme. Je sais comment tu vis. Il te faudrait quelqu'un pour te rappeler que tu dois manger de temps en temps pour vivre.

— Je ne m'en sors pas trop mal de ce côté-là.

Elle aurait voulu beaucoup plus pour lui, mais elle savait qu'il pouvait se montrer aussi obstiné qu'elle-même. Le même sang ne coulait peut-être pas dans leurs veines, mais ils avaient grandi sous le même toit, et avaient des traits en commun.

A la fin de la danse, il la ramena sur le côté de la salle, où l'attendait Lovingdon. C'était le seul homme avec lequel elle avait envie de danser ce soir, mais elle savait qu'il ne lui accorderait pas plus d'une seule danse. Néanmoins, c'était mieux que rien.

Il l'enveloppa d'un long regard alors qu'elle s'approchait, et quand ses yeux ambrés plongèrent dans les siens, ils brûlaient d'une flamme ardente. Elle s'embrasa. Le désir qu'elle lui inspirait était aussi évident que s'il l'avait exprimé à haute voix. Mais son désir n'était pas de l'amour. Il avait eu quantité de femmes dans sa vie, mais il n'en avait aimé qu'une seule.

Ce qu'elle voulait, c'était une preuve qu'il l'aimait.

Une toute petite preuve. Elle ne demandait rien de plus.

Elle prit son bras, éprouvant sous ses doigts la puissance et la fermeté de ses muscles.

— Pas de leçons ce soir, annonça-t-elle. Ne m'expliquez rien, ne me faites pas de démonstration. Dansez avec moi, juste pour le plaisir de danser.

Elle lui coula un regard en coin. Il la considéra avec gravité.

— Je ne peux pas vous donner ce que vous voulez.

— Tout ce que je vous demande, c'est une danse, affirma-t-elle.

Quand leur relation s'était-elle transformée, au point qu'elle ne pouvait plus être tout à fait honnête avec lui ?

Sans la quitter des yeux, il l'entraîna dans la foule des danseurs. Aucune parole ne fut prononcée, aucune conversation ne vint la distraire. Elle était consciente de tous les détails de sa personne. Les boucles rebelles qui tombaient sur son front. La douceur de ses joues sur lesquelles elle aurait aimé poser ses lèvres. La cravate parfaitement nouée qu'elle aurait voulu défaire. Le parfum de bergamote qui l'enveloppait. La proximité de son corps, la chaleur qui émanait de lui.

Selon toutes les apparences, il l'aimait. Un de ses adages était : « Il vous regardera comme si vous étiez la seule femme dans la salle. »

S'il avait été l'un de ses soupirants, elle aurait pensé que c'était elle qu'il voulait, et non sa dot. Mais elle savait déjà que sa dot n'était rien pour lui.

Et il n'était pas n'importe quel soupirant. Il était Lovingdon, hanté par son premier amour, par la femme qui resterait toujours le seul amour de sa vie. Elle avait du mal à imaginer un sentiment si puissant qu'il balayait tous les autres. Et pourtant, une petite voix au fond de sa tête lui soufflait que si, elle savait ce que c'était.

Car elle l'aimerait toujours. Mais cela ne l'empêchait pas d'en aimer aussi un autre. Pourquoi ne pouvait-il faire comme elle ?

Ce n'est qu'au moment où il s'immobilisa qu'elle se rendit compte que la musique s'était arrêtée. Il lui prit la main et la cala sous son bras, avant de retourner lentement sur le côté de la piste.

Il ne sera pas pressé de vous ramener à votre fauteuil.

Tous les signes étaient réunis. C'était de l'amour. Et cependant...

Je ne peux vous donner ce que vous désirez.

Ses leçons n'avaient servi à rien. Il ne pouvait l'aider à décider si un homme l'aimait vraiment, car les signes étaient trompeurs, ils pouvaient être mal interprétés.

Fiez-vous à votre cœur.

Mais elle avait le cœur d'une idiote.

Sans la quitter un instant des yeux, il porta sa main à ses lèvres. Elle sentit leur brûlure à travers l'étoffe de son gant. Troublée, elle s'humecta les lèvres. Le regard de Lovingdon s'assombrit.

— Passez une bonne soirée, dit-il en lui relâchant la main et en l'abandonnant à Vexley.

Elle le regarda s'éloigner, puis se tourna vers son nouveau cavalier et sourit. Lovingdon pouvait aller au diable. Elle avait bien l'intention de passer une excellente soirée.

Lovingdon fumait un cigare dans le belvédère tout en contemplant la rivière sur laquelle la pleine lune projetait ses rayons argentés. Un nuage de fumée obscurcit un bref instant sa vision. Il aurait aimé qu'un brouillard aussi épais envahisse son esprit et l'empêche de réfléchir.

Il voulait que Grace trouve l'amour, il savait que ce n'était pas possible avec lui, mais cela ne l'empêchait pas de la désirer. Toute la soirée, il avait regardé les cavaliers se succéder auprès d'elle. Tous la contemplaient avec adoration. Comment le leur reprocher ? Son sourire était le plus doux, son rire vous réchauffait l'âme.

Mais quand il l'avait vue s'éclipser dans le jardin avec Somerdale, il avait décidé qu'il valait mieux partir. Car son premier mouvement avait été de les suivre et de coller son poing sur le nez du soupirant.

Il n'était pas jaloux, simplement protecteur. Grace était une femme avisée, intelligente, capable de se défendre. Il lui avait donné suffisamment de conseils pour qu'elle ne se retrouve pas obligée de se marier avec un prétendant un peu trop pressant.

Lui-même, combien de fois avait-il emmené Juliette se promener dans le parc, que la lune soit pleine ou à son dernier croissant ? Il s'était toujours comporté convenablement. Un baiser sur le dos de la main. Par deux fois, il était allé jusqu'à l'embrasser sur la joue. Une fois, ses lèvres avaient effleuré les siennes, comme Grace disait que Somerdale l'avait fait avec elle. Innocemment. Avec respect.

C'était diablement ennuyeux.

Il se rendait compte seulement maintenant que la cour qu'il avait faite à Juliette avait été d'un ennui mortel. Il aimait Juliette. Il n'avait aucun doute sur ce point. A l'époque, il sortait de l'adolescence, mais il n'était pas encore un homme. Il voulait lui plaire, il craignait plus que tout de l'effrayer par ses élans passionnés. Aussi s'était-il contenu.

Pourquoi ne pouvait-il faire de même avec Grace ?

Il perçut les effluves de rose et de lavande avant même d'entendre le crissement de ses mules sur les feuilles sèches. Le sol du belvédère vibra légèrement quand elle posa un pied sur les marches. Il sentit sa chaleur quand elle s'approcha. Du coin de l'œil, il la vit tendre la main pour lui prendre son cigare. Elle le lui arracha des lèvres, s'adossa à la rambarde et inhala une bouffée de fumée. Fasciné, il regarda une volute blanche s'échapper de ses lèvres entrouvertes et s'envoler dans la nuit.

Elle lui tendit le cigare. Il le prit et l'observa.

— Votre père connaît-il vos mauvaises habitudes ?

— Il y a beaucoup de choses que mon père ignore sur moi.

Combien de ces choses étaient-elles aussi un secret pour lui ? se demanda-t-il. Il pourrait explorer sa personnalité pendant toute une vie sans jamais en venir à bout. Il y aurait toujours quelque chose de nouveau à apprendre sur elle, à savourer… Non, il ne pouvait laisser ses pensées s'égarer dans ce sens.

— Vous ne devriez pas être en train de danser ?

— J'ai usé trois paires de mules dans la soirée. Je commence à m'ennuyer. La Saison a assez duré.

Il changea de position afin de lui faire face.

— Que voulez-vous dire ?

— Si l'un de ces gentlemen m'aime, cela n'a aucune importance, car moi je ne l'aime pas. Ils me plaisent tous. J'apprécie leur compagnie. Mais mon cœur ne bat pas plus fort quand je les vois, mon corps ne s'embrase pas. Je n'ai pas envie d'être dans leurs bras.

— Cela ne signifie pas que vous ne finirez pas par aimer l'un d'entre eux un jour.

— Mais dans ce cas, ce serait un amour dénué de passion.

Or, elle méritait tellement un amour passionné, un homme qui ne pourrait vivre sans elle. Un homme qui s'éveillerait le matin en souriant car il la trouverait dans son lit, un homme pour qui elle serait à la fois la lune et le soleil.

Sans le regarder, elle lui passa quelque chose. Il lui prit la bouteille des mains.

— Espèce de petite peste ! Vous n'avez pas apporté de verres ?

Il distingua son sourire à la lueur de la pleine lune.

— J'essayais de ne pas me conduire d'une façon trop civilisée.

— Eh bien, c'est réussi.

Il ôta le bouchon du flacon de whisky et le lui tendit. Sans grande surprise, elle le prit. Les ombres l'empêchèrent de suivre les mouvements délicats de sa gorge tandis qu'elle buvait au goulot, mais il aperçut sa peau blanche dans les rayons laiteux de la lune. Le sang se mit à battre dans ses tempes.

Il reprit la bouteille et avala plusieurs gorgées sans vraiment savourer le goût du whisky. Elle lui avait apporté celui qu'il préférait, faisant passer son plaisir avant le sien. Juliette n'avait jamais bu en sa compagnie, elle ne fumait pas non plus et ne jurait pas. Mais à vrai dire, du vivant de son épouse, il avait tenu en échec tous ses vices. Il ne voulait pas l'offenser par un comportement débridé. Il l'avait aimée, c'était indéniable. Mais en agissant ainsi, avait-il été en accord avec lui-même ?

— Vous semblez être plongé dans de profondes pensées, fit remarquer Grace.

— Je me reproche de ne pas avoir réussi à trouver un homme qui vous aime plus que votre dot.

— Mon père prétend que je cherche trop. Il a peut-être raison.

Elle agrippa la rambarde, la contourna et descendit quelques marches.

— Où allez-vous ?

— J'ai envie de marcher le long de la rivière.

— Le vent sent la pluie. Vous devriez retourner au manoir.

Il avala une nouvelle gorgée de whisky, refusant d'admettre qu'il était déçu qu'elle le quitte déjà.

— Vous n'êtes pas en sucre, lança-t-elle par-dessus son épaule. Vous n'allez pas fondre si vous vous mouillez.

Non, mais il prendrait froid. Et elle aussi. Bon sang.

— Grace, vous ne savez pas quelles créatures sauvages rôdent dans les bois.

— Seriez-vous devenu lâche, Lovingdon ? répliqua-t-elle, narquoise.

Sacrebleu. Il sortit du belvédère et courut après elle, conscient des gouttes de pluie qui commençaient à s'abattre sur eux.

— Je suis un homme, pas un jeune garçon à l'affût d'une aventure.

— Vous croyez qu'il y a des aventures à vivre dans ce parc ?

Il la rattrapa en riant.

— C'est certain. Surtout si votre père nous trouve ici tous les deux. Il me chassera certainement à coups de fusil.

— Il vous fait confiance, il sait que vous vous comporterez en gentleman. Du moins avec moi.

Malgré les nuages qui s'amoncelaient, il parvint à distinguer son sourire. La pluie tombait à verse à présent. Il fallait qu'il l'oblige à rentrer, elle risquait d'attraper la mort sous l'orage.

— Je crois que vous espérez me tenter et me pousser à conduire de nouveau comme un vaurien.

— Eh bien, cette idée m'a traversé l'esprit. Je me dis qu'il vaut mieux avoir une conduite effrontée, même sans amour, plutôt que de ne jamais être effronté de sa vie.

— Moi qui croyais que vous placiez l'amour au-dessus de tout ! Si vous vous montrez trop dévergondée, un homme aura plus de mal à vous aimer.

Ils arrivèrent au bord de l'eau et elle se tourna vers lui.

— Vous croyez ? S'il m'aime vraiment, ne devrait-il pas accepter tous les aspects de ma personnalité ? C'est ce que je voudrais. Un homme qui aimera tout chez moi, même mes imperfections.

— Une femme qui admet avoir des imperfections ? Voilà qui est rare !

Elle pivota brusquement sur elle-même, lui tournant le dos. Il eut l'intuition qu'elle ne plaisantait peut-être pas et qu'il n'aurait pas dû prendre ses paroles à la légère. Il avança de façon à la voir de profil. Ses yeux étaient brillants de larmes.

— Grace ?

La jeune femme secoua la tête.

— Il y a quelque chose que je ne vous ai pas dit. Quelque chose dont on ne doit pas parler en société. Et pourtant, il m'arrive d'éprouver le besoin de le crier sur les toits...

— Vous pouvez m'en parler maintenant.

Elle fit un signe négatif, et il lui posa tendrement une main sur la joue.

— Ma douce, quelle que soit la chose dont il s'agit...

Un éclair déchira l'obscurité, dans un immense fracas. Le

roulement du tonnerre se répercuta dans le ciel, et un déluge glacé se déversa sur eux.

Grace courba les épaules. Lovingdon ôta sa veste et la lui posa sur la tête pour la protéger de la pluie.

— Venez, il faut rentrer au manoir.

— Il y a un petit cottage de paysan, juste sous les arbres. C'est plus près.

Lovingdon n'essaya pas de discuter. Elle s'éloigna de la rivière d'un pas lourd et il resta à côté d'elle pour continuer de la protéger tant bien que mal. Le vent se leva, et la pluie leur fouetta le visage. Bon sang! Quel orage. Un éclair illumina brusquement la campagne et leur permit de trouver leur chemin. Un autre roulement de tonnerre retentit au loin.

Ils traversèrent une clairière et Lovingdon aperçut les contours d'un petit bâtiment. Celui-ci semblait assez solide. Tant que le toit ne prenait pas l'eau, ils pouvaient s'en contenter.

Après avoir cherché un moment à tâtons, il finit par trouver la poignée de la porte. Il poussa le battant, guidant Grace à l'intérieur.

— Il y a une lampe sur la table, près de la porte, indiqua-t-elle.

Il la sentit s'écarter, plus qu'il ne la vit.

Il trouva la table et se rendit compte qu'il n'avait toujours pas lâché la bouteille de whisky. Un éclair lui procura suffisamment de lumière pour distinguer les objets épars sur la table. Il posa la bouteille et put saisir une boîte d'allumettes avant d'être de nouveau plongé dans l'obscurité. Il fit surgir une flamme, alluma la lampe et observa l'unique pièce de la maisonnette. Grace était accroupie devant la cheminée vide. Sur la droite, il vit un lit fait impeccablement, recouvert d'une courtepointe. En fait, tout paraissait propre et rangé avec soin.

— La maison semble bien tenue, dit-il.

— Je viens souvent ici pour dessiner.

Le regard de Lovingdon se posa sur le lit.

— Il m'arrive de venir tard le soir, expliqua-t-elle, devinant sa surprise. Père a fait rénover le cottage pour moi il y a quelques années.

Lovingdon eut envie d'examiner ses dessins, tout particulièrement celui qui représentait un lapin qui n'avait qu'une seule oreille. Etait-ce un croquis ancien, de son enfance ? Il lui semblait curieux qu'une femme choisisse ce sujet. Il l'avait souvent vue, quand elle était plus jeune, avec son carnet de croquis et ses crayons sous le bras.

Il alla s'asseoir à côté de Grace et plaça la lampe sur le sol.

— Il y a même du petit bois et de quoi allumer un feu.

— Les domestiques tiennent toujours ce cottage propre et prêt à recevoir quelqu'un, car il m'arrive d'y venir à l'improviste.

Lovingdon entreprit de faire du feu.

— Si je ne vous connaissais pas aussi bien, je vous soupçonnerais de m'avoir attiré ici dans un but précis.

— Je voulais simplement échapper à l'averse. Je suis bien consciente que vous ne m'aimerez jamais. Et sans amour, comment peut-on coucher ensemble ?

Des flammes s'élevèrent dans l'âtre en crépitant. Lovingdon aurait aimé pouvoir lui faire l'amour, lui donner ce qu'elle voulait. Quand il se retourna il vit qu'elle était restée assise à la même place, et se balançait d'avant en arrière.

— Il faut que vous enleviez ces vêtements mouillés. Sinon, le feu ne vous tiendra pas assez chaud.

— Je suis bien comme cela.

— Faites-moi plaisir. La santé est une chose d'autant plus précieuse qu'elle est fragile. Vous pourrez vous couvrir avec cela.

Tout en parlant, il se leva et alla prendre la courtepointe sur le lit.

— Allons, Grace, je vous en prie, insista-t-il en tenant la couverture à deux mains de telle façon qu'elle formait un écran entre eux.

— Je ne vais pas me déshabiller devant vous !

— Vous n'êtes pas devant moi, je ne vous vois pas.

— Le feu me suffit pour me réchauffer.

— Il vous réchauffera plus vite si vous n'êtes pas trempée. Avec vos vêtements mouillés, vous allez attraper froid, et j'aurai votre mort sur la conscience.

— Je ne suis pas sous votre responsabilité.

Elle renifla, puis éternua. Diable!

Lovingdon s'accroupit près d'elle.

— Grace, ne soyez pas aussi entêtée. Vous n'avez rien à craindre avec moi.

Mais elle gardait les yeux fixés sur les flammes, évitant obstinément son regard.

— J'ai déjà vu un grand nombre de femmes.

— Vous pensez que cela va me rassurer? rétorqua-t-elle, outrée.

Il eut du mal à réprimer un sourire.

— Je ne me vante pas. Je vous fais seulement remarquer que je connais bien les vêtements féminins, et que je suis assez adroit pour vous débarrasser des vôtres sans vous voir du tout.

Il alla se placer derrière elle et se mit à dénouer les ganses de son corsage. Elle le repoussa, en secouant les épaules.

— Non!

Elle voulut se lever, mais il lui prit le bras et l'obligea à se rasseoir.

— Vous êtes pâle, je vois bien que vous avez la chair de poule, et votre peau est glacée. Je suis peut-être surprotecteur, mais par Dieu, je ne veux pas que vous tombiez malade par ma faute.

Grace l'observa un moment, et il crut qu'elle allait continuer de résister. Mais elle hocha la tête et lui présenta son dos. Lovingdon lui dégrafa rapidement sa robe et fit glisser les manches sur ses bras.

Il aurait dû en rester là. Il savait qu'il n'aurait pas dû aller plus loin. Mais il ne put résister à l'envie de lui masser vigoureusement les bras.

— Comment se fait-il que vos mains soient si chaudes? demanda-t-elle.

— Je suis plus enveloppé que vous, mes muscles me protègent du froid.

Il se leva, et souleva la couverture qui la déroba à sa vue.

— Allons, enlevez vos vêtements à présent.

Il l'entendit bouger et fit un effort surhumain pour ne pas penser à son corsage glissant sur sa taille, le long de ses hanches et de ses cuisses...

Soudain, elle lui arracha la couverture des mains, et la drapa autour d'elle.

— Il est inutile d'enlever vos vêtements trempés, si vous mouillez aussi la couverture.

Il s'agenouilla en lui lançant un regard sévère, mais une fois de plus elle détourna les yeux. Il voulut tirer sur le ruban de sa chemise. Elle repoussa sa main, et celle-ci effleura involontairement sa poitrine.

Quelque chose lui parut bizarre. Elle était trop douce, trop souple.

— Grace...

— Laissez-moi tranquille.

Il aurait dû obéir. Il n'avait jamais imposé sa présence à une femme. Mais il se passait quelque chose, et cela ne lui paraissait pas naturel.

— Tenez, buvez un peu, dit-il en lui tendant la bouteille de whisky qu'il avait laissée sur la table.

Elle avala avidement l'alcool qui restait au fond de la flasque. La couverture glissa et demeura enroulée autour de ses hanches. Il aperçut l'extrémité d'une cicatrice, au-dessus de la dentelle de sa chemise.

Il saisit le tissu froissé entre le pouce et l'index. Grace lui agrippa le poignet. Il soutint son regard, conscient du malaise qu'elle éprouvait.

Lui qui était habitué à la voir si audacieuse, si pleine d'assurance ! Il fut un instant sur le point de renoncer. Mais il fallait qu'il sache la vérité.

Grace s'humecta les lèvres du bout de la langue, et esquissa un imperceptible hochement de tête. Très lentement, Lovingdon tira sur la bande de tissu qui sortait de sa chemise. Un vide se forma au niveau de la poitrine.

Avec des gestes calmes et doux, il dénoua le ruban du vêtement.

— Lovingdon...

— Chut...

Il dénoua un ruban, puis un autre, et encore un autre. Le tissu s'entrouvrit. Le souffle court, il écarta un pan de la chemise et découvrit les cicatrices qui marquaient la peau veloutée de la jeune femme.

— Maintenant, vous savez pourquoi il est si important que mon futur époux m'aime pour moi-même.

14

Grace avait toujours redouté d'éprouver de la honte, le jour où un homme poserait pour la première fois les yeux sur sa poitrine. Mais elle ne lut aucun dégoût dans le regard de Lovingdon.

— Que vous est-il arrivé ? demanda-t-il d'une voix rauque, étranglée.

— Une tumeur.

Il sauta brusquement sur ses pieds, comme si une flamme lui avait brûlé le dos. Puis il tira nerveusement sur les boutons de son gilet, en arrachant quelques-uns dans sa hâte de l'enlever. Il enleva aussi sa cravate et la jeta à travers la pièce.

— Vous allez mourir ? interrogea-t-il en se tournant vers la jeune femme.

Sa voix exprimait un chagrin si profond qu'elle fut un instant au bord des larmes. Elle secoua la tête.

— Non, je ne pense pas. Si je n'avais pas été aussi maigre, je n'aurais peut-être rien remarqué, pendant des années. Mais j'ai vu cette petite boule, qui grossissait dans ma poitrine. Le Dr Graves a dit qu'il valait mieux l'enlever pour éviter que le mal ne se répande. Il continue de m'examiner de temps en temps, pour s'assurer que tout va bien. Vous savez que c'est un excellent médecin.

Lovingdon lui lança un regard furieux.

— Peut-il garantir que vous allez bien, que vous n'allez pas mourir ?

— Nous mourrons tous un jour ou l'autre.

Un roulement de tonnerre assourdissant vint ponctuer ses paroles, tel un présage.

— Vous pourriez être frappé par la foudre en sortant de cette maison. Rien n'est garanti. Mais Graves pense que la maladie est vaincue, que je n'aurai vraisemblablement plus à me battre contre elle.

Lovingdon arpenta la petite pièce. Elle fut étonnée qu'il n'éprouve pas le besoin de sortir sous la pluie pour se calmer.

— Comment se fait-il que je n'aie jamais su ce qui vous était arrivé ?

Elle se mordilla les lèvres en réfléchissant.

— Ce n'était pas le moment de vous en parler. Cela s'est passé il y a un peu plus de deux ans. Vous étiez accablé par le chagrin et le désespoir. D'autre part, nous ne l'avons pas ébruité. Je suis partie à la campagne avec Mère, sous prétexte de prendre de longues vacances. Je pense que personne n'y a vraiment fait attention. Nous avons toujours été très proches, et le fait que nous partions ensemble n'a étonné personne dans notre entourage. Comme je vous le disais plus tôt, ce n'est pas une chose dont on parle en société. Lorsque les gens parlent de la maladie, c'est à mi-voix, en secret.

Elle n'aurait su dire pourquoi, elle ne pensait plus à se couvrir. Seuls le Dr Graves, sa mère et Félicité avaient déjà vu ses cicatrices. Le fait que Lovingdon n'ait pas de mouvement de répulsion lui donna de l'espoir. Un autre homme aurait peut-être la même réaction en la voyant.

Il se laissa tomber assis, face à elle.

— Je suis tellement désolé, Grace.

Il leva une main, la laissa retomber.

— J'ai l'impression que j'aurais dû faire quelque chose.

— Vous le faites maintenant, puisque vous m'aidez à trouver l'amour d'un homme. Si l'un de mes soupirants demande ma main, je devrai le lui dire. Mais je ne sais pas exactement quand, ni comment. Il faut que je sache qu'il m'aime vraiment.

Je dois avoir une totale confiance en lui. Il ne faudrait pas que tout Londres soit mis au courant. C'est une affaire personnelle, intime. Et parfois, je me dis : « A quoi bon ? » Lady Sybil m'a expliqué que Fitzsimmons lui relevait à peine le bord de sa chemise, qu'il ne la déboutonnait jamais. Il ne s'occupe de rien d'autre que de ce qui est entre ses jambes. Donc, mon mari ne saura peut-être jamais rien. S'il ne s'intéresse qu'à la partie inférieure de mon corps...

— S'il vous aime, Grace, il voudra tout connaître de vous.

Le problème avec la franchise de Lovingdon, c'était qu'il lui révélait des choses qu'elle aurait préféré ignorer.

— C'est bien ce que je craignais.

— Vous ne devez pas avoir d'appréhension, car s'il vous aime cela n'aura pas d'importance pour lui.

— Comment est-ce possible ?

— Croyez-moi.

Très doucement, avec la légèreté d'une brise d'été à la surface d'un lac, il écarta les pans de sa chemise.

— Cela vous fait-il mal ?

— Pas beaucoup, répondit-elle. C'est très laid, n'est-ce pas ?

— Mais non.

Il baissa les yeux, puis pencha lentement la tête.

— S'il vous aime, il vous trouvera toujours belle.

Comment aurait-il pu la trouver belle ? Elle n'osa pas prononcer les mots à haute voix, craignant d'avoir l'air de chercher des compliments. Elle n'aimait pas ne pas paraître sûre d'elle. Elle avait toujours su ce qu'elle pensait. C'était les hommes qu'elle ne comprenait pas.

Chaque fois qu'elle croyait les avoir percés à jour, ils la surprenaient.

Lovingdon la surprenait considérablement en ce moment même. Il posa les lèvres sur les cicatrices, et elle percevait sa délicatesse, son respect.

Ses lèvres remontèrent et elle sentit leur chaleur dans son cou. Puis elles furent sur les siennes. L'une de ses mains se posa sur sa nuque et la maintint solidement, tandis qu'il prenait possession de sa bouche. Elle s'offrit sans réserve à son baiser.

Avec un grognement de plaisir, il pénétra profondément en elle. Elle oublia ses cicatrices, ses imperfections, sa peur de le décevoir. Elle n'était plus consciente que de leurs bouches unies, de son étreinte passionnée.

Lovingdon fit courir le bout de sa langue sous son menton, sur sa joue, le lobe de son oreille.

— Petite Rose, chuchota-t-il, ne doutez jamais de votre beauté. Je vais vous montrer à quel point vous êtes belle.

Presque sans effort, il la souleva dans ses bras et l'emporta sur le lit où il la déposa doucement. L'obscurité était plus profonde dans ce coin de la chambre, et l'ombre la protégeait de son regard. Il s'écarta, alla prendre la lampe et la posa sur la table de chevet.

— Je ne vous laisserai pas vous cacher.

— Lady Sybil dit que ces choses-là se font dans le noir.

— Lady Sybil est mariée à un bouffon.

Assis au bord du lit, il laissa ses doigts s'aventurer dans ses cheveux, ôtant les épingles qui n'étaient pas tombées de son chignon lorsqu'elle avait couru vers le cottage. Il démêla les mèches rousses et les étala autour d'elle. Grâce à la veste qu'il avait posée sur sa tête, sa chevelure n'était pas trop mouillée.

Posant les deux mains sur son cou, il les fit descendre sur ses épaules, puis sur ses bras, la débarrassant au passage de sa chemise. Elle fut sur le point de protester, mais quand elle vit son regard grave et intense, elle se ravisa.

Plusieurs sentiments se mêlaient dans ses yeux. La colère, à la pensée de ce qu'elle avait subi. Mais aussi la peine et l'émerveillement. Soudain, ses inquiétudes s'envolèrent. Quand elle s'imaginait révélant ses cicatrices à un homme, elle n'avait jamais pensé voir de l'émerveillement dans son regard.

Lorsqu'elle fut débarrassée de tous ses sous-vêtements, Lovingdon reprit la courtepointe qu'il avait laissée devant la cheminée et sécha avec une infinie douceur les gouttes de pluie qui demeuraient encore sur sa peau.

— Je ne vais pas me briser comme du verre, vous savez, fit-elle remarquer.

— Vous êtes comme du verre soufflé, répondit-il avec un regard de tendresse. Il faut vous admirer pour votre beauté, et vous toucher avec la plus extrême délicatesse. Vous êtes si magnifique. Sauf aux endroits où votre peau est rouge, ajouta-t-il en baissant les yeux sur ses jambes.

— Ce n'est pas juste. Vous pouvez me voir tout entière, alors que je ne vois rien de vous.

— Vous me tentez, Petite Rose. Si j'enlève mes vêtements, vous ne serez plus vierge quand vous repartirez d'ici.

— Je ne tiens pas à le rester, déclara-t-elle en s'asseyant pour lui déboutonner sa chemise. J'en ai envie aussi.

Lorsque le dernier bouton fut dégrafé, il saisit sa chemise à pleines mains et la fit passer par-dessus sa tête, révélant une toison épaisse sur son torse. Ses muscles puissants et bien dessinés laissaient deviner que sa vie de débauche comprenait aussi quelques activités propres à développer sa silhouette.

Il était la perfection même, et il la désirait.

Elle le savait. Elle voyait son sexe tendu sous l'étoffe de son pantalon.

Il se pencha et prit sa bouche avec tendresse, l'explorant lentement, comme s'il ne l'avait encore jamais embrassée, comme si sa forme et son goût étaient nouveaux et qu'il savourait cette découverte.

Ce n'était qu'un baiser, et cependant elle en fut étourdie.

Il la repoussa contre les oreillers, se redressa et défit les boutons de son pantalon. Un, puis deux...

Le regard de Grace remonta vers son visage, croisa son regard ardent. Quand elle baissa de nouveau les yeux, le pantalon était déjà tombé sur le sol.

— C'est incroyable à quel point votre corps réagit quand une femme se trouve dans votre lit...

— Il ne réagit pas ainsi pour toutes les femmes. En fait, c'est assez particulier.

Il s'allongea à côté d'elle et enfouit ses doigts dans ses cheveux. Elle entendit le roulement du tonnerre. Ou peut-être était-ce le sang qui lui battait aux tempes ? La pluie crépitait sur le toit du cottage, donnant l'impression qu'ils étaient à l'abri, dans un cocon.

Elle avait souvent pensé à ce que serait sa première nuit avec un homme, mais elle n'avait jamais imaginé un tel sentiment de plénitude. Lovingdon la contemplait comme si elle était parfaite, qu'elle ne portait aucune cicatrice. Dans ses yeux elle se voyait belle, elle n'était plus tentée de se couvrir, de se cacher.

Il l'embrassa de nouveau et elle éprouva le besoin d'être audacieuse, d'être elle-même. C'est-à-dire quelqu'un qui n'avait jamais reculé devant l'aventure.

Ses mains, ses lèvres, exploraient son corps, et elle fit de même. Sa peau rude était chaude, douce, un peu salée. Elle sentait ses muscles se tendre et onduler sous ses paumes. Il la guida, l'encourageant à le toucher intimement.

Ils étaient comme deux flammes dansant et s'enlaçant, faisant naître la chaleur par leur union et surgir un feu de passion. Grace songea qu'elle risquait fort de se consumer et de se retrouver en cendres…

Puis elle se rendit compte qu'elle émergerait de cette union aussi belle que le verre soufflé, façonné avec délicatesse, avec précision, avec amour. Car il était évident que seul un homme qui l'aimait accorderait autant d'attention à toute sa personne. Il n'oublia dans ses caresses et dans ses baisers aucune partie de son corps.

Il prit dans ses lèvres un mamelon, le taquina longuement, faisant surgir un plaisir indicible. Et tandis que du bout de la langue il caressait la petite perle rose, elle enfouit les doigts dans ses cheveux pour le maintenir contre elle.

Puis il reporta ses baisers sur son sein marqué de cicatrices, provoquant les mêmes sensations enivrantes.

De délicieux frissons se répandirent dans tout son corps, dans ses hanches, ses cuisses, alors qu'il la caressait.

Elle sentait le plaisir embraser tout son être. Lovingdon se hissa au-dessus d'elle, s'allongea entre ses jambes. Elle sentit son sexe dressé se presser contre sa féminité. Son torse était moite, sa respiration haletante, son cœur battait à tout rompre. Sans la quitter des yeux, il pénétra lentement en elle.

— Dis-moi si je te fais mal, ordonna-t-il.

Comme si elle avait été capable de briser le charme de ce moment magique par des plaintes et des gémissements ! Elle qui avait enduré de vraies souffrances.

Il continua lentement, avec détermination, de s'insinuer au plus secret d'elle-même.

— Tu es brûlante, murmura-t-il.

Comme du feu. Ils étaient le feu, faisant naître ensemble quelque chose de merveilleux.

Enfin, elle l'entendit pousser un soupir de satisfaction, et le fourreau étroit de sa féminité se referma sur lui. Oui, ce qui les unissait était bien de l'amour. Leurs corps ne formaient plus qu'un, se fondaient l'un dans l'autre.

Il sortit légèrement, revint doucement en elle. Ses mouvements rapides se succédèrent, ralentirent, reprirent à un rythme régulier. Pendant tout ce temps, il ne cessa de la caresser, de l'embrasser, de lui chuchoter qu'elle était belle, qu'elle était parfaite et séduisante.

Séduisante. C'était le mot qu'elle préférait, car cela signifiait qu'il la désirait, qu'il voulait être une partie d'elle-même. Le rythme de ses mouvements accéléra, il pénétrait de plus en plus profondément dans sa chair ardente.

Enfonçant les ongles dans ses épaules, elle les fit glisser le long de son dos et sur ses reins. Etroitement unis, ils bougeaient au même rythme.

Les soupirs de Grace se transformèrent en cris, au fur et à mesure que le plaisir s'intensifiait. Puis les sensations explosèrent, la transpercèrent. Elle reprit lentement ses esprits, haletante, abasourdie, et totalement comblée.

Lovingdon poussa un grognement, se retira de son corps, et répandit sa semence sur ses jambes. Le souffle court, il pencha la tête. Elle passa amoureusement les doigts dans ses boucles humides.

Elle aurait voulu ne jamais cesser de le toucher. Ne jamais quitter ce lit.

Allongé sur le côté, Lovingdon fit glisser son doigt tout autour de son sein. Il avait cru avoir toujours été là pour elle, mais il s'était trompé. Au moment où elle avait eu le plus besoin de soutien, lors de sa maladie, il était enfermé dans son chagrin, dévasté, persuadé que personne en ce monde ne souffrait autant que lui.

Pendant deux ans, il avait cru qu'il était seul à pleurer. Il s'était drapé dans le linceul de sa douleur. A présent il sortait de ce cocon étroit. Il n'était pas vraiment changé, mais sans doute était-il plus fort qu'autrefois. Bien sûr, il n'aurait jamais accepté d'échanger Juliette et Margaret contre cette force nouvelle. S'il avait eu son mot à dire, il ne les aurait jamais laissées partir. Mais parfois, la vie en décidait autrement.

Si Grace ne trouvait jamais un homme qui l'aime et l'apprécie vraiment, au moins il lui aurait fait découvrir l'amour physique, sous sa forme la plus raffinée. Ses deux années de débauche lui avaient beaucoup appris dans ce domaine, et il avait voulu lui faire partager ses connaissances. Du moins, c'est ce qu'il se disait. En réalité, ce qui venait de se passer entre eux n'était aucunement dû à ses réflexions.

— Je pense que Fitzsimmons ne s'y prend pas comme il faut, déclara-t-elle posément.

Lovingdon plongea son regard dans le sien.

— Quand tu es au lit avec un homme, il est très mal élevé de prononcer le nom d'un autre.

Elle eut ce petit sourire espiègle qui avait le don de le rendre fou.

— Je n'ai pas l'intention d'explorer le lit de plusieurs hommes. Celui de mon mari me suffira. Seulement, je pense que si Sybil avait connu quelque chose qui ressemblait à ce que nous venons de vivre ensemble, elle me l'aurait dit.

— Tous les hommes n'aiment pas autant la femme qui est dans leur lit.

— Tu m'aimes ?

— Oui, je t'aime beaucoup. Oui.

Elle l'observa, comme s'il n'avait pas prononcé exactement les mots qu'il fallait. Il espéra que les paroles qui allaient suivre suffiraient à la rassurer.

— L'orage est terminé. Le jour va bientôt se lever. Nous devrions retourner au manoir. Je veux me laver et m'habiller convenablement, avant d'aller demander ta main à ton père.

Elle battit des paupières, ouvrit la bouche, la referma, et fronça les sourcils.

— Je te demande pardon ?

— Je t'ai compromise, Grace. Tu ne penses tout de même pas que je vais fuir mes responsabilités ?

Grace s'écarta vivement, s'assit et agrippa la courtepointe, sous laquelle elle se blottit.

— Ta responsabilité ?

— Oui.

— M'aimes-tu ?

— D'une certaine façon, oui.

Ses yeux bleus étincelèrent de fureur.

— D'une certaine façon ? Sois plus précis, je te prie.

— Tu sais très bien ce que je veux dire. Nous en avons déjà discuté. Je me suis fixé des limites concernant les sentiments que je m'autorise à éprouver. Surtout par rapport à...

Il baissa les yeux, et son regard se fixa sur la poitrine de la jeune femme.

— Que signifie ce regard ?

Il n'avait pas envie de s'aventurer sur ce terrain. Non, vraiment pas.

— Tu ne peux pas être sûre que la maladie ne reviendra pas. Si c'est le cas, rien ne te garantit que tu survivras.

Il se leva, en proie à une telle rage qu'il lui fallut quelques secondes pour parvenir à se maîtriser. La pensée qu'elle risquait de mourir…

Oui, il l'aimait. Sa disparition serait douloureuse, mais il ne lui permettrait pas de posséder son cœur et son âme. Si la maladie s'abattait de nouveau sur elle, il ne pourrait pas la sauver. Tout comme il n'avait pas pu sauver Juliette et Margaret. Perdre Grace dans de telles circonstances l'enverrait directement à Bedlam, chez les fous.

Il se tourna pour la regarder.

— Tu seras heureuse. Et cela, entre nous…

Il fit un geste de la main, désignant le lit, avant de reprendre :

— C'est très bien. Nous pouvons nous entendre, sans nécessairement tomber amoureux.

Elle le fixa avec stupeur et secoua vigoureusement la tête.

— Je ne pourrai pas m'entendre avec toi sans être amoureuse. Non, je ne pourrai pas. Je mérite d'avoir un homme qui m'aime et qui n'a pas envie de me voir mourir.

— Je ne veux pas que tu meures. Je t'aimerai. Mais je ne…

— Tu auras autant de chagrin que quand tu as perdu Juliette ?

— Je ne veux pas revivre un tel chagrin. Non.

— Alors, tu peux aller au diable, Lovingdon.

Elle se leva, drapant majestueusement la courtepointe sur son corps nu. Puis elle le toisa avec hauteur, en levant le menton, telle une reine terriblement déçue par l'un de ses sujets.

— Habille-toi et sors d'ici. Quand je serai prête, je rentrerai seule au manoir.

— Je ne te permettrai pas de rôder dans ces bois sans protection.

— Seigneur, Lovingdon ! Je me suis promenée toute ma vie sur ces terres sans personne pour me protéger. Je ne veux pas te savoir derrière moi. Et ne t'avise pas d'aller demander ma main à mon père. Je ne t'épouserai pas.

— Tu n'auras pas le choix, quand je lui aurai dit ce qui s'est passé cette nuit entre nous.

— Tu ne lui diras rien.

Elle lui tourna le dos, l'air offensé.

Son premier élan fut d'aller vers elle pour la réconforter. Mais elle avait raison. Elle méritait un homme prêt à lui offrir son cœur. Ce n'était pas lui. Il savait depuis le début qu'il n'était pas cet homme. Cela ne l'empêchait pas de l'admirer, de la désirer. Mais il ne l'obligerait pas à l'épouser.

Sans un mot, il ramassa ses vêtements et s'habilla à la hâte, sans même prendre la peine de boutonner sa chemise. Son gilet serré dans son poing, il se dirigea vers la porte.

— Je t'ai laissé ma veste, ajouta-t-il. Elle te protégera du froid et de l'humidité du petit matin.

— C'était toi, celui dont je suis tombée amoureuse autrefois, avoua-t-elle à mi-voix, alors qu'il posait la main sur la poignée de la porte. C'est toi qui m'as brisé le cœur, alors que je sortais à peine de l'enfance. Et maintenant, tu viens de le briser une seconde fois.

Ces simples mots, prononcés sans colère, lui firent l'effet d'un coup de poignard.

Combien de temps resta-t-elle assise dans le cottage ? Elle n'aurait su le dire.

Lovingdon était sorti en claquant la porte, et sans jeter un seul regard en arrière. Pourquoi lui avait-elle fait cet aveu ?

Eh bien, elle n'allait tout de même pas rester là jusqu'à l'aube, à s'apitoyer sur elle-même. Elle pouvait essayer de dessiner. Par exemple, continuer son histoire en images du petit lapin qui avait perdu une oreille et qui craignait qu'aucun autre lapin ne l'aime parce que sa vilaine cicatrice le rendait différent. Elle se disait que cela ferait une jolie histoire pour enfants et qu'elle pourrait la faire publier. Mais pour l'instant, ce pauvre lapin lui semblait complètement dénué d'intérêt.

Elle avait trop mal pour s'intéresser à quoi que ce soit.

Pourquoi avait-elle cru que Lovingdon lui offrirait son cœur ? Qu'il penserait un instant pouvoir concevoir pour elle le même amour que pour Juliette ?

Mais au moins, pendant ces quelques heures avec lui, elle s'était sentie belle de nouveau.

Quelque part dans le monde, il devait sûrement exister un homme qui l'aimerait, l'apprécierait, la trouverait belle. Cependant, son père avait vu juste. Elle n'avait pas trouvé l'amour là où elle le cherchait.

La solution était peut-être de ne plus chercher du tout.

Un souvenir d'enfance lui revint en mémoire. Elle revit les papillons qu'elle chassait petite fille avec son filet. Elle n'en avait jamais attrapé un seul. Un jour, désespérée, elle avait couru jusqu'à l'épuisement derrière l'un d'eux, puis s'était écroulée hors d'haleine dans l'herbe haute, trop épuisée pour faire un pas de plus. Alors, elle avait soudain senti une caresse d'une légèreté aérienne sur le dos de sa main. Soulevant les paupières, elle avait vu les ailes noires et orangées s'ouvrant et se refermant délicatement. Un papillon se reposait à côté de son doigt. Elle aurait pu le capturer sans difficulté. Mais elle l'avait laissé partir.

Il fallait faire la même chose avec Lovingdon. Celui-ci avait eu son grand amour, bref mais intense. Il désirait vivre avec ce souvenir pour le restant de ses jours. Tout comme elle avait précieusement gardé le souvenir de ce papillon. Certaines expériences ne devaient pas être répétées.

Comment avait-elle pu ne pas comprendre une telle évidence ? Quelle idiote. La prochaine fois qu'elle croiserait le chemin de Lovingdon, elle le lui dirait. Elle avait son estime, son amitié. C'était bien suffisant. Que pouvait-elle demander de plus ?

Avec un soupir, elle sortit du cottage. La lune se cachait derrière de gros nuages noirs et il s'était remis à pleuvoir. Elle aurait dû attendre que la pluie cesse, mais elle avait envie de rentrer. De plus, elle connaissait le chemin par cœur.

A peine eut-elle fait deux pas qu'une étoffe fine fut plaquée sur sa bouche. Grace tressaillit, voulut crier, et reconnut un parfum douceâtre et familier, associé dans son esprit à la peur, à la souffrance. Le Dr Graves avait utilisé ce produit quand il l'avait préparée pour son opération.

Elle eut un sursaut, tenta de se débattre, mais la drogue faisait déjà son effet. Ses membres s'alourdirent et retombèrent. Ses genoux ployèrent. Quelqu'un la souleva.

Puis elle perdit conscience.

15

Campé devant l'une des fenêtres de la bibliothèque, Lovingdon regardait tomber la pluie. Pas d'activités en plein air aujourd'hui. A moins qu'ils ne construisent une arche pour échapper au déluge.

— Vous vouliez me parler, lui rappela Greystone.

En effet. Quand Lovingdon était entré dans la salle du petit déjeuner ce matin, les invités étaient nombreux. Pour la première fois, il avait observé attentivement tous les hommes présents. Lequel conviendrait à Grace ? Lequel saurait l'aimer comme elle le méritait ? Lequel la traiterait mieux que lui-même ?

Puis son regard s'était posé sur le père de la jeune femme, et il avait décidé qu'il devait avoir une discussion avec lui. Le duc laissait trop de liberté à sa fille. Savait-il qu'elle fumait le cigare, buvait du rhum, et s'échappait de sa chambre à n'importe quelle heure de la nuit ? Savait-il qu'elle trichait aux cartes ? Il y avait un millier de choses concernant Grace dont il voulait parler avec Greystone.

Il se tourna vers le duc, confortablement calé dans son fauteuil.

— Je souhaitais vous demander la main de votre fille.

Les mots franchirent ses lèvres, et il en fut aussi étonné que Greystone. Il n'aimait pas Grace. Il refusait de l'aimer comme un homme aime la femme qui va partager toute sa vie. Mais il savait qu'il la rendrait heureuse. Et, ce qui était impardonnable, il l'avait compromise.

Il parviendrait à la convaincre, d'une manière ou d'une autre, qu'elle avait tout intérêt à l'épouser. Il réparerait le mal qu'il avait fait en lui brisant le cœur.

Greystone tapota l'accoudoir de son fauteuil.

— Je ne savais même pas que vous faisiez partie de la liste de ses soupirants.

— Je pense qu'il y a beaucoup de choses que vous ignorez au sujet de votre fille.

— Pas autant que vous le croyez. Que lui offrez-vous ?

Lovingdon fut décontenancé. Il ne s'attendait pas à cette question.

— Vous me connaissez, vous connaissez bien ma famille. Vous savez ce que je lui offre. Une lignée noble, un titre, une fortune, des domaines... Sa dot n'entre pas en considération.

— Qu'est-ce qui compte à vos yeux ?

— Bon sang, je ne m'attendais pas à subir l'inquisition.

— C'est ce que je vois, dit Greystone en se levant.

— Elle sera heureuse. Je vous en fais la promesse.

— Vous me plaisez, Lovingdon. Je vous ai toujours bien aimé. Mais dans le cas présent, je ne peux vous donner ma bénédiction.

— Diable ! Et pourquoi pas ?

— Je pense que vous connaissez la réponse.

Ses yeux exprimèrent très clairement ce qu'il ne prononça pas à haute voix.

Vous ne l'aimez pas, vous ne l'aimerez jamais comme vous avez aimé Juliette.

Lovingdon ne s'était pas attendu à essuyer un refus. Il aurait pu discuter, insister, mais il comprit que c'était inutile.

— Je vous souhaite donc une bonne journée.

Il sortit, en se drapant autant que possible dans sa dignité. Il n'aurait pas dû être contrarié que sa demande soit rejetée. En fait, c'était beaucoup mieux comme cela. Il pourrait se laver les mains de toute cette affaire, sans éprouver de culpabilité. Il ne voulait pas d'une épouse, surtout si elle était malade et susceptible de quitter cette terre avant lui. Pas question de revivre une telle épreuve.

En fait, il n'avait présenté cette demande en mariage que parce qu'il s'y sentait obligé.

Une raison bien lamentable, en vérité. Il n'en respectait que davantage Greystone d'avoir deviné ses motivations.

Il devait rentrer à Londres dès aujourd'hui. Mais avant de partir, il fallait qu'il ait un entretien avec Grace. Non seulement il avait échoué dans la mission qu'elle lui avait confiée, mais de plus il avait réussi à gâcher leur amitié.

Diable !

Il avait été invité au manoir assez souvent dans son enfance pour en connaître tous les dédales. Aussi n'eut-il aucune difficulté à retrouver la chambre de la jeune femme. S'arrêtant devant sa porte, il prit quelques secondes pour formuler ce qu'il avait à lui annoncer. Inutile de la faire souffrir encore davantage. Mais il ne pouvait pas non plus feindre que tout allait bien. Contrairement à elle, il n'avait aucun talent de comédien.

Il envisagea un instant d'entrer carrément dans la chambre. Après tout, il l'avait vue entièrement nue cette nuit. Mais il ne pouvait faire irruption dans son intimité, il fallait respecter les règles de bienséance. Ce n'était pas parce qu'elle avait frémi de plaisir entre ses bras qu'elle serait de nouveau frémissante en le voyant entrer sans se faire annoncer.

De fait, il craignait plutôt qu'elle ne lui lance quelque objet à la tête.

Il frappa légèrement contre le battant. Et attendit.

Son regard balaya le corridor. Ce n'était pas le moment de se faire surprendre. Si le duc refusait de lui donner sa bénédiction, Lovingdon ne voulait pas ruiner la réputation de Grace. Il frappa de nouveau. Puis colla son oreille à la porte.

Aucun bruit ne lui parvint. Elle dormait.

Il aurait pu revenir plus tard. Mais cela l'obligeait à prolonger son séjour au manoir, au moins jusqu'à l'après-midi. Or, il préférait prendre congé le plus rapidement possible. Il fit tourner la poignée et poussa le battant qui s'ouvrit avec un grincement sonore. Lovingdon se crispa.

Les domestiques ne pensaient donc jamais à huiler les charnières ?

Il pénétra dans la chambre. Le lit n'était pas défait. Apparemment, Grace était déjà levée. Il aurait dû aller jeter un coup d'œil dans la salle à manger avant de monter. Il pouvait l'attendre ici, mais elle risquait de ne pas revenir avant un long moment. L'un de ses soupirants allait sûrement lui mettre le grappin dessus et lui raconter des histoires interminables dans le salon.

Rebroussant chemin, il sortit dans le corridor et se retrouva nez à nez avec la femme de chambre. Redressant les épaules, il la toisa comme s'il était parfaitement normal qu'il se trouve dans la chambre de sa maîtresse.

— Je cherche lady Grace. Sauriez-vous où je peux la trouver ?

— Non, Votre Grâce. Elle n'est pas remontée dans sa chambre la nuit dernière. J'ai donc pensé qu'elle se trouvait au petit cottage, bien qu'elle ne s'y rende jamais lorsqu'il y a des invités au manoir. Quand j'ai vu la porte entrouverte, j'ai cru qu'elle était enfin rentrée, mais c'était vous. Je pense que je vais devoir avertir monsieur le duc de cette absence.

— Non, c'est inutile. Je sais où elle se trouve.

De toute évidence, elle était restée à bouder dans le cottage. Bien que cela ne soit guère son genre. Peut-être avait-elle simplement eu besoin de passer un peu de temps seule.

Lovingdon alla prendre son manteau et son chapeau dans sa chambre, puis sortit sous la pluie pour aller retrouver Grace. Qu'allait-il lui dire ? Aussi loin qu'il se souvienne, il n'avait jamais eu de mal à exprimer le fond de sa pensée quand il était avec elle. Même la nuit dernière, quand il avait vu ses cicatrices et qu'il avait appris ce qu'elle avait enduré, il avait su d'instinct comment la réconforter. Il n'avait même pas hésité, les mots lui étaient venus naturellement à l'esprit.

Pour la première fois depuis deux ans, il avait parlé

spontanément, sans réfléchir, exprimant simplement ce qu'elle avait besoin d'entendre.

Après cette maladie, la jeune fille entêtée, courageuse, adorable, qu'il avait connue, s'était muée en une femme remarquable. Elle aurait pu décider de se cloîtrer chez elle, de se cacher. De rester derrière sa fenêtre à contempler le ciel en suppliant Dieu de lui accorder une vie différente. Mais non. Elle avait continué d'aller au bal et d'apparaître dans les soirées mondaines. Elle dansait, elle riait. Elle vivait. Dieu soit loué. Elle vivait.

Alors que lui s'était isolé. Ce n'était pas évident, bien sûr. Mais il s'était retiré du monde... jusqu'au moment où Grace l'avait ramené dans le sien.

Il passa devant le belvédère, où tout avait basculé la veille. Si seulement il ne l'avait pas suivie...

Si seulement elle lui avait parlé plus tôt.

Il pleuvait à torrent, mais il en avait à peine conscience. Le cottage apparut devant lui au détour du chemin. Il ne savait toujours pas ce qu'il allait dire à Grace. Mais il savait que dès qu'il aurait posé les yeux sur elle, les mots justes lui viendraient naturellement.

Arrivé devant la porte, il fut sur le point de frapper, mais finalement entra sans s'annoncer.

Il n'y avait personne.

Un malaise s'empara de lui et un picotement d'appréhension lui parcourut la nuque. Si elle n'était pas au manoir et qu'elle n'était pas non plus ici, où diable se trouvait-elle donc ?

Il revint en courant à la porte et jeta rapidement un coup d'œil autour de la maisonnette. Il était possible qu'elle ait emprunté un chemin différent pour rentrer et qu'ils se soient croisés sans le savoir, comme deux navires dans la nuit. C'était la seule explication. Elle avait dû arriver à présent, et elle prenait un bain ou bien s'était couchée pour dormir. Ou encore, elle prenait le petit déjeuner avec les autres.

Refermant la porte derrière lui, il se remit en route.

Et se figea.

Quelque chose avait attiré son regard dans la boue du chemin détrempé par la pluie. Il s'approcha et vit que c'était un morceau de tissu. Un ruban de sa chemise ? Non, non, c'était trop grand.

Il se pencha, ramassa le chiffon et fut assailli par une odeur douceâtre qui provoqua un léger étourdissement. Du chloroforme ?

Par tous les diables !

Grace flottait quelque part à la limite de la conscience, dans un pays où les rêves se transformaient en paysages cotonneux, avant de s'effilocher peu à peu dans un brouillard blanchâtre. La pluie crépitait sur un toit. Sa joue reposait contre une surface de cuir froid, et son corps était soumis à un balancement incessant qui lui donnait la nausée. Sa tête était lourde. Tout son corps était lourd, comme après son opération. Elle avait l'impression que sa bouche était remplie de coton et elle éprouvait une douleur dans la gorge chaque fois qu'elle essayait de déglutir.

— Voulez-vous de l'eau ?

Elle souleva les paupières et vit qu'elle se trouvait dans une voiture. Un homme était assis face à elle.

— Vexley ? articula-t-elle d'une voix rocailleuse.

— Tenez.

Il lui tendit une flasque en argent.

Grace se redressa sur la banquette de cuir et fut aussitôt en proie à un vertige. Figée, elle attendit que le malaise se dissipe. Puis elle darda sur Vexley un regard noir.

— Que se passe-t-il ?

— Nous allons nous marier.

— Pardon ? fit-elle, sidérée.

— J'ai obtenu une licence spéciale, répondit-il en tapotant la poche de sa veste. Nous serons arrivés chez moi à la tombée de la nuit. Quand nous aurons atteint le village, nous ferons une courte halte à l'église. Le prêtre me doit une faveur. Nous échangerons nos vœux, puis nous irons passer notre nuit de noces dans mon manoir. Demain dans la matinée, nous retournerons au château de votre père pour lui annoncer que vous êtes devenue comtesse de Vexley.

Grace se sentit soudain très mal. Terriblement mal. Elle jeta un coup d'œil par la fenêtre du carrosse, mais ne vit que la campagne, la pluie et de gros nuages lourds.

— Vous n'imaginez tout de même pas que je vais prononcer des vœux de mariage et signer le registre...

— Peu importe que vous le fassiez ou non. Comme je vous le disais, le prêtre a une dette envers moi. Il s'arrangera pour que tout paraisse en règle, même si ce n'est pas le cas. Après cette petite escapade, et une nuit passée sous mon toit, votre réputation sera ruinée. Vous n'aurez pas le choix, vous devrez accepter d'être ma femme. Et vous mettrez un terme à vos badinages incessants avec les uns et les autres.

Il était hautain, arrogant. Et très content de lui.

— Ma réputation est déjà ruinée.

Il la regarda, les yeux rétrécis. Comment ne s'était-elle jamais rendu compte qu'il avait d'affreux petits yeux noirs, comme des boutons de bottines ?

— Qui est-ce ?

Elle soutint son regard sans ciller. Jamais elle n'aurait honte de ce qui s'était passé entre Lovingdon et elle.

— Peu importe. C'est fait. C'est très récent d'ailleurs. Si je devais porter un enfant rapidement, vous ne sauriez jamais si c'est le sien ou le vôtre.

— Lovingdon. Sinon, pourquoi se serait-il trouvé avec vous dans ce cottage ? Mais cela m'importe peu. Il me faut votre dot. J'en ai désespérément besoin. D'autre part, les terres qui vous reviennent sont voisines de mes domaines. Je tiens absolument à les avoir.

— Vous devez être fou pour croire que mon père va accorder

ma dot à un homme qui m'a obligée à me marier sous la contrainte, en compromettant ma réputation.

Vexley eut un horrible sourire carnassier, qui dévoila ses dents.

— Il vous aime trop pour vous priver de votre dot. Je suis certain que nous parviendrons à nous entendre.

Oh ! elle en doutait fort, mais il était inutile de discuter. Si ce mariage avait vraiment lieu, elle serait veuve avant la fin de la semaine. Son père, Drake, et peut-être Lovingdon, en feraient leur affaire. Tous trois connaissaient trop bien le côté sombre des choses pour tolérer une telle mascarade.

La voiture s'arrêta brusquement dans un soubresaut, leur faisant perdre l'équilibre à tous les deux. Grace parvint à se redresser la première, ouvrit la portière et bascula à l'extérieur dans un énorme bourbier. Elle se releva, mais la boue gluante qui s'accrochait à ses jupes, à ses jambes et à ses bras l'entraînait vers le sol. Sans cela, elle aurait pu se mettre à courir, distancer Vexley et grimper dans un arbre. Là il n'aurait pu venir la chercher. Mais au lieu de cela elle avançait pesamment, avec une lenteur désespérante, tombant et se relevant péniblement presque à chaque pas.

Une main s'abattit sur son bras avec fermeté. Elle pivota sur elle-même et se trouva face à face avec Vexley. Ou plutôt, non.

Avec un pistolet.

Elle se figea. L'air lui manqua.

— Je suis très sérieux, lady Grace. Ne m'obligez pas à vous faire du mal.

Soudain, une évidence se fit jour dans son esprit. S'il la tuait, elle ne serait pas sa femme.

— Si vous me tuez, vous n'obtiendrez pas ce que vous convoitez.

— Je n'ai pas l'intention de vous tuer. Seulement de vous ralentir. Il m'importe peu d'épouser une femme qui boitera jusqu'à la fin de ses jours.

Lui agrippant fermement le bras, il la ramena vers la voiture.

Le cocher et le valet s'efforçaient de dégager le véhicule coincé dans une ornière.

Trempée par la pluie, elle lutta contre le désespoir qui l'envahissait. Quelqu'un allait sûrement remarquer son absence. Mais ne serait-il pas trop tard ?

Et au nom du ciel, comment feraient-ils pour la retrouver ?

Vite. Il fallait faire vite.

Drake et Lovingdon poussèrent leur monture au triple galop. La boue les ralentissait parfois, mais ils étaient déterminés. Ils allaient rattraper Vexley.

Lovingdon était retourné au manoir où il avait fait part à Greystone de ses soupçons. Vraisemblablement, Grace avait été enlevée. Ils avaient alors fait discrètement, et très rapidement, le compte des hommes présents au château. Vexley ne se trouvait nulle part. Son carrosse et son cocher s'étaient volatilisés.

Alors, Drake et Lovingdon s'étaient lancés à ses trousses. Ils auraient pu demander aux autres invités de se joindre à eux, mais ils jugèrent qu'il valait mieux ne pas ébruiter l'affaire, afin de limiter les dégâts pour la réputation de Grace.

Ils eurent de la chance. Malgré la pluie qui avait détrempé les routes, ils trouvèrent les traces d'une voiture qui venait de quitter le domaine. Les empreintes des roues dans la boue indiquaient une direction à laquelle ils s'attendaient. Le domaine ancestral de Vexley. Combien d'heures d'avance celui-ci avait-il sur eux ? Depuis quand Grace était-elle sa captive ? Que lui avait-il fait pendant ce laps de temps ?

La pluie représentait à la fois un avantage et un inconvénient. Certes, elle ralentissait Vexley, mais elle ne jouait pas non plus en leur faveur. Toutefois ils avaient l'avantage, songea Lovingdon pour se rassurer. Son cheval était agile, il pouvait sauter par-dessus les marécages qui s'étaient formés sur les routes inondées et poursuivre son chemin sur les talus, tandis que le cocher n'aurait d'autre choix que d'avancer à l'allure d'une tortue. La pluie finirait bien par s'arrêter, et alors Lovingdon pourrait avancer encore plus vite. Mais arriverait-il à temps ?

Pas besoin d'avoir beaucoup d'imagination pour comprendre le plan de Vexley. Il voulait compromettre la réputation de Grace, et ainsi l'obliger à devenir sa comtesse. Comtesse... quand elle méritait d'être duchesse !

Le cœur de Lovingdon se mit à battre avec force, au rythme des sabots de son cheval frappant le sol. Parfois les battements s'accéléraient, parfois ils ralentissaient. De toute façon, il ne permettrait pas à Vexley de posséder Grace. Pas à long terme. Si cet individu la forçait à coucher avec lui, il le castrerait avant de le tuer. C'était ce qu'il ferait, de toute manière, dans tous les cas.

Il ne lui restait plus qu'à lui mettre la main dessus.

Ils continuèrent leur route, sous la pluie, alors que la nuit commençait à tomber, ne s'arrêtant que de temps à autre pour laisser leurs chevaux se reposer quand cela devenait absolument nécessaire. Et même alors, ils continuaient d'avancer à pied, en tenant les chevaux à la longe.

Il fallait avancer. Encore. Et encore.

Seigneur. Deux ans auparavant il avait cessé de bouger. De vivre...

Puis Grace était arrivée, avec ses plans, ses combines, ses tours de passe-passe, ses tricheries aux cartes. Et elle l'avait obligé à bouger de nouveau, lentement, à contrecœur. Il était rouillé, il avait besoin de se remettre en mouvement, d'assouplir ses articulations. Et elle l'avait poussé à se remettre debout, à réactiver ses muscles. Elle lui avait donné une raison de se lever le matin, et grâce à elle il ne craignait plus de voir le jour se lever.

Ils approchaient de Vexley Hall. Il distingua de la lumière, au loin. Sans doute le village qui s'étendait devant le domaine. De l'autre côté...

Il perçut le hennissement aigu d'un cheval et entendit

Drake jurer copieusement. La monture et son cavalier avaient fait une chute dans la boue. Que faire ? Il fallait qu'il continue d'avancer, mais Grace ne lui pardonnerait jamais s'il laissait Drake, blessé, sur le bord de la route. Il tira sur les rênes de Beau et retourna vers son compagnon.

Le cheval s'était relevé. Agenouillé à côté de lui, Drake examinait l'une de ses pattes antérieures. Il jeta un coup d'œil à Lovingdon quand celui-ci parvint à sa hauteur.

— Elle boite. Continue, je te rattraperai.

Lovingdon hésita.

— Je ne peux pas l'abandonner ici, reprit Drake. Je vais l'amener à pied jusqu'au village. Je trouverai un cheval frais à l'auberge.

— Tu es sûr que ça va aller ?

— Je me sentirai mieux quand nous aurons retrouvé Grace. Pars vite.

Lovingdon fit faire demi-tour à son cheval et le lança au galop. Il savait que cette course dans l'obscurité, avec la boue et la pluie, était dangereuse. Mais il approchait du but. Pas un seul instant il n'avait pensé qu'il ne retrouverait pas Grace. Mais il fallait qu'il fasse vite, avant que Vexley ait eu le temps de poser la main sur elle.

Il atteignit le village mais ne prit pas la peine de s'arrêter pour demander si quelqu'un avait vu passer la voiture de Vexley. A cette heure, la plupart des gens étaient chez eux. Il entendit des fêtards en passant devant une taverne. Seigneur, un verre de vin lui aurait fait du bien. Quand il aurait retrouvé Grace, ils prendraient tous un verre au manoir.

Il avait presque traversé le village quand il repéra la voiture. Elle ne portait pas d'armoiries, mais elle était trop luxueuse pour appartenir à un villageois. Il aurait parié n'importe quoi que c'était le carrosse d'un aristocrate. Le véhicule était arrêté devant une allée, qui menait à une petite église.

— Les mariages ont généralement lieu le matin, mais jamais avant l'aube, dit Grace.

Elle n'avait aucune idée de l'heure, mais minuit était passé depuis longtemps. Il avait fallu plus d'une heure au cocher et au valet pour dégager le carrosse embourbé et le remettre sur la route. Puis ils s'étaient retrouvés bloqués encore trois fois, avant que le cocher ne se décide à rouler plus lentement.

Elle avait froid, la boue humide avait séché sur ses vêtements et elle était trempée jusqu'aux os. Vexley ne lui avait pas proposé son manteau pour la réchauffer. Il lui avait seulement offert de l'eau à boire, et quelques morceaux de fromage.

Il ne récitait plus de poésie, comme lors du pique-nique. Il ne lui parlait plus de son cœur solitaire. D'ailleurs, après cette mésaventure, elle n'était plus du tout sûre qu'il en ait un.

Sans doute aurait-elle dû être terrifiée. Mais elle se sentait plus agacée qu'autre chose.

Vexley allait et venait nerveusement devant l'autel. Le bruit de ses talons se répercutait dans la petite église. Quelques minutes auparavant, il avait envoyé son cocher chercher le prêtre.

— Vexley, vous devriez réfléchir encore à la folie de votre plan, dit-elle.

— Ce n'est pas une folie. Voulez-vous que je vous dise combien de mes ancêtres ont enlevé leur épouse ? C'est une tradition dans ma famille.

Il essayait probablement de minimiser la portée de ses actes, mais elle ne voyait aucun humour dans ses paroles. Son père n'en verrait pas non plus.

Pendant un court moment la veille, elle avait pensé que Lovingdon serait son chevalier, mais il campait sur ses positions. Il refusait d'aimer de nouveau.

Il pouvait encore agir comme un homme amoureux, mais son cœur était sec. Elle enviait Juliette d'avoir été autant aimée et de détenir encore le cœur de Lovingdon, par-delà la tombe.

C'était un amour aussi profond que le leur qu'elle recherchait. Et non la triste mascarade que Vexley avait manigancée.

Elle jeta subrepticement un coup d'œil autour d'elle. Il fallait qu'elle trouve un moyen de s'échapper, car il était inutile d'essayer de protester. Si le prêtre avait une dette envers cet homme, il ne condamnerait pas sa conduite. Le problème, c'était le pistolet que Vexley cachait dans la poche de sa veste. Si elle cherchait à s'enfuir, il le sortirait rapidement et n'hésiterait pas à s'en servir. Il lui avait déjà fait une démonstration à leur arrivée à l'église.

Comment avait-elle pu être aveugle au point de le considérer comme un possible prétendant ? Qui aurait pu croire que sous ses manières trop charmantes se cachait un monstre ?

Il n'était pas du tout comme Lovingdon, qui lui ne cherchait pas à jouer constamment de son charme. Il n'hésitait pas à la contredire, s'agaçait de ses réponses. Il ne tentait pas de gagner son cœur avec des compliments. Mais il le faisait avec sa franchise et son honnêteté. C'était un homme bon et noble.

Bien qu'elle ait été rebutée par les raisons qu'il invoquait pour l'épouser, elle admirait sa volonté de trouver un arrangement afin de racheter le fait de l'avoir compromise. Alors qu'il ne gagnait rien à une union avec elle. Si seulement elle avait pu se contenter d'un mariage raisonnable et renoncer à chercher l'amour à tout prix !

Si elle ne l'avait pas chassé du cottage, elle ne serait sans doute pas ici en ce moment.

Mais il était probable aussi que Vexley s'en serait pris à lui. Elle avait cessé depuis longtemps de revenir en arrière en se demandant si…

Elle entendit des pas dans la sacristie, et son cœur se mit à battre plus fort. Le prêtre.

Vexley lui agrippa le bras et l'obligea à se lever.

— Faites ce que l'on vous dit, et tout ira très vite.

— Je ne vois pas comment l'énoncer plus clairement, mais

je vous répète que je n'ai absolument pas l'intention de vous épouser.

— Vous le ferez, même si je dois vous battre pour vous y obliger. Essayez de faire un scandale et vous vous retrouverez avec un œil au beurre noir.

Il fallait donc qu'elle le prenne par surprise. Baissant les yeux, elle s'efforça de paraître aussi docile que possible.

— Oui, monsieur.

— Allons, où est donc passé ce maudit prêtre ?

Les pas résonnèrent un peu plus fort, se rapprochant rapidement. Vexley jeta un coup d'œil par-dessus son épaule. Saisissant sa chance, Grace leva le poing et visa son menton.

Mais il la repoussa avant qu'elle n'ait pu l'atteindre. Sa main effleura à peine sa mâchoire, puis elle trébucha et tomba lourdement sur le sol. A ce moment, elle entendit une sorte de rugissement féroce. Une bête sauvage surgie de nulle part bondit sur Vexley et le fit rouler sur le sol.

Ce n'était pas une bête sauvage. C'était Lovingdon.

Elle regarda les deux hommes lutter, assenant des coups de poing, poussant des grognements. Courant vers l'autel, elle saisit un chandelier en or et le soupesa. Il ferait parfaitement l'affaire. Elle pivota sur elle-même et constata que Lovingdon avait le dessus. Assis sur Vexley il le martelait de ses poings.

Un coup de tonnerre retentit.

Le pistolet. Oh ! Seigneur, le pistolet.

Les deux hommes se figèrent. Le chandelier à la main, elle s'approcha prudemment.

— Lovingdon ?

Il se redressa et donna encore deux coups sur le nez de Vexley. Puis il tenta de se lever. C'est alors qu'elle vit le sang sur la chemise de son adversaire. C'était affreux, mais elle n'éprouva aucune compassion pour Vexley. Submergée par le soulagement, elle lâcha le chandelier qui tomba bruyamment au sol.

Courant vers Lovingdon, elle l'entoura de ses bras.

— Tu vas bien, balbutia-t-elle, les yeux emplis de larmes. J'ai eu si peur...

— Je ne l'aurais jamais... laissé... te faire de mal.

— Je n'ai pas eu peur pour moi, idiot. J'ai cru qu'il t'avait blessé.

— Tu es en sécurité maintenant, dit-il en la serrant contre lui.

— Tu m'as sauvée.

— Je ne suis pas un pourfendeur de dragons, Petite Rose. Je ne suis qu'un homme.

Elle sentit un liquide chaud et épais traverser ses vêtements. Le sang de Vexley. Mais pourquoi était-il encore aussi chaud ? Pourquoi y en avait-il autant sur la chemise de Lovingdon ?

Elle s'écarta et vit la tache rouge qui s'élargissait sur ses vêtements.

— Oh ! mon Dieu.

Il sourit doucement, avec tristesse, et lui caressa la joue. Elle vit la douleur dans ses yeux. Puis il tomba à quatre pattes.

— Lovingdon !

Il glissa sur le sol et s'écroula. Grace s'agenouilla, posa la tête de Lovingdon sur ses genoux, et pressa une main contre la blessure d'où le sang s'écoulait.

Puis elle cria de toutes ses forces :

— A l'aide ! Seigneur, venez m'aider !

16

Grace était assise dans un fauteuil près du lit où Lovingdon était allongé, pâle comme un mort. Une nuit et un jour s'étaient écoulés depuis sa confrontation avec Vexley. Après s'être écroulé sur le sol, il était demeuré inconscient. De temps en temps, il marmonnait des mots sans suite. Grace essuyait son front fiévreux, tenait sa main moite dans la sienne. Des gestes qui paraissaient tellement dérisoires.

Dieu soit loué, Drake était arrivé presque aussitôt. Il les avait trouvés dans l'église. Avec l'aide du prêtre et du cocher de Vexley, il avait transporté Lovingdon dans une auberge. Puis il avait fait lever un constable au milieu de la nuit afin d'enfermer Vexley en prison, en attendant de décider de son sort. Ensuite, ayant trouvé un cheval frais, il était reparti chercher le Dr Graves à Mabry Manor.

Drake n'avait pas voulu prendre le risque de transporter Lovingdon en voiture, sur des routes creusées d'ornières et noyées sous la boue. Il n'avait pas non plus fait confiance au médecin du village, qui était selon toute vraisemblance un autre homme aux ordres de Vexley. Après être resté assez longtemps pour veiller à ce que l'hémorragie soit contenue, il avait laissé Grace au chevet de Lovingdon. Celle-ci avait prononcé le nom de son père pour donner plus de poids à ses paroles, et ceux qui connaissaient le duc de Greystone lui avaient prêté main-forte sans hésiter. De toute façon, elle n'aurait pas toléré de ne pas être obéie.

Lovingdon avait déjà perdu beaucoup de sang quand Graves était arrivé avec sa mallette de médecin. Il avait tenté de faire de son mieux vu la gravité de la blessure, mais à en juger par l'expression du médecin, ce dernier ne gardait pas grand espoir de voir Lovingdon revenir dans le monde des vivants. Du moins pas aussi fort et audacieux qu'il ne l'était avant que la balle ne l'ait touché.

La famille de Grace et celle de Lovingdon avaient investi l'auberge du village, qui était désormais aussi silencieuse et sombre qu'une église. Des gens lui avaient proposé de la relayer au chevet du blessé, mais elle ne voulait pas le laisser seul et risquer de perdre les quelques minutes qu'il leur restait à vivre ensemble.

Elle voulait entendre sa voix au moins encore une fois et voir son sourire. Croiser son regard et savoir qu'il la reconnaissait. Elle voulait aussi le remercier de lui avoir prouvé qu'elle était belle, en dépit de ses imperfections.

Comment avait-il résisté au choc, quand Juliette était mourante ? Et quand il avait perdu la précieuse petite Margaret ?

Elle comprenait maintenant pourquoi cette perte l'avait anéanti. Elle avait l'impression que son propre cœur s'était transformé en verre et qu'il allait se briser en mille morceaux d'un instant à l'autre.

Quelque part dans l'auberge, une horloge sonna. Deux heures. Elle était seule avec cet homme qu'elle aimait plus que sa vie. Elle avait envie de le supplier, de le pousser à se battre... mais la douleur à laquelle il était en proie n'était pas seulement physique. Elle le comprenait parfaitement maintenant.

Ses lèvres se pressèrent sur sa main. Cette main qui lui avait apporté du plaisir, du réconfort et de la force.

— J'étais une gamine stupide. Je croyais que l'amour ne comptait que si j'étais aimée en retour. Mais je sais maintenant qu'il suffit d'aimer, et qu'il faut aimer assez pour se soucier davantage du bonheur de l'autre que du sien. Tout ce que je demande pour toi, c'est que tu sois heureux et délivré de tes souffrances. Alors pars, mon amour. Va retrouver Juliette. Je sais qu'elle t'attend. Pars.

Pars. Juliette t'attend.

Lovingdon avait vaguement conscience d'un mantra qui le poussait à lâcher prise. A quitter ce corps de souffrance.

Oui, il avait besoin de tout quitter. Il comprenait cela maintenant qu'il flottait dans le néant. Il était temps. Temps de partir.

Avec une clarté étonnante qui puisait dans ses plus lointains souvenirs, l'image de Juliette se forma dans son esprit. C'était la vision d'elle qu'il préférait, avec ses cheveux blonds répandus sur ses épaules comme des rayons de lumière pâle, ses yeux bleus brillants de malice. Son sourire doux et chaleureux.

Et Margaret. La réplique exacte de sa mère.

Il les aimait tellement, toutes les deux. Mais pour la première fois, le fait de penser à elles ne le faisait pas souffrir. Un kaléidoscope de souvenirs se déversa en lui, et chacun d'eux allégea le poids de sa souffrance. Pourquoi avait-il toujours tenu ces souvenirs heureux à distance ? Pourquoi avait-il cru qu'ils allaient le briser, alors qu'en réalité ils l'aidaient à se reconstruire ? Tous ces moments merveilleux. Il avait envie de les retenir mais ils filaient entre ses doigts comme une brume impalpable.

Ils ne lui tenaient pas la main. Ils ne pressaient pas leurs lèvres chaudes sur ses doigts endoloris. Ils ne versaient pas de larmes brûlantes sur sa peau.

Avec une infinie lenteur, il entrouvrit les yeux. La chambre était plongée dans la pénombre. Mais la lumière qui émanait de la petite lampe enveloppait Grace d'un halo laiteux. Elle était affreuse… et magnifique. Elle avait les yeux fermés, une main posée contre sa joue. Ses cheveux étaient décoiffés et emmêlés. Sa robe avait sans doute été empruntée à une servante. Son dernier souvenir était l'image de Grace dans l'église. Il se rappelait vaguement avoir entendu des voix autour de lui. Celles de Drake, de Graves, puis celle de sa mère.

Et Grace. Grace qui lui parlait toujours.

— Tout va bien, disait-elle en ce moment. Tu peux lâcher prise.

— C'est fait.

Elle ouvrit brusquement les yeux et le regarda comme s'il venait de ressusciter d'entre les morts. Ce qui était peut-être vrai. Seigneur, il avait réellement eu l'impression d'être mort, ces deux dernières années. Jusqu'au moment où cette femme merveilleuse était venue frapper à la porte de sa chambre. Elle lui avait lancé un défi, l'avait irrité, mis en colère. Lui avait montré ce que c'était de vouloir, de désirer, de rêver d'un grand amour qui durerait une vie entière. Elle lui avait montré qu'elle avait du courage, une force qui dépassait de loin la sienne. Elle pensait avoir besoin de quelqu'un qui l'aimait vraiment, car elle se croyait imparfaite. Alors qu'en réalité elle était la perfection même. Il l'avait connue enfant, mais pas vraiment en tant que femme. Jusqu'à ces derniers jours. Aujourd'hui elle le hantait et occupait toutes ses pensées.

— J'ai laissé partir Juliette et Margaret, reprit-il d'une voix étranglée, qu'il eut lui-même de la peine à reconnaître.

Des larmes perlèrent sous les paupières de Grace. Elle n'avait pas relâché sa main, et il déplia les doigts pour lui caresser la joue. Sa peau était soyeuse et humide.

— Grace, Dieu nous vienne en aide. Je t'aime. Je veux t'épouser. J'ai besoin de toi. Je t'épouserai, quoi qu'il advienne.

— Tu délires, répondit-elle en secouant la tête. Tu ne sais pas ce que tu dis.

— Je suis follement amoureux de toi, et je sais très bien ce que je dis.

Il fit glisser ses doigts pour lui prendre la nuque.

— Cependant, je suis trop faible pour m'asseoir. Viens t'allonger près de moi.

Elle lui fit d'abord avaler un peu d'eau, puis elle alla se blottir contre lui, du côté où il n'était pas blessé.

— J'ai cru qu'il t'avait tué, souffla-t-elle doucement, en posant la main sur sa poitrine.

— Je l'ai cru aussi. Puis j'ai pensé que je n'avais pas passé assez de temps avec toi. Je veux que nous vivions de longues années ensemble. Tant d'années que nous n'arriverons pas à les compter.

— Je ne suis pas sûre de pouvoir te le promettre, Lovingdon. Nous ne pouvons pas savoir combien de temps il nous reste à vivre.

Elle pensait à sa maladie, bien sûr. Celle-ci pouvait réapparaître et l'emporter. Cette idée le terrifiait. Mais il n'allait pas se priver de la présence de Grace juste parce que cela risquait d'arriver.

— Quel que soit le temps qui nous reste, Grace, je veux le passer avec toi.

Il entendit un petit sanglot, sentit des larmes brûlantes couler sur sa peau.

— Je croyais que tu voulais un homme qui t'aime, ajouta-t-il pour la taquiner.

Elle se souleva sur un coude et lui caressa la joue.

— Je t'aime. Nous allons être tellement heureux, ensemble. Mais avant tout il faut que tu guérisses. Je vais appeler le Dr Graves pour qu'il t'examine.

— Dans un moment.

Ses paupières s'abaissèrent un peu, et il la serra un peu plus contre lui.

— Pour l'instant dormons ensemble. Et promets-moi que tu ne me quitteras jamais, même quand je serai un très vieil homme.

Il crut l'entendre promettre, mais cela n'avait pas vraiment d'importance. Qu'il leur reste un jour, un mois ou un an à vivre, il serait heureux de le passer avec elle.

Il dormit longtemps. Il n'aurait su dire combien de temps

exactement, mais quand il se réveilla la lumière entrait à flots par la fenêtre. Grace dormait à côté de lui. Son bras était engourdi et il aurait terriblement mal quand elle se relèverait, mais cela passerait, comme toutes les douleurs. Et bientôt, elle serait de nouveau dans ses bras.

Tendrement, il repoussa les mèches qui cachaient en partie son visage. Il voulait se réveiller tous les jours avec Grace dans son lit.

Elle inspira, sourit et ouvrit lentement les yeux. Toujours optimiste, elle souriait avant de savoir ce que la journée lui réservait.

— Bonjour, dit-il, la voix rauque.

— Bonjour.

— Ce n'est pas exactement comme cela que j'imaginais notre premier matin.

— Tu n'as pas encore le droit de t'amuser avec moi. Pas tant que le Dr Graves ne t'a pas examiné.

Elle se redressa, l'embrassa rapidement sur les lèvres, roula sur elle-même pour se lever, et se figea en poussant un petit cri.

— Père !

Lovingdon vit alors Greystone, debout au pied du lit, les bras croisés. Il ne semblait pas du tout ravi de savoir que Lovingdon s'en était sorti. Ou peut-être songeait-il simplement à la mort qu'il infligerait à l'homme qui avait mis sa fille dans son lit sans avoir pris la peine de l'épouser auparavant. Même s'ils avaient passé la nuit en toute innocence, comme frère et sœur.

Lovingdon essaya en vain de s'asseoir, mais retomba faiblement contre les oreillers.

— Je sais que vous avez refusé de me donner votre bénédiction, mais j'ai la ferme intention d'épouser votre fille, avec ou sans votre accord.

Grace tressaillit et se retourna vers lui.

— Tu lui as demandé sa bénédiction ?

— Le lendemain du jour où... nous nous sommes querellés.

— Et vous ne la lui avez pas accordée ? s'exclama-t-elle en s'adressant à son père.

— Je ne l'ai accordée à aucun d'entre eux.

— Aucun ? répéta la jeune femme, médusée.

Greystone contempla le plafond.

— Mmm. Oui. Je crois que vingt-deux ou vingt-trois gentlemen sont venus me demander ta main.

— Ils se sont tous fait éconduire ?

— Tu voulais trouver l'amour, ma chérie, répondit le duc, nullement décontenancé. Je savais qu'un homme qui t'aimait vraiment se moquerait d'avoir ma bénédiction ou non. Apparemment, j'avais raison, ajouta-t-il en posant les yeux sur Lovingdon.

Greystone s'assombrit, et ajouta :

— Je n'avais pas pensé qu'il y avait des hommes capables de tout comme Vexley.

— Il vous a aussi demandé ma main ?

— Il est venu me trouver pendant le bal, et il a accueilli mon refus avec une extrême politesse. Je m'y suis laissé prendre.

— Il nous a tous trompés, rétorqua Lovingdon, qui sentit encore une fois ses forces l'abandonner.

— Je vais chercher Graves, annonça Greystone en se dirigeant vers la porte.

Grace courut après lui et lui passa les bras autour du cou.

— Merci, papa. Merci de nous accorder votre bénédiction.

— Sois heureuse, ma chérie. Sois très heureuse.

Grace revint sur ses pas, s'assit au bord du lit et prit la main de Lovingdon.

Leurs doigts s'entrelacèrent.

— Tu seras heureuse, lui promit-il.

— Je sais, répondit-elle avec un sourire.

17

Assise devant sa coiffeuse, tandis que Félicité la coiffait, Grace fit glisser son regard sur le vase rouge garni de ses fleurs préférées, des roses rouges. Elles avaient été livrées tôt ce matin, accompagnées d'une lettre.

Ce sont tes fleurs préférées, celles que tu dois recevoir aujourd'hui.
L

Son cœur avait fait un bond. Six semaines s'étaient écoulées depuis le bal de Midsummer. Lovingdon était guéri. Dès qu'il avait pu sortir de sa chambre pour respirer l'air pur, il l'avait invitée à faire le tour du parc dans un cabriolet ouvert. Puis, quand il avait recouvré ses forces, ils s'étaient promenés à pied.

Ils parlaient. Ils abordaient tous les sujets. Leur prochain mariage. Leur voyage de noces à Paris. Les expositions qu'ils visiteraient.

Peu de rumeurs s'étaient répandues concernant les événements qui avaient suivi le bal à Mabry Manor. Néanmoins, la bonne société n'ignorait pas que le comte de Vexley était *persona non grata* aux yeux des familles les plus puissantes de Londres. Il avait perdu son droit d'entrée au Dodger's Club. Les débutantes pourvues d'une belle dot ne voulaient pas de lui comme prétendant, et il ne s'intéressait pas aux jeunes filles sans fortune. On l'avait vu dans les rues de Londres avec deux yeux au beurre noir et le nez cassé. Comme il s'exprimait en marmonnant, sans parvenir à articuler distinctement, on disait qu'il avait aussi la mâchoire brisée.

C'était exact.

Grace savait que Lovingdon lui avait cassé le nez au cours de la bagarre dans l'église. Quant à sa mâchoire, c'était probablement le résultat de la petite entrevue que Drake avait eue avec lui dans sa cellule. Son statut de pair du royaume lui avait permis d'éviter une condamnation pour enlèvement et pour tentative de meurtre sur Lovingdon. Pour ce dernier point, il avait invoqué la légitime défense, affirmant qu'il était convaincu que Lovingdon allait le tuer.

Et vu la rage meurtrière qu'elle avait lue dans les yeux de Lovingdon lorsqu'il s'était jeté sur lui, Grace était d'avis que l'hypothèse du comte était avérée.

Plusieurs familles de la noblesse avaient adressé des messages à Vexley, l'informant qu'il n'était plus le bienvenu dans leur cercle, et il avait certainement reçu d'autres corrections. Grace était donc convaincue que la punition était suffisante. Il était mis à l'écart et ne retrouverait sans doute plus jamais sa place dans la haute société.

Elle se sentait un peu honteuse de penser qu'elle l'avait trouvé charmant à une certaine époque.

Son attention se reporta sur les roses rouges, et sur le vase qui les contenait. Elle allait les faire porter dans sa nouvelle maison afin de les trouver ce soir en arrivant. Le service de verres rouges y avait déjà été transporté, ainsi que la plupart de ses affaires.

Aujourd'hui, elle allait devenir une épouse. Et mieux encore, elle allait se marier avec un homme qui l'aimait, avec tous ses défauts et ses imperfections.

Une fois coiffée, elle revêtit sa robe de dentelle ornée de perles. Félicité arrangea son corsage de façon à ce que ses cicatrices soient parfaitement dissimulées.

Puis elle mit à son cou le collier de perles de sa mère. Celui-ci lui avait été offert par l'homme qu'elle supposait être son père. Grace avait parfois du mal à imaginer quelle sorte de vie sa mère avait menée. Une vie qui lui avait finalement permis de capturer le cœur d'un duc !

Et aujourd'hui, Grace aussi possédait le cœur d'un duc.

Elle ne doutait pas un instant de l'amour de Lovingdon. Si autrefois elle avait douté de sa capacité à susciter l'amour chez un homme, Lovingdon lui avait appris à avoir confiance en elle et à se fier à son cœur. Son cœur savait.

Il lui offrait des fleurs, l'écoutait, la regardait dans les yeux, la touchait… Il faisait toutes ces petites choses qu'il lui avait citées en exemple. Il n'avait pas besoin de sa dot, mais ce qu'il voulait en revanche, c'était son amour. Et cela, il l'avait.

On frappa à la porte, et trois secondes plus tard sa mère apparut, souriante.

— Tu es magnifique.

— C'est grâce à Lovingdon, avec lui je me sens belle.

— Tu es prête, nous pouvons partir ?

— Je ne me suis jamais sentie aussi prête de ma vie.

Lovingdon attendait l'arrivée de Grace devant l'autel, entouré de Drake et d'Avendale. Il ne voulait pas penser à Juliette. En fait, il n'avait qu'un très lointain souvenir du jour où il s'était tenu là pour la dernière fois. Il était tellement jeune à l'époque. Un jeune garçon, plus qu'un homme, empli de promesses et de projets.

Il était plus posé à présent. Moins audacieux. Plus prudent. Déterminé à ne jamais tenir pour acquise la présence de Grace à ses côtés. Sa blessure était guérie, il était en excellente forme. Il aurait besoin de toutes ses forces ce soir.

Il n'avait pas quitté Grace depuis la nuit où il l'avait arrachée aux griffes de Vexley, mais ils n'avaient pas disposé de beaucoup de temps en tête à tête. Ils avaient bien échangé un baiser par-ci par-là, mais rien de plus. Il brûlait de la toucher de nouveau, de se fondre dans son corps, de la connaître comme il l'avait connue dans le cottage.

Mais cette fois, il y aurait une profondeur et une richesse dans leur relation qui n'était pas là la première fois.

Il lui était arrivé de penser naguère qu'il n'aimait rien tant que se nicher entre les jambes d'une femme. Mais maintenant il savait qu'il ne pouvait se sentir mieux qu'entre ses jambes à elle.

L'orgue résonna et les demoiselles d'honneur apparurent dans l'allée centrale, lady Ophélia et Minerva. Minnie lui fit un clin d'œil en souriant. Il se demanda quand il la verrait à son tour en robe de mariée.

La musique s'éleva progressivement. Tout au fond de l'église, donnant le bras à son père, Grace s'avançait vers lui. Elle était d'une beauté à couper le souffle. Sa chevelure rousse était la seule note de couleur dans sa toilette blanche. Un léger voile de tulle cachait son visage. Quand elle arriva à sa hauteur, il sentit son parfum de rose et de lavande. Elle tenait un bouquet de roses dans ses mains.

Oui, il savait que c'était sa fleur préférée. Il l'avait toujours su. Depuis la lointaine époque où il l'avait baptisée Petite Rose, lorsqu'elle le regardait avec son adorable sourire édenté de petite fille. Il l'avait connue toute sa vie, et gardait quantité de souvenirs de son enfance. Il était encore étonné aujourd'hui de ne pas s'être aperçu plus tôt qu'elle s'était transformée en une femme de toute beauté.

Il avait beaucoup de chance que ses autres prétendants n'aient pensé qu'à sa dot, et qu'ils n'aient pas été conscients, comme lui, de sa beauté.

Quand le duc de Greystone s'effaça pour la lui confier, son cœur se serra. Le sens de ses responsabilités, les peurs, les doutes l'accablèrent un instant. Allait-il faire des promesses qu'il ne pourrait pas tenir ? Cela lui était déjà arrivé.

Puis Grace lui sourit, et il vit la détermination dans son regard. Ses propres épreuves l'avaient forgée et rendue plus forte. Elle ne lui demanderait pas de veiller sur elle, mais il le ferait malgré tout.

Il l'écouta prononcer ses vœux, puis fit de même d'une voix sûre. Quand le prêtre lui dit d'embrasser sa jeune épouse, il souleva son voile et vit ses yeux d'un bleu intense.

— Tu n'as pas cessé de me regarder, murmura-t-elle.

— Parce que je suis tellement amoureux de toi.

Il prit ses lèvres, regrettant que des centaines de personnes les entourent.

Mais très bientôt, il l'aurait pour lui tout seul.

18

Grace ouvrit le bal avec le premier homme qu'elle avait aimé dans sa vie. Son père.

Traditionnellement, les mariés n'assistaient pas au bal donné le soir de leurs noces. Néanmoins, Grace tenait à danser avec son père, et Lovingdon avait souhaité lui faire plaisir. Et elle soupçonnait qu'il agirait ainsi très souvent au cours des prochaines années.

L'orchestre se mit à jouer. Son père et elle étaient seuls sur la piste. Il pouvait la guider sans craindre de bousculer les autres couples. Le duc était grand et beau, et elle comprenait pourquoi sa mère était tombée follement amoureuse de lui. Elle espérait que sa vision fût encore assez bonne pour lui permettre de voir son sourire éclatant et ses yeux brillants de bonheur. Elle n'avait jamais été aussi heureuse de sa vie.

— Tu es belle, déclara-t-il. Tu me fais tellement penser à ta mère, le jour de notre mariage.

Il ne pouvait lui faire plus beau compliment.

— On dit que c'est l'amour qui rend beau, répliqua-t-elle, malicieuse.

— C'est la vérité, reconnut-il avec un hochement de tête.

— Je voulais vous dire que comme Lovingdon n'a pas besoin de ma dot, nous allons établir sur les terres qui me reviennent une maison de convalescence pour les femmes qui ont subi des interventions chirurgicales dont les gens ne veulent pas parler. Elles pourront se retrouver pour se confier les unes aux autres, se réconforter mutuellement, et reprendre des forces au contact de celles qui ont vécu les mêmes épreuves. L'argent de ma dot sera placé dans un fonds fiduciaire afin de couvrir les dépenses de fonctionnement et de payer le personnel.

— Je suppose que, même s'il avait besoin de fonds, Lovingdon te permettrait d'utiliser ton argent à ta guise. Il t'aime, Grace. Pour lui, ta dot n'est jamais entrée en ligne de compte.

— Je sais. Je suis la femme la plus chanceuse du monde.

— Je ne suis peut-être pas objectif, mais je dirais que c'est lui qui a de la chance.

Du coin de l'œil, elle vit Lovingdon inviter sa mère et l'entraîner au milieu de la salle. Elle espéra qu'elle pourrait toujours danser avec Lovingdon, quand ses cheveux auraient blanchi et que des rides de bonheur auraient creusé son visage.

Lovingdon surprit son regard. Il se rapprocha habilement, et s'arrangea avec élégance pour qu'ils échangent leurs partenaires. Le duc et la duchesse de Greystone continuèrent à danser ensemble, et Grace s'abandonna dans les bras de l'homme qu'elle aimait.

— Je n'ai jamais entendu un morceau de musique aussi long, maugréa-t-il.

— Je leur ai demandé de le jouer deux fois de suite, sans s'arrêter. Je te remercie d'avoir retardé notre départ en voyage de noces, afin de me laisser danser avec mon père. C'était très important pour moi de valser une dernière fois avec lui.

— Je t'aime trop pour te refuser quoi que ce soit, Petite Rose.

Son cœur fit un léger bond dans sa poitrine. Elle ne se lasserait jamais de l'entendre prononcer ces mots. Il ne manquait pas une occasion de lui rappeler qu'elle était tout pour lui.

La musique laissa place au silence. Il porta à ses lèvres sa petite main gantée, sans la quitter des yeux.

— J'aimerais beaucoup ramener mon épouse à la maison, maintenant.

Son épouse. Elle était son épouse. Elle avait encore du mal à le croire.

— J'aimerais beaucoup que mon mari m'emmène chez nous, dit-elle.

Tandis que la voiture traversait les rues sombres de Londres, Lovingdon embrassa Grace avec douceur et délicatesse. Elle savait qu'il faisait un effort pour contenir sa passion. Elle n'avait aucune raison de se sentir nerveuse, et pourtant elle l'était un peu. Pendant la convalescence de Lovingdon, il leur était arrivé d'échanger un baiser, mais rien de plus. Ce soir, ils seraient enfin seuls tous les deux. Et autorisés à se retrouver en tête à tête.

La réserve de Lovingdon l'inquiétait un peu. Peut-être que la passion dont il avait fait preuve précédemment n'était que la conséquence de l'interdit qu'ils avaient enfreint. Maintenant, leur relation était légale. Elle était sa femme. La voyait-il différemment ?

Pour elle, rien n'avait changé. Elle était impatiente de se retrouver dans un lit avec lui. Elle pouvait le regarder autant qu'elle en avait envie. Le toucher. Se blottir contre lui.

Le carrosse s'arrêta, un valet vint ouvrir la portière. Lovingdon descendit d'un bond souple. Quand elle passa la tête par la portière, il l'enlaça, la souleva, et plaça un bras sous ses jambes. Elle noua les bras autour de son cou.

— Que fais-tu ? s'exclama-t-elle.

— Je porte mon épouse pour lui faire franchir le seuil.

— Mais ta blessure...

— Elle est complètement guérie.

Nichant la tête dans son cou, elle protesta :

— Que vont penser les domestiques ?

— Que le duc de Lovingdon est follement épris de sa femme.

Il gravit les marches. Un autre valet ouvrit la porte d'entrée et Lovingdon la porta dans le hall. Elle s'attendait à ce qu'il la dépose là, mais il s'engouffra dans l'escalier et monta au premier étage.

Il s'arrêta devant la porte de sa chambre, et elle songea à cette nuit lointaine où elle était venue cogner à sa porte. Avait-elle alors souhaité en secret, sans même se l'avouer à elle-même, se retrouver un jour dans son lit ?

— Il faut que tu m'emmènes dans ma chambre. Je veux me préparer, dit-elle.

Il eut un si beau sourire qu'elle fut persuadée de lui avoir enfin redonné le goût de vivre.

— Je t'aiderai à le faire, déclara-t-il.

— Mais j'ai acheté une très belle chemise de nuit en dentelle pour notre première nuit.

— Pourquoi prendre la peine de la mettre, alors que je vais te l'arracher aussitôt ?

Elle resserra les bras autour de son cou, en riant.

— Je pensais que maintenant que tu es mon mari, tu allais te conduire de façon convenable.

— Parce que je me suis contenté d'un baiser dans le carrosse ? Non, mais j'avais trop attendu cette nuit pour la gâcher pendant le trajet en voiture ! Je te veux dans mon lit. Ouvre la porte, ordonna-t-il, le regard assombri par le désir.

Elle se pencha pour tourner la poignée et poussa le battant d'un coup de pied. Quand ils franchirent le seuil, elle fut assaillie par une odeur familière.

— La chambre sent la peinture ?

— Oui, j'ai fait exécuter quelques travaux. J'espérais que la pièce avait été suffisamment aérée depuis le temps.

— Mais les murs sont couverts de papier peint.

— Les murs oui, mais pas le plafond.

Elle leva les yeux et laissa échapper un rire cristallin.

— Les nymphes !

Les jeunes femmes aux courbes voluptueuses avaient disparu. Remplacées par de minces créatures aux membres longs et fins, dont les cheveux roux comme les siens cascadaient sur les épaules.

— Oh ! Lovingdon.

Elle posa les lèvres sur les siennes et l'embrassa longuement, passionnément. Elle eut conscience qu'il se remettait à marcher et la déposait sur le lit. Sans interrompre le baiser, il s'allongea à côté d'elle, lui posa une main sur la joue et continua d'explorer la chaleur de sa bouche avec l'ardeur qu'elle espérait. Rien n'aurait pu la ravir davantage.

Et quand ses lèvres s'aventurèrent dans son cou, elle sut qu'elle aimerait tout ce qui venait de lui.

— Elles te plaisent ? murmura-t-il.

— Oui, beaucoup.

Il se souleva sur un coude pour ôter les épingles qui retenaient ses cheveux.

— C'était un spectacle fascinant de voir Léo transformer ces peintures et faire surgir les créatures que je désirais.

— C'est un artiste remarquable, même s'il vieillit un peu.

Elle connaissait bien Léo, l'artiste avait peint plusieurs portraits pour sa famille.

— En effet. Mais je souffrais toujours, car ma nymphe préférée n'était pas dans mon lit. Maintenant que tu es là, je vais tout faire pour que tu aies envie d'y rester.

Il roula sur lui-même et la fit mettre debout, le dos vers lui. Alors, il dénoua les lacets de son corsage, posant les lèvres sur son dos, au fur et à mesure qu'il la dénudait. Il était très habile et en un rien de temps ses vêtements se retrouvèrent en tas sur le sol. Posant les mains sur ses épaules, il la fit pivoter vers lui.

Elle trouvait injuste qu'il soit encore tout habillé, mais elle ne se déroba pas à son regard. Lovingdon l'aimait. Il avait déjà vu ses cicatrices. Ce n'était pas une surprise pour lui.

Finalement, il fit glisser les deux mains sur ses seins.

— Ces cicatrices me terrifient, murmura-t-il. A cause de ce qu'elles pourraient laisser présager.

— N'y pense pas.

Il leva les yeux, et elle s'aperçut avec un léger choc qu'ils étaient embués de larmes.

— Je les trouve belles aussi, parce qu'elles font partie de

toi. Elles donnent la preuve de ta force et de ton courage. Je ne sais pas si je suis digne de toi, Grace, car je n'ai pas autant de force d'âme que toi. Mais je peux te jurer que tu ne trouveras jamais un autre homme qui t'aime autant que moi.

Il l'embrassa au coin des lèvres, avant de prendre sa bouche avec ferveur. Son baiser la toucha au plus profond de son cœur. Elle eut l'impression d'être une rose dont les pétales se repliaient pour la nuit. Puis une foule de sensations s'épanouirent en elle.

Lovingdon promena ses lèvres sur son cou, la mordillant, la taquinant avec douceur.

— Je veux que tu enlèves tes vêtements, chuchota-t-elle dans un soupir.

Il recula d'un pas et écarta les bras en souriant.

— Je suis à toi, fais de moi ce qui te plaira.

Elle n'était pas aussi adroite que lui, mais elle prit grand plaisir à révéler son corps, jusqu'à ce que tous ses vêtements se joignent aux siens sur le tapis. Elle posa alors la main sur les cicatrices qui lui barraient le torse.

— J'ai toujours pensé que les cicatrices étaient laides, mais je me trompais. Tu as ces marques parce que tu m'as secourue, et que tu as survécu. Pour moi, elles sont très belles.

Il prit son visage à deux mains et plongea les yeux dans les siens.

— Rien n'est aussi beau que toi, affirma-t-il.

Tout en l'embrassant, il la ramena sur le lit. Elle savoura le contact délicieux de sa peau contre sa joue.

Une fois de plus, il l'embrassa dans le cou.

— J'aime ton cou de cygne, ajouta-t-il. A vrai dire, j'aime tout en toi. J'aime tenir tes seins au creux de mes mains.

Tout en continuant de la caresser, il lui embrassa la poitrine. Elle avait tellement espéré trouver un homme qui l'aimerait telle qu'elle était. Comme lui. Elle posa les mains sur ses épaules et les fit remonter dans ses boucles dorées. Puis ses doigts revinrent sur ses joues pour les caresser.

Il traça de ses lèvres un sillon brûlant le long de son ventre.

Et plus bas encore. Puis il se plaça à ses pieds, et elle ne put plus l'atteindre avec ses mains.

— Prends patience, dit-il quand elle voulut protester.

Il lui massa doucement les pieds, les chevilles, et remonta le long de ses jambes.

— J'aime tes longues jambes. Je voudrais qu'elles se nouent sur mes reins.

— Alors, reviens par ici.

— Pas encore.

Il posa les lèvres sur un mollet, puis sur l'autre. Il s'attarda ensuite sur ses genoux, avant d'accorder toute son attention à l'intérieur de ses cuisses. Il l'embrassa partout, des pieds à la tête, sur la poitrine et sur le dos. Elle eut l'impression d'être comme la pièce de monnaie qu'il faisait rouler entre ses doigts.

Mais elle ne pouvait se contenter de recevoir. Il fallait aussi qu'elle donne.

Elle suivit son exemple, caressant, touchant, explorant les courbes, les creux, son ventre plat et dur. Il était tout en muscles, sa peau était chaude. La perfection même. Avec ses cicatrices.

Une multitude de sensations la submergea. Leur respiration se fit haletante, leurs corps étaient moites. Tout à coup, cette étreinte ne fut plus suffisante. Elle voulait davantage. Et à en juger par ses mâchoires crispées, c'était aussi le cas de Lovingdon.

Elle s'ouvrit, s'offrant sans réserve lorsqu'il plongea en elle.

— C'est tellement délicieux, murmura-t-il, les lèvres dans son cou.

Elle ramena les jambes vers elle, les noua sur ses reins et serra. Il poussa un grognement et continua de l'embrasser. Chaque sensation devenait plus intense, plus riche.

Parce qu'il m'aime, songea-t-elle. Parce que je l'aime.

Il possédait son cœur, son corps, son âme.

Il se balança contre elle, doucement d'abord, puis augmentant son rythme tandis qu'elle l'encourageait par de petits cris. Les ongles enfoncés dans son dos, elle se demanda comment une telle myriade de sensations pouvait déferler en elle.

Le contact de sa bouche virile sur sa peau, la caresse de ses mains, ses grognements, ses bras serrés autour d'elle, tout cela faisait sans cesse augmenter son plaisir, qui finit par atteindre son paroxysme.

Ils bougeaient à l'unisson, elle répondait aux mots tendres qu'il lui susurrait à l'oreille. Elle voulait lui donner autant qu'il donnait lui-même, s'offrir tout entière.

Des vagues de plaisir commencèrent à affluer en elle. Elle sentit les muscles durs de Lovingdon se tendre sous ses doigts.

— Viens avec moi, Grace.

Elle obéit. Elle le suivit dans un royaume qui n'était fait que de volupté, son cœur se gonfla, son âme s'épanouit.

Le souffle court, il enfouit le visage au creux de son cou et ils demeurèrent un long moment ainsi, comblés et épuisés. Elle crut ne plus jamais pouvoir bouger.

De longues minutes s'égrenèrent avant qu'il ne se redresse sur un coude pour la contempler, écartant les mèches rousses qui lui barraient le visage.

— J'espère que cette expérience t'a plu ?

— Bien sûr, répondit-elle en riant.

— Bien. A moi aussi. Pour le moment, j'ai une nouvelle idée en tête, mais il nous faut du cognac. Tu es d'accord ?

Ce fut elle finalement qui se servit du cognac, versant quelques gouttes sur son torse et les léchant comme un petit chat, du bout de la langue, avec un ronronnement de plaisir.

Comment avait-il pu croire qu'il aurait la force de nier son amour pour elle ? Pourquoi avait-il résisté ? Pourquoi ne s'était-il pas abandonné plus tôt à ce sentiment ? Avec son rire, ses taquineries et ses caresses, elle lui redonnait envie de vivre. Elle était ouverte à toutes les suggestions, se pliait à ses idées pour lui apporter du plaisir, et voulait apprendre à lui en donner en retour.

Non qu'il y ait grand-chose à faire pour cela. Il était content de la toucher, de l'embrasser, de plonger en elle. Parfois, il pensait que la chaleur de leur étreinte allait les consumer... mais à peine avaient-ils terminé qu'ils s'empressaient de ranimer la flamme de la passion.

Il la prit à bout de bras et l'assit à califourchon sur lui. Puis, lui agrippant les cheveux, il amena sa bouche vers la sienne. Le goût du brandy se mêlait à l'odeur de leur peau, de ses lèvres pulpeuses et sucrées. Comment pourrait-il se rassasier ? Ses baisers sensuels le chaviraient.

Elle n'était nullement timide, se donnait tout entière. Elle fouillait sa bouche de sa langue, reproduisant d'instinct ses mouvements. Impossible de la comparer à ce qu'il avait connu avant elle. Elle était différente.

— Je t'aime, dit-il en embrassant son cou soyeux.

Elle sourit et renversa la tête en arrière pour mieux s'offrir.

— Et moi, je t'adore.

— Alors, viens.

Il la souleva, la plaça au-dessus de lui, et s'enfonça avec délice dans le fourreau doux et brûlant de sa féminité. Elle était merveilleusement moite et étroite. Seigneur, son corps s'embrasait.

Elle se balança lentement, sans réserve, sans honte. Elle était d'une beauté éblouissante quand le désir s'emparait d'elle. Ses yeux bleus étincelaient, sa peau s'enflammait, ses cheveux dansaient comme des flammes sur ses épaules. Rouges et cuivrés.

Elle était à la fois rare et précieuse. Exceptionnelle.

Elle était à lui, et il lui appartenait. Pour le temps qu'il leur restait à passer sur terre. Il en savourerait chaque instant. Il n'avait pas peur de la perdre, mais il craignait que disparaissent les moments bénis qu'ils partageraient. Un jour, elle se lasserait certainement de ses attentions.

Il prit ses seins qui remplissaient à peine ses mains. Très doucement, il taquina les pointes dressées. Puis lui mettant une main sur la nuque, il l'attira vers lui.

— Je t'aime, murmura-t-il avant de l'embrasser.

Il ne devrait pas se montrer si avide de ses baisers, la désirer autant. Mais c'était plus fort que lui. Elle touchait quelque chose, enfoui au fond de son être, que personne avant elle n'avait jamais éveillé. Pour un homme qui avait aimé aussi profondément que lui, il était curieux de découvrir que des parties de son être demeuraient encore inexplorées.

Elle arracha ses lèvres aux siennes, se redressa en posant les mains à plat sur son torse, et s'abandonna à leur étreinte. Le plaisir déferla en elle. Elle se cambra, rejetant la tête en arrière, et ses gémissements le comblèrent.

— Merveilleux, souffla-t-il, avant de laisser la jouissance gagner tout son corps.

Grace retomba sans force sur lui. Il l'entoura de ses bras et la tint contre lui, attendant que son cœur reprenne un rythme normal.

Quand Grace s'éveilla, elle était seule dans le lit. Ce qui l'étonna. Il faisait encore nuit et la pendule sur la cheminée indiquait qu'il était un peu plus de deux heures. Elle toucha les draps froissés à la place de Lovingdon, et constata qu'ils étaient froids.

Se levant prestement, elle enfila sa chemise de nuit mais ne prit pas le temps de revêtir sa robe de chambre. Elle voulait retrouver son mari.

Elle le découvrit dans la bibliothèque, devant le portrait en pied de sa première épouse. Le tableau n'était plus accroché au-dessus de la cheminée, mais posé devant l'âtre. Grace n'en prit pas ombrage. Juliette et Margaret feraient toujours partie de la vie de Lovingdon, c'était évident.

Néanmoins, elle éprouva un petit pincement au cœur.

Elle avait espéré que, pendant leur nuit de noces au moins, il n'y aurait qu'eux deux dans cette maison, et dans leur lit. De toute évidence, il ne parvenait pas à échapper aux fantômes de son ancienne vie.

Lovingdon regarda par-dessus son épaule. Ses boucles étaient en désordre, et elle eut envie de passer la main dans sa chevelure.

— Grace?

— Je suis désolée, je ne voulais pas te déranger.

— Viens ici, ma chérie.

Elle hésita un instant. Elle avait l'impression d'imposer sa présence. Mais c'était idiot. Cette maison était la sienne à présent, songea-t-elle en s'obligeant à pénétrer plus avant dans la pièce. Une fois qu'elle l'eut rejoint, il lui prit la main et l'attira contre son corps viril et solide.

— J'ai été surprise de ne pas te trouver dans le lit, dit-elle doucement.

— J'étais juste venu dire au revoir à Juliette.

Elle leva les yeux et croisa son regard.

— Quand j'étais inconscient, en proie à la fièvre et à la douleur, j'entendais cette voix forte et déterminée qui me poussait à lâcher prise. A quitter la vie, je pense.

— Je voulais que tu sois heureux, admit-elle avec un hochement de tête.

— Mais si je renonçais à la vie, je devais aussi renoncer à toi. Je n'ai pas eu la force de le faire. Alors, j'ai quitté le souvenir de Juliette. Je ne suis plus l'homme qui était amoureux d'elle. Ni celui dont elle était tombée amoureuse.

Se tournant vers Grace, il lui prit le visage à deux mains.

— Je suis celui qui est tombé amoureux de toi. Dieu sait que je ne voulais pas de cet amour. Mais maintenant, si je te perdais, j'en mourrais. Et je ne pourrais pas supporter de vivre, si je devais renoncer à une seule minute auprès de toi.

Il l'embrassa alors avec douceur.

Elle comprenait très bien ce qu'il voulait dire. Il avait changé, et elle aimait l'homme qu'il était devenu. Elle aimait tout en lui.

Quand ils s'écartèrent, elle aurait pu jurer que le sourire du portrait était plus doux, plus chaleureux qu'auparavant.

— Je vais faire accrocher un portrait d'elle et de Margaret dans mon bureau, déclara Lovingdon. Les autres seront entreposés au grenier. Tu es toute ma vie, à présent.

— Je ne veux pas que tu les oublies, protesta Grace.

— Je ne les oublierai pas. Cela me serait impossible. Mais je veux tout recommencer avec toi.

Il la souleva dans ses bras et l'emmena.

— Je t'aime, Lovingdon, murmura-t-elle, les lèvres contre son cou.

— Dans une heure ou deux, tu m'aimeras encore plus.

Grace éclata de rire.

— Qu'as-tu donc en tête, mon cher duc ?

Il sourit, et elle se rendit compte qu'elle l'aimait déjà un petit peu plus.

Épilogue

MÉMOIRES DU DUC DE LOVINGDON

J'ai aimé deux femmes dans ma vie. Je ne saurais dire laquelle des deux j'ai aimé le plus, car j'étais un homme différent avec chacune d'entre elles. Et je les ai donc aimées différemment.

Je suis entré dans l'âge adulte avec Juliette.

Lorsque ma vie arrivera à son terme, Grace sera auprès de moi.

Elle m'a donné deux fils et une fille. Je sais qu'un père ne doit pas avoir de préférence, mais je dois avouer que la première fois que ma petite rouquine a attrapé mon doigt de sa petite main, elle a conquis mon cœur. Regarder Lavinia grandir et devenir une femme fut l'un des aspects les plus doux, mais aussi les plus amers de ma vie. Elle ne ressemblait pas du tout à Margaret, mais à certains moments, quand je la regardais, je ne pouvais m'empêcher de pleurer ma petite fille disparue.

Cependant, avec son caractère aussi bien trempé que celui de sa mère, Lavinia n'a jamais consenti à n'être qu'une remplaçante de Margaret.

Tout comme Grace n'a jamais servi de remplaçante à Juliette.

Vers l'âge de quarante ans, des signes de rechute de sa maladie apparurent. Grace fit ce qu'il fallait pour qu'elle ne me quitte pas encore. Un jour, elle m'avait demandé : « Ne vaut-il pas mieux avoir quelqu'un pour une période très courte, plutôt que de ne pas l'avoir du tout ? »

Pendant les heures terribles pendant lesquelles j'ai attendu le résultat de l'intervention, j'en suis venu à accepter la vérité que contenaient ces mots. Tous les moments que nous avions vécus ensemble... Je n'aurais jamais renoncé à l'un d'entre eux afin de m'épargner le chagrin de la perdre.

La tenir dans mes bras pour une courte période était de loin préférable au fait de ne jamais l'avoir tenue du tout.

Mais cette fois, le destin fut doux pour nous, et il m'autorisa à garder auprès de moi celle que je chéris plus que tout.

Nous avons vieilli à présent. Rien ne laisse penser que nous serons bientôt séparés.

Ma Grace chérie voulait épouser un homme qui l'aimait. Elle a réussi au-delà de toutes ses espérances. Car je l'aimais hier, je l'aime aujourd'hui, et je l'aimerai pour l'éternité.

Que le destin le veuille ou non.

NOTE DE L'AUTEUR

L'avantage d'écrire de la fiction, c'est la possibilité que cela me laisse d'adapter les faits à l'histoire.

La sensibilisation du public au cancer du sein est un phénomène récent, ce qui explique pourquoi seuls les parents de Grace étaient au courant de sa situation. Malheureusement, les mœurs de l'époque victorienne voulaient que l'on cache honteusement cette maladie. Mais je suis certaine que, en secret, Grace encourageait les femmes à faire attention à leur corps.

A cette époque, beaucoup de médecins avaient commencé à retirer des ganglions cancéreux en effectuant des mastectomies. Comme le savent déjà les lecteurs de ma série *Scoundrels of St James*, le Dr William Graves était très en avance sur son temps dans les soins qu'il prodiguait à ses patients. Je ne suis pas entrée dans les détails du traitement de Grace, mais soyez sûrs qu'il avait pris toutes les mesures connues à l'époque pour lui permettre de survivre.

Lovingdon et Grace ne font donc pas exception. Comme mes autres héros de romans, ils vivront longtemps et très heureux.

J'ai adoré vous raconter leur histoire et je suis maintenant impatiente de vous raconter celle de Drake.

Bien à vous,

Lorraine